SABINE LUDWIG
Tatilin Son Günü

SABINE LUDWIG 1954'te Berlin'de doğdu. Felsefe, Alman ve Rumen dilleri ve edebiyatı alanlarında üniversite eğitimi aldı. Mezuniyetinden sonra, kısa bir süre lise öğretmenliği yaptı. Daha sonra yönetmen yardımcısı, gazeteci ve radyo yapımcısı olarak çalıştı. 1987'den beri çocuklar için hikâyeler, radyo ve tiyatro oyunları yazıyor, çeviriler yapıyor. Eserleriyle çok sayıda ödül almıştır.

© S. Fischer Stiftung, Hamburg (çeviri)
Bu kitap, çağdaş Alman edebiyatı dizisi ADIMLAR/SCHRITTE projesi çerçevesinde S. Fischer Vakfı (Berlin), Ernst Reuter Girişimi ve Pro Helvetia desteği ile Sezer Duru (İstanbul) ve Egon Ammann (Berlin) editörlüğünde yayımlanmıştır.

Der 7. Sonntag im August
© 2009 Hamburg, Cecilie Dressler Verlag
Bu kitabın yayın hakları Akcalı Telif Hakları Ajansı aracılığıyla
Cecilie Dressler Verlag GmbH'den alınmıştır.

İletişim Yayınları 1693 • Çocuk Kitapları Dizisi 88
ISBN-13: 978-975-05-0987-2
© 2012 İletişim Yayıncılık A. Ş.
1-2. BASKI 2012-2016, İstanbul
3. BASKI 2017, İstanbul

EDİTÖR Bahar Siber
KAPAK Suat Aysu
KAPAK RESMİ VE DESENLER Isabel Kreitz
UYGULAMA Hüsnü Abbas
DÜZELTİ Burcu Tunakan
BASKI Sena Ofset · SERTİFİKA NO. 12064
Litros Yolu 2. Matbaacılar Sitesi B Blok 6. Kat No. 4NB 7-9-11
Topkapı 34010 İstanbul Tel: 212.613 38 46
CİLT Güven Mücellit · SERTİFİKA NO. 11935
Mahmutbey Mahallesi, Devekaldırımı Caddesi, Gelincik Sokak,
Güven İş Merkezi, No: 6, Bağcılar, İstanbul, Tel: 212.445 00 04

İletişim Yayınları · SERTİFİKA NO. 10721
Binbirdirek Meydanı Sokak, İletişim Han 3, Fatih 34122 İstanbul
Tel: 212.516 22 60-61-62 • Faks: 212.516 12 58
e-mail: iletisim@iletisim.com.tr • web: www.iletisim.com.tr

SABINE LUDWIG

Tatilin
Son Günü

Der 7. Sonntag im August

ÇEVİREN *Tuvana Gülcan*

iletişim

Kitaptaki Yabancı İsimlerin Okunuşları

Adelheid	Adelhayd
Alfred E. Wurster	Alfred e. Vurster
Anna	Anna
Annalena Lemcke	Annalena Lemke
Aschenbrenner	Aşenbrener
Brie de Meaux	Bri dö Mo
Business Officer	Bizinıs Ofisır
Cortina	Kortina
Daniel	Daniel
Denise	Denis
Erwin	Ervin
Freddy	Fredi
Frederike	Frederike
Friedchen	Fridcın
Friederike	Friderike
Frohriep	Frorip
Grün	Grün
Günter	Günter
Haferkamp	Haferkamp
Hanni	Hanni
Hannibal	Hanibal
Hawai	Havai
Hildegard	Hildegard
Jack	Cek
Jack Daniell	Cek Denyıl
Jutta	Yutta
Marie-Sophie Albert	Mari-Sofi Albert
Merle	Merle
Mia	Mia
Moll	Mol

Odenwald	Odenvald
Petra	Petra
Pohl	Pol
Polly Trotter	Poli Troter
Robert	Robert
Simon Kleinert	Simon Klaynert
Terrier	Teriye
Vero	Vero
Veronika	Veronika
Wattenscheid	Vattanşayd
Weissbrodt	Vaysbrot
Zoe	Zoe

1. BÖLÜM

Bugün Pazar.

Ne güzel!

Gerçekten mi?

Pazar gününün en zor yanı da bu. Pazar günü insan geç kalkabilir, aylak aylak dolanabilir, bir yerlere gezmeye gidebilir, ama sonra yine Pazartesi olur. Ve ben Pazartesilerden nefret ederim. Pazartesi oldu mu herkesin keyfi kaçar: Babam ve annemin işe gidecekleri için, benimse okula gitmem gerektiği için.

Pazartesileri olağanüstü bulan tek kişi Mia'dır. Bir süredir okula gitmeyi bayağı sever oldu. Aman aman iyi bir öğrenci olduğu için değil, tersine geçtiğimiz yıl neredeyse sınıfta kalıyordu. Asıl, her gün bir başkasına âşık olduğu üst sınıf öğrencileri için koşa koşa okula gidiyor. Şu sıralar sırf İskoç etek giyiyor diye on ikinci sınıflardan bir oğlan için yanıp tutuşuyor. Çocuğun eteğin altına ne giymiş olabileceğini saatler boyu arkadaşlarıyla ayrıntılı bir biçimde tartışıyor. Oğlanların iç çamaşırlarına kafayı takmak için insanın basbayağı kaçık olması gerek.

Her şeye rağmen Pazar günleri güzel bir şey var: Bir sokak aşağıdaki Azize Anna Kilisesi'nin çanlarının sesi. Yüksek kulesiyle kırmızı tuğladan yapılma bir kale gibi görünüyor. Fırtınanın ortasındaki bir ada gibi trafiğin tam ortasında sıkışıp kaldığı için ona her baktığımda içim cız eder.

Biz kiliseye gitmesek de, çanları duyduğumda içim bir hoş olur. Sanki sevgili Tanrı, Pazar gününü özel olarak benim için yaratmış gibi.

Yatağımda doğrulup pencereye bakıyorum. Yalnızca mavi ve yeşil görünüyor. Mavi gökyüzünden, yeşil ise penceremin tam önündeki kayın ağacından.

Kayın ağaçlarını çok severim, en çok da bunu. O kadar yaşlı ki, kökü artık siyah beyaz lekeli değil, yosundan yemyeşil olmuş.

Sırf bu kayın ağacı için küçük odayı almaya gönüllü oldum. Mia'nın odası benimkinin iki katı, ama onun odası tam karşı apartmana ve dolayısıyla akşamları sigara içmek için balkona çıkan şişko bir adama bakıyor. Mia için bir şey fark etmiyor, ne de olsa hep perdelerini kapalı tutuyor, güneş çıkmış çıkmamış umurunda değil.

"Ergenlik çağı böyle," diyor babam.

"Mia böyle," diyor annem. "Huzur arıyor."

Mia erken doğmuş. O kadar minicikmiş ki, en küçük bebek tulumu içinde bile kaybolurmuş.

Mia uzun süre kuvözde kalmış ve annemin dediğine göre, Mia bu yüzden anne karnının özlemini çekiyormuş. Doğrusu ben hiç kuvözde kalmadım, ama eminim, ben de anne karnının özlemini çekiyorum. Annem bana aslında pek göz kulak olamamış, olsaydı sol kaşımın altındaki yara izi olmazdı. Ben daha birkaç haftalıkken Mia beni tahta atına bindirmeye kalkmış, doğal olarak ben de düşmüşüm ve kaşım tahta küplerden birine çarpmış. Anneme bakılırsa, Mia o zamanlar daha dört yaşında olduğu için onun hiçbir suçu yok.

Ama ben Mia'nın bunu bilerek ve isteyerek yaptığına eminim. Mia benim tanıdığım en korkunç kız.

Yaprakları güneş ışığını yansıtarak usul usul oynaşan kayın ağacına bakıyorum ve çanların sesini dinliyorum. Tuhaf ama o her zaman içimi gıdıklayan Pazar günlerine özgü duygu yok içimde. Dün gece kötü bir düş mü gördüm? Anımsamıyorum. Güneş geniş bir yol halinde mavi halımın üzerine yansıyor, perdeleri hemen hemen hiç kapatmam. Bu aslında Mia'nın halısı, ama Mia halıyı üzerindeki pembe çiçek desenleri yüzünden bebek işi bulduğu için ona yenisi alındı. Çiçekli halı elden çıkarılmayacak kadar yeni olduğu için annem onu benim odama serdi.

Okul çantam da bir zamanlar Mia'nındı. Mia, babamın eski dağcı çantasını okul çantasından daha fiyakalı bulduğu için onunla okula gidiyor. Eski okul çantasında hâlâ onun adı yazılı: Mia Moll. Kırmızı gazlı kalemle eğri büğrü yazılmış. Mia'nın üzerini çizip yerine Freddy yazdım. Frederike sığmazdı, hem zaten herkes bana Freddy der. Büyükannem dışında. Ama o da son zamanlarda bütün adları birbirine karıştırıyor. Önceki hafta beni Leni diye çağırdı. Leni kız kardeşinin adıdır.

Aslında hiç de bana ait olmayan okul çantam hakkında düşünürken, bu Pazar neyin farklı olduğunu kavradım: Bu Pazar yaz tatilinin son günü. Yeni ders yılı başlamadan önceki son Pazar.

İşte şimdi, yataktan kalkmak hiç içimden gelmiyor.

Tatilin başında o üç ay hep sonsuzluk kadar uzun geliyor, ama sonunda o sonsuzluk kısala kısala bir hiç oluyor. Geriye yalnızca yüzmek için göl kıyısına yapılan birkaç yolculuğun, yenen dondurmaların ve Kuzey Denizi sahilinde geçirilen on günün anısı kalıyor ve ben hepsini unutmak istiyorum.

Keşke bir daha asla Pazartesi olmasa!

Islak bir şey elimin üzerinde geziniyor: Jack. Usul usul mızıldanıyor. Bunun ne anlama geldiğini biliyorum.

Yataktan kalkıp halıma yansıyan güneş ışığı üzerinde yalınayak yürüyorum. Halı sıcacık olmuş. Hatta bayağı ısınmış. Hava kesin bugün de en az dünkü kadar sıcak olacak.

Öncelikle bir şey içmeliyim.

Odamdan çıkınca dosdoğru mutfağa giriliyor. Aslında bizim evde hangi odadan çıkılırsa çıkılsın hep mutfağa giriliyor.

Babam yemek yapabildiğine karar verdiğinden bu yana artık bir koridorumuz yok, yalnızca koskoca bir mutfağımız var.

Yaz tatilinden önce haftalar boyu işçilerle ustalar evi doldurmuş, duvarları yıkmış, boruların yerlerini değiştirmiş, küfretmiş, sigara izmaritlerini tuvalete atmış, her yeri kirletmişlerdi ve işte o zamandan beri mutfak babamın her zaman söylediği gibi "evin kalbi".

Annem bu durumdan hiç hoşnut değil, çünkü artık doğru dürüst bir portmantomuz da olmadığından ceketlerimiz hep yemek kokuyor.

Mia ve ben önceleri babamın yeni hobisini çok hoş karşıladık, özellikle de annemin asla yapmadığı şatafatlı yemekler yaptığı için: beç tavuğu göğsü kızartması, acılı çikolatalı puding, kızartılmış dondurma gibi. Ama babam "Almanya Süper Aşçısını Arıyor" yarışmasına katılmaya karar verdiğinden bu yana, bizde her Pazar bıldırcın dolması yenir oldu. Şu ana kadar pek başarılı olamadı, dolayısıyla alıştırma yapması gerekiyor.

Babam ve annem masada oturmuş çay içiyorlar. Pazar sabahları hep böyle yaparlar.

"Bütün hafta geçirdiğim tek huzurlu zaman bu," der annem.

Annem yerde koskoca bir yığın oluşturan geçen haftanın gazetelerinden birini okuyor. Babam yemek kitabından bir şeyler not ediyor.

"Günaydın Freddy," diyor annem. "İyi uyudun mu? Sıcaktan rahatsız oldun mu?"

Başımı evet anlamında öne arkaya sallıyorum.

"Bu akşam için fırtına alarmı verdiler," diyor annem.

"Her kafadan bir ses çıkıyor," diye mırıldanıyor babam ve soruyor: "Evde yenibahar var mı?"

"Yenibahar mı? Noel kurabiyelerinde kullanılmıyor mu o?" diye soruyor annem.

"Yahu, evde yenibahar var mı yok mu?"

Annem başını hayır anlamında iki yana sallıyor ve gazetenin sayfalarını çeviriyor. "Yine biri cehennem sıcağında köpeğini arabada bırakmış, hayvanlara göz göre göre işkence ediyorlar!"

"Sizin Jack'e yaptığınız da işkence," diyorum. "Çoktan çişe çıkarılmış olması gerekiyordu."

Jack bunu onaylamak istercesine kendi çevresinde daireler çiziyor.

"Sen çıkaramaz mısın?" diyor annem bana yalvaran gözlerle bakarak.

"Neden Mia çıkarmıyor? Neden hep ben çıkarıyorum?"

"Mia daha kalkmadı," diyor annem.

"Siz çıkarın o zaman," diyorum.

"Jack sizin köpeğiniz," diyor babam. "Köpek istediniz ve onu çişe çıkaracağınıza söz verdiniz."

"Ben kesinlikle böyle bir söz vermiş olamam, şunun şurasında dört yaşındaydım!" diye bağırıyorum.

Jack bir iki havlıyor, sonra susup bana bakıyor. Pes ediyorum. Her zamanki gibi... Ablamın ergenlik çağında olması, yani bir canavar gibi davranması yetmiyormuş gibi olabildiğince çok uyumasının gerekmesi de Jack'in suçu değil.

11

Çabucak bir şort giyip ayaklarıma parmak arası terliklerimi geçiriyorum.

"Poşet almayı unutma!" diye sesleniyor annem ve kendine bir çay daha koyuyor.

Cebime bir poşet sokuşturup içimden Jack'in parka gidinceye kadar dayanmasını diliyorum.

Jack parka kadar tutamıyor, doğal olarak. Tam kayın ağacımın dibine koskoca bir kaka yapıyor.

Görünürde kimse yok.

"Elini çabuk tut, Jack," diye fısıldıyorum. Ama tam o anda zemin kat penceresi açılıyor ve bir ses duyuluyor: "Topla onu bakayım, duydun mu beni?"

Sesin sahibi Bayan Haferkamp. Zemin katta oturur ve bütün gün pusuya yatıp bizi gözetlemekten başka yapacak işi yoktur. Bir seferinde Mia'nın Jack'in kakasını toplamadığını görüp anında zabıtaya haber vermişti.

"Köpek dışkılarını temizleme yükümlülüğü diye bir şey var," diye azarlıyor beni. "Bu yükümlülük çocukları da bağlar."

"Peki peki," diyorum. Jack'in işi bitiyor ve bu durumdan çok hoşnut olmuşa benziyor. Ama ben hiç de hoşnut değilim. Elimi torbanın içine sokuyorum ve torbanın tersiyle kakayı avuçlayıp torbanın ağzını bağlıyorum. İğrenç bir şey bu.

Bayan Haferkamp ilgiyle bana bakıyor. Tam yanında, pencere pervazında şişko kedisi Hannibal oturuyor. Pis hayvan. Bir seferinde Jack pencereye doğru sıçramıştı, herhalde günaydın demek istemişti. Kesinlikle aklından kötü bir şey geçmemişti, çünkü kuyruğunu sallayıp durmuştu. Ama Hannibal aniden pati atıp zavallı Jack'in burnunu kanatacak kadar tırmalamıştı. O zaman bu zamandır, Jack, Hannibal'i hep görmezden geliyor. Jack bu sefer de kediye ve kakasına arkasını dönüyor.

Torbayı sokak lambasının direğine asılı çöp kutusuna atıp arkama bakmadan kaçıyorum.

Parkta Jack tasmasını deliler gibi çekiyor, ama serbest bırakmaya cesaret edemiyorum. Jack bir Terrier, tam olarak söylemek gerekirse, bir Jack Russell, yani bir av köpeği. Jack'in bir tavşan görmesiyle ok gibi fırlaması bir oluyor. Ben de onunla birlikte bayırda bir o yana bir bu yana koşturuyor, yamaçtan yukarıya banklı parka tırmanıyorum ve neredeyse Daniel'e tosluyorum. Daniel bana sırtı dönük bir şekilde yere diz çökmüş, bisikletinin lastiğini pompalıyor. Önce onu gördüğüme çok seviniyorum ve "Merhaba" demek istiyorum, ama sonra ona kızgın olduğum aklıma geliyor ve yavaş yavaş ters yöne doğru yürüyorum.

Şimdi bir o eksikti! Okulun son günü, karneleri aldıktan sonra birlikte dondurma yemeye gitmek için sözleşmiştik. Yalnızca ikimiz. Hatta en yakın arkadaşım Vero'ya bile okuldan sonra hemen eve gitmem gerek diye yalan söyledim. Sonra da gidip Cortina'nın önünde Daniel'i bekledim. O kadar heyecanlıydım ki, matematikten iki aldığıma bile sinirlenmedim. Daniel'le aynı anaokuluna gitmiştik, ama sonra o başka bir ilkokula gitti. Ortaokula aynı sınıfta başladık ve karşılaşır karşılaşmaz yine çok iyi arkadaş olduk. Vero benimle sürekli Daniel'le ilgili olarak dalga geçer: Daniel'e âşıkmışım. Saçmalığın dik alası! İnsan artık hiçbir şey anımsamasa da, ta anaokulunda muz püresini paylaşıp yan yana lazımlığa oturduğu birine âşık olamaz. Ama Daniel'den hoşlanıyordum ve onun da benden hoşlandığını sanıyordum.

Cortina'nın önünde dikilmiş dondurmamı ahududulu mu vişneli mi alsam diye düşünürken, Daniel sonunda geldi. Ama yalnız değildi. Yanında Zoé vardı. Zoé bizim sınıfa yeni geldi, öyle küçük bir suratı ve öyle kısık bir sesi var ki, Vero da ben de ona katlanamıyoruz. Vero "Zoé tıpkı kuyruğuna basılmış bir sivri burunlu fareye benziyor," diyor. Ama Zoé, Daniel'le birlikte çıkıp geldiğinde hiç de fareye benzemiyordu, karnesini gösterdi, güldü ve dedi ki: "Ne tuhaf değil mi? Daniel'le aynı gün doğmuşuz."

"Ama ben sabah saat dörtte doğmuşum," dedi Daniel.

"Ve ben de gece yarısından beş dakika önce," dedi Zoé. "Her zaman ucu ucuna yetişmişimdir zaten."

Zoé yine güldü ve gülerken kendi kahkahalarının sarsıntısıyla yere düşmemek için dayanak arıyormuşçasına Daniel'in koluna tutundu.

"Aman ne güzel," dedim. "Bundan sonra doğum günlerinizi baş başa kutlarsınız o zaman." Ve arkamı dönüp gittim. Daniel Zoé'yi neden yanında getirmişti ki? Hem de sözleşmiş olmamıza karşın?

Doğal olarak bunu ona soramazdım. Olduğum yerde arkamı döndüm ve Daniel bisiklete binip uzaklaştı. Öyle olsun bakalım! Çok umurumdaydı sanki.

Belki de tatilde Fare Hanım'la buluşup doğum günlerini nasıl kutlayacaklarını ve kutlamaya kimleri davet edeceklerini düşünmüşlerdir. Daniel'in doğum gününün ne zaman olduğunu biliyorum, 1 Ekim'de. 1 Ekim'e az kaldı. Geçen yıl kutlamaya davet ettiği tek kız bendim. Vero kutlamaya gittiğim için bana çok kızmıştı. Daniel'e neden Vero'yu da davet etmediğini sormuştum. Daniel, Vero'dan pek çok kız gibi cadaloz olduğu için hoşlanmadığını, ama benim daha çok bir erkek çocuk gibi olduğumu söylemişti. Daniel'in söylediklerine sevinmiştim, ama bunlardan Vero'ya tek söz etmemiştim. Daniel'in artık kızlara özgü cilvelere hiç itirazı yok gibiydi. Vero bazen gerçekten çekilmez olur, ama Zoé'nin yanında Vero ne ki!

Eve döndüğümde kahvaltı sofrası kurulmuştu.

Pazarları geç ama uzun kahvaltı ederiz, öğle yemeği yemeyiz.

Babam bir mangoyu minik minik doğruyor. Mangonun kayganlığını sevmem, ama çok lezzetlidir.

"Dokunma!" diye bağırıyor babam çatalla bir parça mangoyu ağzıma attığımda. "Kahvaltıdan sonra."

"Krem şantili mangolu mus," diyor annem ve gözlerini deviriyor. "Ay yoksa mango kremli şantili mus muydu?" "Sen dalga geç daha," diyor babam. "O 100.000 Avroyu kazanınca sana tek kuruş vermeyeceğim."

Babam "Almanya Süper Aşçısını Arıyor" yarışmasında birinci olacağına gerçekten inanıyor. Bu bir televizyon programı ve babamın en sevdiği yayın. Bir jüri var, yirmi tane aşçı seçiyorlar ve onların bir eve taşınıp bütün gün yemek pişirmeleri gerekiyor. Jüri üyeleri her gün pişirilen bütün yemekleri tadıyor ve seyirciler de onların değerlendirmelerine göre kimin evde kalıp yarışmaya devam edeceğine, kimin gideceğine karar veriyor. Bence bu çok saçma, çünkü o yemekleri televizyonda olsa olsa görebilirim, ama koklayamam ya da tadına bakamam. Sonunda jüri üyeleri o kadar çok yemeği yemekten hasta oluyor ve geriye en son tek bir aşçı kalıp 100.000 Avroyu alıyor.

"Yalnızca iyi bir zamanlama ve sağlam sinirlere sahip olmak gerekiyor," diyor babam. Zamanlama dendi mi, babama güvenilebilir, ne de olsa demiryollarında çalışıyor ve her gün trenlerin tam zamanında hareket etmelerini sağlıyor. Sağlam sinirlere gelince, o konuda biraz kuşkuluyum. Örneğin Mia, babamı çileden çıkarmayı her zaman çok iyi becermiştir.

Tıpkı şimdi olduğu gibi.

Mia'nın odasının kapısı açılıyor, Mia ruh gibi yanımızdan geçip banyo kapısının ardında kayboluyor.

"Günaydın!" diye bağırıyor babam arkasından.

"Aman, rahat bırak şimdi onu," diyor annem. "Sabahları ne kadar aksi olduğunu bilmiyor musun?"

Yalnız sabahları mı? Mia sabahları, öğlenleri ve akşamları aksidir, bir tek geceleri aksilik etmez, çünkü uyur.

Bazen odasına gidip uyurken onu seyrediyorum. Uyurken eskisi gibi görünüyor. Eskisi gibi, yani şu saçma sapan ergenliğe girmeden önceki gibi. Aslında her zaman biraz katlanılmazdı, ama arada kızma birader oynadığımız, kar yağdı mı birlikte paten kaydığımız, yazın birlikte yüzdüğümüz olurdu. Birlikte televizyonda çizgi film seyreder ya da birbirimizin saçlarını yapardık. Mia'nın saçları belindedir. Kahverengi saçları çok gürdür ve güneşte parlar. Benim saçlarım daha açık renkli ve daha seyrektir, Paskalya'dan bu yana berbere gitmememe karşın ancak kulaklarıma kadar geliyor.

"Saçların gerçekten berbat görünüyor," dedi Mia bana geçenlerde. "Ne kahverengi ne de sarı, üstelik arapsaçı gibi karmakarışık."

"Ne olmuş yani!" diye yanıt verdim. "Sivilce dolu bir alnım olmasındansa darmadağın saçlarım olsun daha iyi." Taşı gediğine koymuştum.

Çok az da olsa, Mia'nın en büyük derdi sivilceleridir. Sürekli büyüteçli aynaya bakar ve kazara mini minnacık bir kırmızı nokta gözüne çarpacak olursa vay haline, anında paniğe kapılır. Bahse girerim, ileride benim ondan çok daha fazla sivilcem olacak; çünkü ben babama çekmişim ve babamın yüzü, on altısında pütür pütürmüş.

Mia banyodan çıkıyor ve dosdoğru odasına giriyor.

Kapı arkasından bam diye çarparak kapanıyor.

Babam öfkeyle yerinden sıçrıyor ve gidip Mia'nın kapısını çalıyor. Mia buruşuk bir suratla kapıda beliriyor. "Ne var?"

"Kahvaltı etmek istiyoruz. Sen de bizi onurlandırma kibarlığını gösterir miydin acaba?"

"Aç değilim." Kapı yeniden kapandı bile.

"Ama bu kadarı da..." diye söz başlıyor babam. "Yoksa şimdi de şu rejim saçmalığına mı kapıldı?"

"Hayır, hayır," diye sakinleştiriyor annem babamı. "Daha afyonu patlamadı da ondan sanırım."

"Saat on biri geçiyor," diyor babam.

"Biz kahvaltıya oturalım, o da gelir nasılsa," diyor annem.

"Yumurtalar ne oldu?"

"Eyvah eyvah!" diyor babam ve yumurtaları kaynar sudan çıkarıyor, ama çok geç, yumurtalar yine katı oldu. Babam sürekli Mia'yla uğraştığı için son zamanlarda hep katı yumurta yer olduk.

Ben üçüncü dilim ekmeğime fıstık ezmesi ve marmelat sürerken Mia sonunda buyuruyor.

"Ee, balkaymağım," diyor annem ve yüzü gözü açılsın diye Mia'nın yüzüne dökülen saçlarını bir eliyle yana tarıyor.

"Doğru dürüst bir peynir yok mu?" diye soruyor Mia.

"Doğru dürüstle ne demek istiyorsun sen söyler misin?" diye soruyor babam. "O gördüğün tam tadında küflenmiş, mükemmel bir Fransız *Brie de meaux* peyniri."

"Pis kokuyor," diyor Mia ve peynir tabağını ileri itiyor.

"Ee, bugün ne yapıyoruz?" diyor keyfi yerinde olan annem. "Tatilin son günü tam anlamıyla kutlanmalı. Sarayın bahçesine gezmeye gitmeye ne dersiniz?"

Mia esniyor.

"Oraya bisikletle gider, dolanır, dönüş yolunda da Cortina'da dondurma yeriz."

"Bu sıcakta mı? Ben oraya kadar bisikletle gidemem, hem zaten Hanni ve Denise'le buluşacağım," diyor Mia. "Hanni Londra'dan süper güzel giysiler getirmiş, bize onları göstermek istiyor."

Ah o Hanni'yle Denise yok mu! Mia'yla birlikte Ekşi-Tatlı Kulübü'nü oluşturuyorlar ve kendilerini bir şey sanıyorlar. Üçü bir araya geldiğinde o kadar yüksek sesle gülüşürler ki, insanın kulaklarını tıkaması gerekir. Birinci Dünya Savaşı üzerine bir sunum yaparken bile gülmekten çatlarlar. Mia Hanni ve Denise'le birlikte değilse, o zaman mutlaka ikisinden biriyle telefonlaşıyordur. İşte şimdi yine telefon çalıyor. Mia telefona koşuyor.

"Kahvaltı ediyoruz!" diyor babam yüksek sesle.

"Rahat bırak kızı," diyor annem.

Rahat bırak kızı. Annem bunu her söyleyişinde bana bir on sent verseydi, bir hafta içinde milyoner olmuştum. Mia ne yaparsa yapsın ya da daha doğrusunu söylemek gerekirse, Mia ne yapmazsa yapmasın, annem onun için hep bir mazeret bulur.

"Bulaşık makinesini yerleştirir misin lütfen?" diyor babam.

"Bugün sıra Mia'da," diyorum.

Mia bana dönüp "sen kafadan kontak mısın?" anlamında elini havada sallıyor, sonra dönüp telefona kıkırdıyor. "Hayır, yemin et! Peki, seni gördü mü? Demee!"

Konu erkekler, doğal olarak. Üçü söz konusu oldu mu, konu hep erkeklerdir. Oğlanlara Ananas, Mercan Balığı ya da Kuru Erik gibi budalaca adlar takıp saatlerce birbirlerine Ananas'ın saçını neden sağdan ayırdığını, Kuru Erik'in göz alıcı ayakkabıları olduğunu anlatabilirler.

Eğer ergenlik insanın bütünüyle ahmaklaşması demekse, ben on üçümde kendimi derin dondurucuda dondurtup on sekizime gelince çözdürürüm.

"Mia!" diye sesleniyor babam. "Sofrayı topla!"

"Tamam, bi dakka!" diyor Mia ve telefonu alıp odasına gidiyor.

Sonunda babam her tarafa sıçrata sıçrata mangoyu püre haline getirdiği sırada, her zamanki gibi annem ve ben sofrayı kaldırıp mutfağı topluyoruz.

Odama gidip okul çantamı boşaltıyorum. Sayfa uçları kıvrılmış bir sürü defter ve eski matematik kitabım çıkıyor çantadan. Eski kitabı tatilden önce okula geri vermem gerekiyordu, şimdi yine azar işiteceğim. Hay aksi, yalnızca bir kere ısırılmış bir sandviç de çantamda kalmış. Ekmeği taş gibi sertleşmiş, içindeki malzemenin ne hale gelmiş olabileceğini düşünmek bile istemiyorum. Peşimden odama gelen Jack sandviçi bir iki koklayıp havlıyor.

Bir tarih testini buruşturup top yapıyor, sonra da Jack'e fırlatıyorum. Jack topun peşinden koşturuyor. Az sonra odam bir sürü kâğıt topla doluyor.

Kalem kutumda ufak bir not buluyorum. Kâğıdı açıyorum.

"Okuldan sonra yüzmeye gidelim mi?

Daniel"

Bunu bana tatilden önceki son hafta yazmıştı. Havuza gitmiştik ve Daniel bana balıklama atlamayı öğretmişti. Kâğıdı düzleştirip şiir albümümün içine koyuyorum. Sonra vazgeçiyorum, notu da diğer kâğıttan toplarla birlikte çöp sepetime atıyorum.

"Fırçamı sen mi aldın?" Mia kapımda dikilmişti.

"Hayır," derken kırmızı plastik bir dosyayı Jack'in ağzından çekiyorum. Dosyanın malzemesi kesin zehirlidir.

"Ama fırçam yok."

"Ne yapayım ben senin fırçanı?" deyip saçlarımı işaret ediyorum.

"Haklısın, kıvırcık saçın taranıp taranmadığı belli olmaz. Ama belki bir yere sakladın. Sırf hainlik olsun diye."

"O zaman bir tarafına batsın diye yatağının içine koyardım."

"Seni sersem..." diye söze başlıyor Mia.

"Fırçan burada, balkaymak," diyor araya giren annem. "Fırçan saçla dolmuştu, temizledim."

Mia annemin elinden fırçayı kaptığı gibi ortadan kayboluyor.

"Neden sürekli benden kuşkulanıyor?" diye soruyorum. "Ne zaman bir şeyleri kaybolsa, sorup soruşturmadan benden biliyor."

"Aman Freddy, sen de onu bu kadar ciddiye alma. Mia zor bir dönemden geçiyor."

Annem yanımda yere diz çöküyor, beslenmeme koyduğu ama artık mumyalaşmış sandviçi görüyor, bir şeyler söylemek üzere ağzını açıyor, ama sonra vazgeçiyor.

"Özür dilerim, anne."

"Önemli değil, baban görmeden çöpe atarım, merak etme."

Babam biz yiyecekleri ziyan ettiğimizde büyük olay çıkarır, ama kendisi daha geçenlerde sırf çikolata parçaları eşit dağılmadı diye koca bir çikolatalı parfeyi çöpe attı.

"Ee, bugün ne yapıyoruz?" diye soruyorum.

"Baban iyice yemeğe daldı, benim de koca bir yığın çamaşır ütülemem gerekiyor," diyor annem.

Biliyordum zaten! Mia bizimle birlikte sarayın bahçesine gelmek isteseydi, o zaman o çamaşırlar daha bir hafta ütü beklerdi.

"Ben çıkıyorum!" diye sesleniyor Mia.

"Ama akşam yemeğine evde olacaksın, sakın geç kalma!" dediğini duyuyorum babamın.

Annem ayağa fırlıyor: "Piyano ne oldu?"

Ama Mia çoktan kapıyı çarpıp çıkmış bile.

"Bütün tatil boyunca yalnızca bir kere alıştırma yaptı," diyorum. Biliyorum, gammazlamak kötü bir şey, ama fırça olayı yüzünden ona kızgınım.

Annem derin bir iç geçiriyor.

"Mia piyanoyu bırakırsa, ben ders almaya başlayabilir miyim?" diye soruyorum.

"Mia'nın piyano çalmayı bırakacağı falan yok. Olsa olsa

bir süre ara verir. Onun yaşında bu doğaldır," diye karşılık veriyor annem.

Okul çantamı ters çevirip odamın ortasında silkeliyorum. Ekmek kırıntıları, boş dolmakalem kartuşları, kalemtıraşın içinde kalmış kalem artıkları, hepsi halının üzerine dökülüyor.

"Freddy! Yerleri daha dün süpürdüm!"

Annem ütü yaparken, babam da o tuhaf mus için yumurtaların beyazlarıyla sarılarını ayırırken odamı süpürüyorum. Mia evde olmadı mı, ortalık o kadar sakin ki...

Banyoya girdiğimde, lavaboda Mia'nın bir tutam saçını buluyorum. Daha fazla görünsünler diye saçları lavabonun içine dağıtıyorum. Babam görünce öfkeden deliye dönecek.

Annem elime bir yığın ütülenmiş tişört ve külot tutuşturuyor.

"Bu benim değil!" diyorum bir külotu havaya kaldırıp. Külotun önünde bir Micky Fare resmi var.

"Mia'ya küçük geliyor," diyor annem.

"Yok artık, bir onun eski külotlarını giymediğim kalmıştı! Ona sürekli yeni bir şeyler alınıyor, ben ise hep onun eskilerini, yırtık pırtık giysilerini giyiyorum, teşekkür ederim yani."

"Eski kot pantolonunu sana verdiğinde mutlu olmuştun diye anımsıyorum, yanılıyor muyum?"

Başka hiçbir şey söylemiyorum, tişörtleri odama götürüyorum. Aslında doğru, bazen Mia'nın eşyaları bana kaldığında seviniyorum. Kot pantolonunda ezelden beri gözüm vardı. Mia'nın zorla da olsa artık o pantolona sığmadığını kabul etmesi sonsuza kadar sürecek gibi gelmişti. Şimdi de dört gözle sonbaharda kapüşonlu ceketinin içine sığmayacak kadar şişmanlamasını bekliyorum. Ama külot zevki gerçekten çok feci.

Annem arkamdan geliyor.

"Büyükanneni görmeye gitmeye ne dersin?"

"Sen de geliyor musun?"

"Hayır, daha yarın sabaha hazırlanmam gerekiyor, ne de olsa okulun ilk günü."

"Ha ha, nasıl unutabilirim ki?"

Annem ilkokul öğretmenidir. İyi bir öğretmen olup olmadığını bilmiyorum, ama tatlı bir öğretmendir.

"O halde, büyükannemi görmeye gitme önerisine karşı çıkmak durumundayım," diyorum.

Eskiden Mia'yla büyükanneme gitmeye bayılırdık. Büyükannem küçük bir köyde oturuyordu ve babam bize bahçede bir ağaç ev yapmıştı. Paskalya'da çalı çırpıdan yuvalar yapıp yumurtaları içlerine saklardık, sonbaharda kuru yaprakları yakardık, ceviz toplardık. Ama büyükannem bir gün buz tutan merdivenlerde kaydı ve kalça kemiğini kırdı. Haftalarca hastanede kaldı ve sonunda da bir sürü merdiveni olduğu için kendi evine geri dönemedi.

Annem sık sık görmeye gidebilelim diye bize yakın bir huzurevinde büyükanneme yer buldu. Ama her şey eskisinden o kadar farklı ki. Huzurevi kocaman, çirkin bir hapishane gibi. Mia'yla oraya ilk kez tek başımıza gittiğimizde, içinde yolumuzu kaybettik. Buna karşın büyükannemin odası küçücük. Evinden ancak eski koltuğunu, büyük elbise dolabını ve üzerinde eflatun renkli çiçekler olan çirkin yağlı boya tabloyu alabildi. Ama işin en kötüsü, büyükannemin yalnızca adresi değişmedi, büyükannem de değişti. Bazen hangi günde olduğunu bilmiyor, bazen yan odadaki Bayan Pohl'un eşyalarını çalmaya kalktığını anlatıyor. Artık bize de hiç soru sormuyor. Birilerinin bana okulun nasıl gittiğini sormasından nefret ederim, ama artık büyükannem sorsa diye gözünün içine bakıyorum, son zamanlarda bizi hiç merak etmiyormuş gibi geliyor.

Saat üçte Vero arıyor. Asıl adı Veronika, ama Vero'nun kulağa daha hoş geldiğini düşünüyor. Koskoca tatil boyunca birbirimizi neredeyse hiç göremedik, çünkü önce biz Kuzey Denizi kıyısına gittik, sonra o dört hafta boyunca yoktu. İtalya'daydı.

"Her şeyin ne kadar muhteşem geçtiğini anlatsam da inanmazsın! Otelimiz denize sıfırdı, akşamları açık büfe vardı, istediğin kadar dondurma yiyebiliyordun. En güzeli parça çikolatalı olandı, tabii tiramisu da çok lezzetliydi, ama içine likör koydukları için annem ondan çok fazla yememe izin vermedi. Öyle bir bronzlaştım ki, gözlerine inanamayacaksın! Ama babam çok feci yandı, iki gün odadan dışarı çıkamadı. Şnorkelle daldım ve bir sürü balık gördüm, bir seferinde köpekbalığı bile gördüm, ama daha yavruydu, küçük kırmızı noktalarıyla öyle şirindi ki..."

"Bana da neredeyse zehirli bir denizanası yapışıyordu..." diye söze girmeye çalışıyorum.

"Bizde hiç denizanası yoktu, ay denizanası ne iğrençtir kim bilir, bizim gittiğimiz yerde su cam gibi, masmavi ve sıcacıktı."

Cam gibi, masmavi ve sıcacık! Kuzey Denizi'nin suyu bulanık, kahverengi ve buz gibiydi. Ama doğal olarak ona bunu söylemedim.

"Akşamüstü boş musun? Sana yeni aldığım giysileri göstermem gerek, İtalya'da öyle süper şahane giysiler vardı ki. Bir tişört aldım, üzerinde 'Ciao Ciao' yazıyor, ama 'Coca Cola' gibi yazılmış, öyle süper fiyakalı duruyor ki!"

"Sanki Mia konuşuyor," diyorum.

"Efendim?"

"Hiç."

"Ee, cevap vermedin, boş musun, değil misin?"

"Büyükanneme gitmem gerek," deyiveriyorum hiç düşünmeden.

"Bir saatçik bile zamanın yok mu?"

"Hemen şimdi evden çıkmam gerekiyor."

"Öncesinde bana uğrayabilirsin, çok kalmazsın, sana yeni aldığım tişörtü göstersem yeter. Yalnızca beş dakika, lütfen!" Vero hep böyledir. Yüz kere hayır desem de yakamdan düşmek bilmez, çoğunlukla da sonunda pes eden ben olurum. Tıpkı şimdi olduğu gibi. Neyse, zaten sahilde bulduğum deniz kabuğunu hatıra olarak ona vermek istiyordum. Aslında bu bir deniz kabuğu değil, bir salyangoz kabuğu, çok büyük değil, ama kulağınıza tuttuğunuzda denizin sesini duyabiliyorsunuz.

Vero üç sokak ötedeki bir apartmanın çatı katında oturuyor. Teraslarında ufak bir elma ağacı ve içinde su zambaklarının yüzdüğü süs havuzları var. Vero'ya en çok bu teras yüzünden imreniyorum. Bizim de bir balkonumuz var, ama kuzeye bakıyor ve sıkıcı, kırmızı geranyumlar dışında hiçbir şey yetiştirilemiyor.

Büyükannemin bahçesi gözümde tütüyor. Bahçe çok büyük değildi, ama her şeyi vardı. Salıncak ve ağaç ev. Baharda çilek, yazın ahududu, sonbaharda ceviz. Hâlâ geçen yıldan kalma bir çuval cevizimiz var. Şimdiye kadar çoğunun içi küflenmiştir herhalde.

Bisikletle huzurevine giderken, çoğunlukla insanların hafta sonları dinlenmek için kullandıkları hobi evlerinin bulunduğu yoldan geçerim ve bahçelere bakarım. Bazı bahçeler, bahçe cüceleri ve eski araba lastiklerinden çiçek tarhlarıyla acayip cafcaflıdır; ama içlerinden bir tanesi var ki, önünde hep biraz dururum. Bahçe kapısı her taraftan dallarla yapraklarla örtülüdür, bahçenin öbür ucundaki küçük ahşap eve giden yol lavanta ve gül ağaçlarının dallarından seçilmez. Ahşap evin önünde mavi bir bank durur. Bu zamana kadar orada oturan kimseyi görmedim.

Bir gezinti sırasında annemle babama bu bahçeyi göstermiştim.

"Artık bahçe işi yapmam gerekmediği için çok seviniyorum," demişti babam. "Bir daha çimleri biçmek, şimşirleri budamak, kuru yaprakları toplamak mı? Kalsın, rica ederim." Ama annemin yüzünden, bahçenin hoşuna gittiği okunuyordu. Çitin üzerinden sarı bir gül uzanıyordu, annem uzanıp onu koklamıştı. "Çok güzel kokuyor," demişti ve yolumuza devam etmiştik.

Vero'nun oturduğu ev sokaktaki bütün apartmanların en güzelinde. Apartman bembeyaz, balkon demirleri el yazısı gibi süslü dövme demirden yapılmış ve küçük kulesinin tepesinde bir rüzgârgülü var. Sokak kapısının hemen yanında çardaklı bisiklet parkları bile var ve çöp kutuları görünmesin diye küçük ahşap bir kulübe içine konmuş. Zile basıyorum. Vero interfondan yanıt veriyor: "Asansöre binmek ister misin? Dur, aşağı iniyorum."

Vero'nun yalnız kendine özel bir asansörü var. Doğal olarak annesi, babası ve konukları da kullanıyor. Bir keresinde Vero'nun bana açıkladığına göre, komşular bu asansörün yapımına para vermedikleri için onların asansöre binmeleri yasakmış. Çatı katındaki daire Vero'nun anne ve babasına ait.

"Gerek yok!" diye yanıt veriyorum. Asansörden pek hoşlanmıyorum, içimi daraltıyor ve iki kat arasında takılıp kalmasından korkuyorum.

Dolayısıyla beş kat merdiveni çıkıyorum. Dördüncü katta bir basamakta merdiven halısını sabitleyen demir çubuk yerinden çıkmış, ona takılıyorum. Bana kapıyı üzerinde yeni tişörtüyle Vero açıyor. Tişört o kadar da ahım şahım bir şey değilmiş. Ama bana yeni mayosunu gösterdiğinde, kıskançlıktan çatlayacak gibi oluyorum. Mavi beyaz çizgili, göğsünde kırmızı bir beş rakamı olan bir mayo. Mayo gerçekten müthiş görünüyor. Benim mayomun poposu çoktan eridi, ama Mia'nın mayosunu da asla giymem, çünkü onunkinin göğüslerinde dolgu var. O mayoyla yüzdükten sonra insanın göğsüne iki tane ıslak sünger yapışmış gibi olur, bırrr...

"Sana bir şey getirdim," diyorum ve salyangoz kabuğunu uzatıyorum. Kabuğu turkuaz renkli pelür kâğıdına sarmıştım.

Vero sabırsızlıkla kâğıdı yırtıyor.

"Bir kabuk," diyor düş kırıklığına uğramış bir halde.

"Kulağına koy bir," diyorum.

Kabuğu bir an kulağına koyuyor, sonra komodinin üzerinden büyük, parlak, mavi noktalı bir kabuk alıp bana uzatıyor.

"Bu çok daha güzel hışırdıyor," diyor Vero.

"Ama bunu sen kendin bulmamışsındır," diyorum.

"Hayır, hediyelik eşya dükkânından satın aldım."

O anda kabuğun üzerinde *Bella Italia* yazdığını görüyorum.

"Yine de sağ ol," diyor Vero. Çalışma masasının çekmecelerinden birini çekiyor, benim deniz kabuğumu içinde tükenmiş kalemlerin, boş suluboya kutusunun ve kararmış silgilerin durduğu çekmeceye koyuyor.

"Gitmem gerek," diyorum.

"Peki, senin tatilin nasıldı?" diye soruyor Vero. "Daha hiçbir şey anlatmadın."

Ne zaman anlatsaydım?

"Yarın okulda anlatırım, olur mu? Mia öyle çekilmezdi ki, anlatsam da inanmazsın."

"Vay, işte bunu duymak isterim!"

Vero, Mia'nın yaptığı her şeyle fazlasıyla ilgilenir. Sanırım Mia'ya gizli bir hayranlık besliyor. Bunu bir türlü anlayamıyorum, ama yine de Vero benim Mia'yla ilgili içimden geçen her şeyi anlatabildiğim tek insan.

Hobi evlerinin dizildiği yoldan geri dönüyorum. Ortalık ızgara et ve yeni biçilmiş çimen kokuyor. En sevdiğim bahçenin önünden geçerken durup bisikletten iniyorum ve çitin önünde dikiliyorum. Bir kere daha bu bahçenin bize ait olduğunu düşlüyorum. İlk olarak bir hamak satın alırdım. Elma ağacıyla armut ağacı arasındaki uzaklık bir hamak kurmak için çok uygun. Ahududu dikerdim. Ahududuya bayılırım!

Belki bu bahçede ahududu bile vardır. Çitin üzerinden bakmak için hafifçe uzanıyorum ve sebze tarhına diz çökmüş ayrıkotu temizleyen bir kadın görüyorum. Tam o anda kadın doğruluyor ve bana doğru dönüyor. Kadın soru soran bakışlarla bakıp gülümsüyor, ama ben hemen bisikletime atladığım gibi kaçıyorum.

Ne ayıp şey! Hiç olmazsa bir "İyi Günler" falan deseydim. Kendi kendime kızıyorum.

On dakika sonra huzurevine varıyorum. Asfalt sıcaktan parlıyor. Ellerim yapış yapış olmuş. Her ne kadar bir tabelada "Bisiklet Bırakmak Yasaktır" yazıyorsa da bisikletimi demir parmaklıklara bağlıyorum. Huzurevine yakın hiçbir yerde bisiklet parkı yok, yalnızca bir otopark var. Ziyaretçilerin çoğu çıkışta buradan çabucak uzaklaşabilmek için arabayla geliyor olmalılar, burası pek de hoş bir yer sayılmaz.

Binadan içeri adımımı atar atmaz her zamanki gibi burnuma malt kahvesi ve parke cilası kokusu geliyor. Cam kapıdan oturma odasına bakıyorum. Orada hep aynı yaşlı adamlar oturur ve kart oynar. Bir köşede bir iki yaşlı hanım televizyon seyrediyor. İçlerinden biri, bir atkı örüyor. Pembe ve turkuaz renklerinde. İleride o atkıyı takacak toruna şimdiden acıyorum.

Asansörle ikinci kata çıkıyorum. Bu asansörü beğeniyorum, geniş ve aynalı, her katta çalan gongun tonu kulağa çok hoş geliyor.

Koridorda Hemşire Elke'yle karşılaşıyorum, nazik biridir, ama hep bir koşturmaca içindedir. Çoğunlukla, geçerken dostça seslenmekle yetinir: "Aman ne güzel, Bayan Moll geldiğinize çok sevinecek!"

Bugün yanımda duruyor: "Büyükanneni görmek istiyorsun değil mi?"

Başımı evet anlamında öne arkaya sallıyorum.

"Görünce sakın şaşırma, bugün pek iyi değil."

"Hasta mı?"

"Hayır, yalnızca kafası biraz karışık. Ona koca bir şişe su bıraktım, su içmesi için onu ikna etmeye çalış lütfen. Bu çok önemli, tamam mı?"

"Evet, ama neden..."

"Dert etme, yarın her şey çoktan yoluna girmiş olur," diyor Hemşire Elke ve odalardan birine girip kayboluyor.

Büyükannemin odasının kapısını açmaya korkuyorum. Neden annemle babam yanımda değiller ki?

Ama sonra kapıyı hafifçe tıklatıp içeri giriyorum. Odada boğucu bir hava var. Pencereler sımsıkı kapalı olduğu için bu çok doğal. Büyükannemin evinde de pencereler hep kapalı olurdu, ama o zamanlar dışarı bahçeye çıkabiliyordu ve yeterince temiz hava alıyordu.

Büyükannem berjer koltukta oturmuş, kucağında televizyon dergisinin bulmacası açık duruyor. Büyükannemin kendi televizyonu var, dolayısıyla diğer yaşlıların yanına aşağı inmesi gerekmiyor. Bu durumdan gerçekten çok hoşnut.

"Büyükanne," diyorum alçak sesle, onu korkutmamak için. Ama yine de yerinden sıçrıyor ve bana ürkek ürkek bakıyor. Sonra yüzünde sıkkın bir ifade beliriyor.

"Akşam yemeği istemiyorum. Sofradan yeni kalktım."

"Büyükanne, benim Frederike."

Büyükannem beni asla Freddy diye çağırmayan tek kişidir. "Çocuk kız, erkek değil ki Freddy densin. Hem Frederike çok güzel bir ad." Eh, ben pek öyle düşünmüyorum. Babamın Frederik adlı İsveçli bir arkadaşı varmış ve benim vaftiz babam olacakmış. Ne yazık ki, benim vaftiz törenimden çok kısa bir süre önce ölmüş. Yazık olmuş, İsveç'te bir vaftiz babamın olmasını çok isterdim. Mia'nın adı, sırf annemle babam bu adı çok sevdikleri için Mia konmuş. Mia'nın vaftiz annesi annemin arkadaşı Petra. Petra İsveçli değil, üstelik hayatta ve Mia'yı armağanlara boğabiliyor.

"Büyükanne?"

Büyükannem bulmacaya bir şeyler yazıyor. "Isı kaynağı, dört harfli?"

"Isı kaynağı ne demek?" diye soruyorum.

"Ocak? Yok, olmuyor. Soba! Tabii ki."

Masaya gidip bardağa su dolduruyorum.

"Bunu iç, büyükanne."

Büyükannem bana bakıyor. "Neden?"

"Hemşire Elke dedi ki, bol bol su içmeliymişsin, sana iyi gelecekmiş."

Aniden beni tişörtümden tutup kendine çekiyor.

"O kötü bir kadın! Geceleri odama gelip dolaptan peçetelerimi çalıyor."

"Daha neler! Olur mu öyle şey canım!"

Büyükannemin peçetelerini eminim ki kimse çalmıyor. O peçetelerin kumaşı çok kaba ve üzerlerinde kahverengi lekeler var. Annem taşınırken onları atmak istemişti. Ama peçeteler büyükannemin annesinden kalmaymış ve bu yüzden dolapta bigudi kutusunun altında duruyor. Büyükannem o bigudileri de çok uzun zamandan beri kullanmıyor.

"Bayan Pohl bugün de çoraplarımı aldı. Onları çamaşır makinesinden çaldı!"

Huzurevindeki bütün kadınlar aynı kahverengi çorapları giyiyor, dışarıda hava sıcakmış, soğukmuş hiç fark etmiyor. Büyükannemin beni duyup duymadığından emin değilim. Kendi kendine bir şeyler mırıldanıyor ve bulmacasına yeni bir sözcük yazıyor.

Büyükannemin üzerine doğru eğiliyorum. Harfler okuyamayacağım kadar küçük.

"Tuna'nın bir kolu. Yukarıdan aşağı üç harfli."

"Hiçbir fikrim yok," diyorum.

Coğrafya dersinde Almanya'daki nehirleri öğrendik, ama nehirlerin kolları bir yana Elbe ve Ren dışında tek bir nehir aklımda kalmadı.

"İller, İsar, Lech ve İnn sağdan Tuna'ya doğru akar, Altmühl, Naab ve Regen soldan akar!" diyor büyükannem.

Annem büyükannemin unutkanlığının günden güne ilerlediğini söylese de, bence belleği hâlâ çok iyi durumda.

"İsar kıyısına gezmeye gittiğimiz zamanları anımsıyor musun?" diye soruyor bana.

"Hayır, büyükanne."

"Bembeyaz, yepyeni çorapların vardı. Ayakkabılarını çıkardın, çimenlerde koşmaya başladın. Çoraplarınla!"

Büyükannem küçük bir kız çocuğu gibi kıkırdıyor. "Annem kızmıştır. Çimen lekesi asla çıkmaz. İsar'dı, tabii, İsar'dan başka bir yer olamaz." Sözcüğü bulmacaya ekliyor.

"Ne zamandı bu?" Annemin bana beyaz çorap giydirmediğine adım gibi eminim. Bir çocuğa beyaz çorap giydirmek hiç akıl kârı değil.

"Savaşın son yazıydı, feci bir sıcak vardı."

"Bugün de hava çok sıcak, büyükanne," diyorum. "Bir şey içmek istemez misin?"

Büyükannem başını iki yana sallıyor ve ağzında bir şeyler geveliyor, ne dediğini anlamıyorum. Su şişesini yeniden masanın üzerine koyuyorum.

"Ben gidiyorum, büyükanne."

"Peki, peki," diyor ama başını kaldırıp bakmıyor bile.

Kapıyı arkamdan kaparken boğazıma koskoca bir yumru takılıyor.

Bisikletimin zincirini çözüyorum ve tam üzerine binecekken, birinin lastiklerimin havasını indirdiğini fark ediyorum. Bu kadarı da zalimlik artık! Acaba bekçi mi yaptı? Bir seferinde, girişte daha yeni cilalanmış zeminde ayak izlerimi bıraktığım için beni azarlamıştı. Ama başka türlü asansöre kadar nasıl gidecektim ki, uçacak değildim ya.

Lastik pompam feci halde paslanmış olduğu için beni eve götürecek kadar havayı lastiklere pompalamam saatler sürüyor.

Evde hava, sözcüğün gerçek anlamıyla, bayağı bir ısınmış.

"Burada bir şey yanmış," diyorum.

"Kesinlikle yandı!" diyor annem. "Hem de babana sorarsan bu benim suçum."

"Kısacık bir süre kısık ateşte bırak dedim, ama sen bıldırcını yarım saat harlı ateşte yaktın!" diyor babam ve elindeki havluyla dumanı pencereden dışarı savuruyor.

"Yani bugün bıldırcın yemek zorunda değil miyiz?" diye soruyorum. "Pizza ısmarlasak nasıl olur?"

Babamın aşçılık tutkusu başlayalı beri, pizza bayağı gözden düştü. Pizza yerine haftalardır bıldırcın var. Aslında bıldırcının piliçten farklı bir tadı yok, tek farkı insanı aç bırakması.

"Biz de başlangıçlarla yetiniriz," diyor annem. "O yanmadı."

"Neymiş o?"

"Somonlu tartar soslu patates köftesi. Yanına da bir güzel salata. Bu sıcakta yeter de artar bile."

Bana kesin yetmez, o yüzden hemen bir dilim ekmeğe fıstık ezmesi sürüyorum.

"İiiy, burası ne biçim kokuyor!" Mia kapıdan içeri giriyor, çantasını bir sandalyenin üzerine atıp burnunu tıkıyor.

Babam tam o sırada yanıp kül olmuş olan bıldırcını çöpe atıyor. "Şimdi bu biyolojik çöpe mi giriyor?"

"Tehlikeli atık," diyor Mia. "Yanmış et zehirlidir, bilmiyor musun?"

"Sen de pizza yemek istemez misin?" diye soruyorum Mia'ya.

"Sen aklını mı kaçırdın? Bir pizzada kaç kalori var biliyor musun? Şişmanlamak istiyorsan kendin bilirsin."

Annem kabul etmek istemese de, babamın dediği gibi Mia bu rejim saçmalığına fazlasıyla kendini kaptırmış durumda. Mia ve arkadaşları her hafta kaç kilo verdiklerini not ediyorlar. Bu bir tür yarışmaya dönüştü. Sanırım, şu sıralar yarışı Denise önde götürüyor.

Patates köftesi gerçekten çok lezzetli, yalnız yanındaki kırmızı balık kıymasını hiç sevmedim. Mia doğal olarak yalnızca salata yiyor. "Midemizi dondurmayla doldurduk," diyor, ama tek kelimesine inanmıyorum.

Akşam her şeye karşın çok hoş geçiyor, hep birlikte televizyonda bir yarışma programını izliyoruz ve Mia'yla ben önce yarışmacı kadının saçlarının kafasına tencere geçirilip kesilmiş olduğu, sonra da kadının gerçek bir budala olduğu konusunda anlaşıyoruz. Kadın deyimin "kızım sana söylüyorum, yeğenim sen anla" değil, "gelinim sen anla" olduğunu bile bilmiyor.

Annem babamın vanilya kremalı mangolu mus'undan hepimize birer kâse getiriyor. Mia'nın kendi payını bitirmediğine seviniyorum, çünkü bana kalıyor. Tadı ferah, azıcık ekşi, ama aynı zamanda tatlı ve vanilyalı. Sırf bununla bile babam yarışmada birinci sıraya yerleşebilir.

Dişlerimi fırçalarken gözüm bileğime takılıyor. Bileğim çıplak. Bilekliğim kaybolmuş! Aslında bunda şaşıracak bir şey yok, zaten son zamanlarda iyice incelmiş, grileşmiş, görünmez olmuştu. İlkokul öğretmenimiz Bayan Weissbrodt dördüncü sınıfı bitirdiğimizde, veda armağanı olarak hepimize birer tane bileklik takmıştı.

"Bunu kendiliğinden düşüp kayboluncaya kadar takın lütfen, belki bir dileğiniz gerçek olur," demişti.

Aman ne güzel! Ne zaman nerede düştüğünü fark etmedim, dilek de tutamadım.

Ama belki de henüz çok geç değildir.

Ağzımdaki diş macununu lavaboya tükürüp yüksek sesle diyorum ki:" Dilerim... Dilerim, yarın Daniel'le barışırım ve beni o fare suratlıdan daha çok sever!'"

Tam bunu dilemiştim ki, babamın yemek pişirme yarışmasında 100.000 Avroluk ödülü kazanmasını dilemek geldi aklıma. O zaman hepimizin bu dilekten bir kazancı olurdu.

Ama zaten bu dilek bileklikleri saçmalıktan başka bir şey değil. Yatakta "Polly Trotter'ın Gizem Dolu Dünyası"ndan bir bölüm daha okuyorum. Aslında okumak için fazla yorgunum, ama okurken hiç olmazsa yarını düşünmüyorum.

Bir cümleyi üç kere okuyup yine de anlamayınca, kitap ayracını sayfaların arasına koyup kitabı kapatıyorum.

2. BÖLÜM

Uyanıyorum. Saat mi çaldı? Hayır. Kilisenin çanları çalıyor. Pazartesi günü mü? Ne zamandan beri Pazartesi günleri de çanlar çalıyor? Yeni ders yılının başlamasını bir yana bırakacak olursak, bugün önemli bir gün mü ki? Bildiğim kadarıyla değil.

Çalar saatime bakıyorum ve dehşete kapılıyorum. Uyuyakalmışız! Saat dokuz olmuş!

Yaz tatilinden sonra, daha ilk günden geç kalmak kadar korkuncu yoktur. Sınıf öğretmenimiz Bay Frohriep ne diyecek şimdi? Biri hata yaptığında kaşlarından birini bir kaldırışı vardır, evlere şenlik. Bay Frohpiep'i duyar gibiyim: "Uyuya mı kaldın? Aman ne güzel bir başlangıç!"

Yataktan fırlıyorum. Bu bir parmak yün tiftiğinin halının üzerinde ne işi var? Dün ben bunu süpürmemiş miydim? Neyse, şimdi derdim başımdan aşkın.

"Anne! Baba! Kalkın!" diye sesleniyorum. "Uyuyakaldık!"

Banyoya dalıyorum ve diş fırçama yapışıyorum. Acaba okula hiç gitmesem mi? Hastalanmış olabilirim. Okula bir saatten fazla geç kalmaktan çok daha iyidir. Ama kesin Vero herkese dün öğleden sonra buluştuğumuzu ve benim sapasağlam olduğumu yetiştirir.

"Anne!"

Karnem nerede benim? Burada, ama karnem hâlâ imzalanmamış, her zamanki gibi! Annemle babamın imzalamak için üç ay zamanları vardı, peki imzalamışlar mı? Hayır! Karneyi bütün gücümle mutfak masasının üzerine çakıyorum.

Jack heyecanla havlayarak çevremde zıplayıp duruyor. Görünüşe göre bu durumdan büyük bir zevk alıyor.

"Hayır Jack, seninle dışarı çıkamam şimdi, okula gitmem gerek!"

Babam yatak odasından başını uzatıyor.

"Freddy? Ne bu tantana sabah sabah? Biz hâlâ uyuyoruz!"

"Fark ettim. Saate baktın mı sen?"

Lastik ayakkabılarımı ayağıma geçiriyorum, bağcıkları bağlamaya zamanım yok. Nerede şu aptal okul çantam? Dün gece kapının hemen yanına koymuştum.

"Baba, karnemi imzala, çabuk!"

"Saat daha dokuz. Pazar günü bu ne telaş?"

"Pazar mı?" Babama boş boş bakıyorum. "Bugün Pazar değil! Pazar dündü!"

Annem koridorda beliriyor. "Freddy, erken kalkmışsın. Sen de çay ister misin?"

Bir şey anlıyorsam kör olayım. "Anne, okula gitmem gerek!"

Annem yanıma gelip bir elini alnıma koyuyor. "Kendini iyi hissetmiyor musun, tatlım?"

Aslında kendimi hiç iyi hissetmiyorum, başım dönüyor.

"Ama Pazar dündü," diye yineliyorum.

"Dün Cumartesiydi," diyor annem. "Dün mahalle pazarına gittik, babanın yemek listesi için bıldırcın aldık..."

"Bıldırcınlar yandı," diyorum alçak sesle.

"Yandı mı? Daha neler! Ben bugüne kadar hiçbir şeyi yakmadım!"

Babam buzdolabını açıyor ve içinden bir paket çıkarıyor. Paketin kâğıdını sıyırıyor. İşte orada öylece duruyor, dört tane bıldırcın. Minik göbekleri ve yuvarlak butlarıyla kafaları koparılmış küçük, tombul, çıplak kadınlara benziyorlar. Kendimi bir mutfak sandalyesinin üzerine bırakıyorum. Annem çaydanlığı ocağın üzerine koyuyor.

"Düş görmüş olmalısın, Freddy," diyor annem. "Bazen düşler o kadar canlıdır ki, insanın gerçekliğe dönmesi çok zor olur. Ben yıllarca matematikten bitirme sınavlarına girdiğimi gördüm ve hep boş kâğıt veriyordum."

"Ama bu bir düş değildi," diyorum alçak sesle. "Düş görmüş olamam."

"Haydi gel, bir fincan çay iç," diyor annem ve mutfak masasının üzerine üç çay fincanı koyuyor.

Yerimden fırlıyorum. "Sonra! Önce Jack'i bir dışarı çıkarayım."

Açık havaya çıkmam gerek, acilen!

Evin önüne çıkınca, Jack dosdoğru kayın ağacına yöneliyor. Hay aksi, yanıma naylon torba almamışım.

"Hayır Jack, hayır! Buraya olmaz!"

Jack kayın ağacının dibini birazcık kokluyor, sonra onu oradan uzaklaştırmama izin veriyor.

Bayan Haferkamp pencereyi menteşelerinden sökercesine açıyor. "Köpeğinizin pisliğini yine toplamazsanız, sizi belediyeye şikâyet edeceğim!"

"İyi ama ben dün Jack'in kakasını toplamıştım!"

"Yok canım, sen kimi kandırıyorsun! Bak, hâlâ orada duruyor." Kenardaki taşı gösteriyor. "Annen lütfedip de kaka toplayamayacak kadar asil herhalde."

Cumartesi günü pazara gitmeden önce Jack'i annem çıkarmıştı.

Yanıt vermiyorum, Jack'le birlikte koşarak karşıdan karşıya geçip parka gidiyorum. Koşucular yanımdan soluk soluğa koşarak geçiyorlar, ama bunu her sabah yaparlar, yalnızca Pazarları değil. Bir banka oturup aklımı toplamaya çalışıyorum. Yani bugün Pazar, ama dün de Pazardı. Peki, o zaman ben dünkü Pazarı gerçekten düşümde mi gördüm? Arkamda çalıların arasında dolanan Jack'in çıkardığı hışırtıları duyuyorum. Daniel'in bayırın öteki tarafında durup bisikletinin lastiğini pompalaması da bir düş müydü?

Elimi gözlerimin önüne getirip güneşi engelleyerek ileriye bakıyorum.

Bir kadın çocuk arabasını itiyor. Kol kola girmiş yaşlı bir çift yol boyunca yürüyor. Görünürde Daniel yok. Bir dakika, dün ben parka çok daha geç gitmiştim. Saat onu biraz geçiyordu. Şimdiyse saat daha dokuzu yirmi geçiyor. Daniel'in ortaya çıkmasını beklesem mi? Belki de Daniel çoktan okuldaki sırasında oturuyordur ve bugün gerçekten de Pazartesidir ve kilisenin çanlarının çalması bir hatadır, bir tür yanlış alarmdır.

Sokağımıza geri dönüyorum. Kapalı olan süpermarketin önünde sahipsiz bir alışveriş arabası tek başına duruyor, gazetecinin vitrininde kocaman başlığıyla bir gazete asılı: Yeni sıcaklık rekoru!

Dünkü başlığın aynısı olup olmadığını bilmiyorum, dün hiç dikkat etmemiştim.

Gazetenin tarihine bakıyorum: 7 Eylül Pazar.

"Bu bugünün gazetesi mi?" diye soruyorum satıcıya.

"Ne olacaktı ya? Yılbaşı özel sayısı mı?"

Başlığın altında şöyle yazıyordu: Tatilin son gününde sıcaklığın 30 dereceyi aşacağı tahmin ediliyor.

"Öyle bedavaya okumak yok," diye kızıyor gazete satıcısı. "Ya satın alırsın ya da..."

Gazete satıcısı eliyle savuşturur gibi bir hareket yapıyor.

Başımı iki yana sallıyorum ve Jack tam büfeye işemek için bacağını havaya kaldırdığında onu çekerek uzaklaştırıyorum.

Pazar günü, yine Pazar günü! Hayır, yine değil, dünkü gibi, bir kere daha aynı Pazar günü. Dün 7 Eylül'dü, bugün de 7 Eylül. Ama böyle bir şey olanaksız, dolayısıyla dünkü Pazar gününü düşlemiş olmalıyım. Annem haklı, bazı düşler gerçeğe o kadar yakın olur ki, insan bazen düşle gerçeği ayırt edemez. Bir seferinde düşümde Mia'nın bütün oyuncak hayvanlarımın kafalarını kopardığını görmüştüm. Uyandığımda, her ne kadar bütün hayvanlarımın kafaları yerlerinde dursa da, bütün günü Mia'ya karşı öfkeyle dolu olarak geçirmiştim. Bu konuda daha fazla kafa patlatmamaya karar veriyorum. Ne güzel işte! Yarın yine okul derdi başlamadan önce koskoca bir gün daha tatil yapacağım. Tam da bunu dilememiş miydim?

Eve döndüğümde, annemle babam mutfak masasında oturmuş, çay içiyorlardı. Annem gazete okuyor, babam da yemek kitabından bir şeyler not ediyordu.

Tıpkı dün olduğu gibi. Tıpkı her Pazar günü olduğu gibi.

"Evde yenibahar var mı?" diye soruyor babam.

"Noel kurabiyelerinde kullanılan bir baharat değil mi o?" diye soruyor annem.

"Evde yenibahar var mı, yok mu?"

Dün de aynen bu konuyu konuşmuşlardı. Yenibaharı düşlemiş olabilir miyim? Ne olduğunu bile bilmiyorum.

"Yenibahar nedir?" diye soruyorum.

"Karabibere benziyor, ama onun kadar acı değil," diyor babam.

"Yine biri bu cehennem sıcağında köpeğini arabada kapalı bırakmış," diye okuyor annem gazeteden. "Hayvanlara göz göre göre işkence ediyorlar."

"Köpeğe ne olmuş peki?"

"Polis arabayı zorla açmış, köpek bir hayvan hastanesine götürülmüş, dolaşım sistemi altüst olmuş."

Jack havlıyor.

Jack'in kâsesine taze su ve yanına da mamasını koyuyorum.

"Neden pikniğe gitmiyoruz?" diye soruyorum. "Sandviçlerimizi ve haşlanmış yumurtalarımızı yanımıza alıp Waldsee'ye gitsek."

"Peki Mia ne olacak?" diye soruyor annem Mia'nın yatak odasının kapısına bir bakış atarak. "Hâlâ uyuyor."

"Olsun. Ona bir not yazıp bırakırız, gezmeye gittiğimizi söyleriz."

"Kahvaltıdan sonra hep birlikte sarayın bahçesine gezmeye gider, dönerken de Cortina'da..."

"Dondurma yiyebiliriz," diye tamamladım annemin sözlerini. "Unut gitsin, Mia zaten gelmez, Hanni ve Denise'le buluşacak."

"Dün bana hiç öyle bir şey söylemedi. Hanni Londra'dan döndü mü ki?"

"Yarın okul başladığına göre bugün dönmüş olması gerekir, değil mi?" diyor babam ve buzdolabını açıyor. "Yeterince kremamız var mı?"

"Kremayı ne yapacaksın?" diye soruyor annem.

"Mangolu mus'una katacak," diyorum.

"Kahveli parfe yapmayacak mıydın?" diyor annem. "Sırf sen istedin diye kedidili aldım."

"Kararımı değiştirdim. Bugün artık herkes kahveli parfe yapıyor, mangolu musta farklı olan..."

"Vanilyalı köpüğü," diye tamamlıyorum. Yavaş yavaş bundan zevk almaya başlıyorum.

"Kesinlikle!" Babam şaşkınlıkla bana bakıyor. "Sana bundan daha önce söz etmiş miydim?"

"Hı hı," diyorum belli belirsiz.

"Vanilyalı köpük için bir çimdik yenibahar gerekiyor. Yenibahar vanilyanın fazla tatlısını alıyor ve mangonun meyve tadıyla ilginç bir zıtlık oluşturuyor," diye açıklıyor babam.

"Televizyonda değilsin," diyor annem. "Bize her şeyi açıklaman gerekmiyor, yediğimiz lezzetli olsun yeter!"

Midem gurulduyor.

"Eee, pikniğe ne oldu?"

"Gelecek Pazar yaparız," diyor annem. "Daha ütü yapmam gerekiyor, üstelik yarına da hazırlanacağım."

"Öyle olsun," diye mızıldanıyorum. "Ama gelecek Pazar kesin yağmur yağar!"

"Nerede o günler," diyor babam. "Bu kavurucu sıcaklar daha bir süre devam edecekmiş."

"Hayır canım, dün radyoda fırtına haberi verdi," diyor annem. "Bu gece hava biraz olsun serinleyecekmiş."

Babam başını sallıyor. "Televizyonda da sabit bir yüksek basınçtan bahsediyordu."

"O da iyi, hiç olmazsa gelecek birkaç gün daha az sıcak olur," diyor annem. "Okul çantanı boşalttın mı, Freddy?"

"Çoktan, dün boşalttım bile," diyorum.

"Aferin sana," diyor annem ve başımı okşuyor. "Sofrayı kurmama yardım eder misin?"

Küf kokulu peyniri doğrudan Mia'nın tabağının yanına, yer fıstığı ezmesini de kendi tabağımın önüne koyuyorum. Babam yumurtaları kaynayan suya atıyor.

Mia'nun odasının kapısı açılıyor ve Mia odasından dışarı süzülüyor.

"Bu kadar gürültü yapmanıza gerçekten gerek var mı?" diye homurdanıyor. "Bir kez olsun doya doya uyumak istiyorum."

"Hava uyumak için fazla sıcak," diyor annem. "Otur haydi, kahvaltı hazır."

Mia banyoya giriyor. Banyodan çıkınca kesin yine gidip yatar. Hayır! Mia bizimle birlikte kahvaltıya oturuyor.

"Kim bu iğrenç peyniri benim tabağımın yanına koydu?"

"Sofrayı Freddy kurdu," diyor annem.

"Neden hiç şaşırmadım?" diye parlıyor Mia ve peyniri bana doğru itiyor. Peynir tabağını Mia'ya doğru itekliyorum, tabak masanın kenarından kayıyor ve peynir lök diye yere düşüyor.

"Güzelim *Brie de Meaux!*" diye çığlık atıyor babam ve yere eğiliyor. Jack koşup yumuşak peynir kütlesini yerden yalamaya başlıyor.

"Bunun yüz gramı bir dolu para!" diye kızıyor babam ve yeri siliyor.

"Neden o kadar pahalı peynirler alıyorsun sen de?" diye soruyor Mia ve kepekli ekmeğin üzerine görünmeyecek kadar az tereyağı sürüyor.

"Herhalde yere atasınız diye değil!"

"Yumurtalara bakıyorsun, değil mi?" diye soruyor annem.

"Kahretsin!" Babam yerden doğrulurken kafasını açık kalan çatal kaşık çekmecesine çarpıyor ve acıyla haykırıyor. Tam o anda ocaktan yumurtaların kaynadığı cezveyi kaldıran annem, babamın haykırışından korkup cezveyi elinden düşürüyor; kaynar su her tarafa sıçrıyor; yumurtalar da yere düşüyor.

Bir an sessizlik oluyor.

Babam alnını ovuşturuyor. Annem ayaklarına bakıyor ve birden avazı çıktığı kadar bağırmaya başlıyor.

"Hemen banyoya, çabuk!" diye bağırıyor babam.

Mia'yla ben yerimizden sıçrıyoruz, annemle babam banyoya koşuyor. Annem küvete giriyor, babam annemin ayağına soğuk su tutuyor.

Annemin ayağı yanıktan mı yoksa soğuk sudan mı kıpkırmızı oluyor, anlamak zor.

"Neyse, bu sefer şansım yaver gitti," diyor annem ve ayağını sağa sola hareket ettiriyor. "Başka bir yerim de haşlanabilirdi."

Mutfağın yerini siliyorum, Mia da yumurtaları topluyor. "Neyse ki katı olmuşlar, yoksa ortalık iyice batacakmış." Annem kahvaltı boyunca bir ayağını suyla dolu bir kabın içinde tutuyor. Ben de arada bir buzdolabının dondurucusundan aldığım buz parçalarını kabın içine atıyorum.

"Hepsi Freddy'nin suçu!" diyor Mia ve bana kızgın gözlerle bakıyor. "Her zamanki gibi."

"Sen başlattın! Sen..."

"Kavga etmeyin, ayağım o kadar da kötü değil," diyor annem.

"Kazaların çoğu evde olur," diyor babam kederli bir sesle ve elindeki buz torbasını alnına koyuyor. "Üstelik bu kazaların bazıları ölümcüldür."

"O zaman yarın hepimizin evden çıkacak olması ne iyi," diyor annem.

Telefon çalıyor. Mia yerinden fırlıyor. "Banadır!"

"Başka kime olacak?" diye mırıldanıyorum. "Ayağının acısı gerçekten geçti mi?" diye soruyorum anneme. Gerçekten vicdan azabı çekiyorum.

Annemin ayağını sudan çıkarmasıyla yine suya sokması bir oluyor. "Soğuk suda kaldığı sürece acımıyor. Ama korkarım bugün çok fazla bir şey yapamayacağım."

"Lastik botları giyersin, biz de ara ara içine soğuk su dökeriz," diye öneriyorum.

Annem gülüyor.

Arkadan Mia'nın telefonda kıkırdamasını işitiyorum. "Hayııır... Yemin et... Yok canım... İnanmıyorum!" Sonra sinirleri bozulmuş gibi kahkahalar atıyor.

"Benim de bir gün onun gibi olacağıma inanıyor musun?" diye soruyorum anneme.

"Mia göründüğü kadar kötü değil canım," diyor annem. "Mia'nın ergenlikten yana dertli olabileceğini hiç düşündün mü?"

Mia ve dertli olmak? Dünyada olmaz!

"Burada dertli olan tek bir kişi var, o da benim!" diyorum biraz küstahça.

"Peki ya ben?" diyor babam. "Ne de olsa benim üç kadına katlanmam gerekiyor."

Mia banyoya giriyor.

Babamla ben sofrayı topluyoruz.

"Freddy! Fırçam nerede?" diye bağırıyor Mia banyodan.

"Fırçası çöpün yanında," diyor annem bana. "Freddy fırçayı ablana verir misin? Temizledim de."

Mia aynanın karşısında duruyor. Saçlarının örgüsünü açmış ve saçları neredeyse kalçalarına değiyor. Aynada kendine gülümsüyor, ama sonra dudaklarını hoşnutsuzlukla büzüştürüyor. "Saçlarım iğrenç bir durumda. Bu sıcak beni mahvediyor!"

Fırçayı havaya kaldırıyorum. "Ben tarayabilir miyim?"

Eskiden saçlarını sık sık ben tarardım. Mia prensesti ve ben de nedimesiydim. Saçlarını örer, bir sürü kurdele bağlardım, sonra karşılıklı geçer, birbirimize makyaj yapardık.

"Tamam, ama dikkat et, sakın saçımı çekme."

Bir tutam saçı avucumun içine alıyorum. Saçı ipek gibi. Böyle saçlarım olması için neler vermezdim? Fırçayı dikkatli bir biçimde saçların üzerinde kaydırıyorum. Mia'nın saçlarını taramayı seviyorum. Sonra ikinci bir tutam saç alıyorum, fırçayı kaydırırken saçlar dolanıyor...

"Aay!" Mia arkasını dönüp fırçayı elimden kapıyor. "Kafa derimi mi yüzmek istiyorsun?"

"Bazen evet!" diye yanıt verip odama gidiyorum.

İşte okul çantam orada duruyor! Üç ay önce nereye attıysam hâlâ orada duruyor. Çantayı açıyorum, içinden sayfa kenarları kıvrılmış defterler, kitaplar ve de beslenmeme konulan sandviç çıkıyor. Ama annem bunu çöpe atmıştı! Yoksa atmamış mıydı?

"Demek çantanı daha yeni boşaltıyorsun," diyor annem. Annem odamın kapısında durmuş üzgün üzgün bana bakıyor. "O ne elindeki öyle? O bir sandviç mi? Freddy! İğrenç bir şey bu! Bu sıcakta içinde kurtlar üremiştir kesin!"

Bir çığlık atıp sandviçi elimden düşürüyorum.

"Git çöpe at," diyor annem. "Ama dikkat et, baban görmesin, onun bu konuda ne kadar hassas olduğunu biliyorsun."

Kurtçukların paketin içinde kıpırdanışı gözümün önüne geliyor. "Sen atsan olmaz mı?"

"Hayır, gidip sen atacaksın!" Annem arkasını dönüp gidiyor.

Düşümde paketi açmıştım, ama içinde kurtçuklar yoktu, yalnızca kazık gibi olmuş bir sandviç vardı. Ama insanın düşlere güvenesi gelmiyor, düşümde annemin ayağının yandığını da görmemiştim.

Elime bir çorap tekini eldiven gibi geçirip paketi dikkatlice kavrıyorum.

Babam mutfak tezgâhına dayanmış bir mangoyu püre aletiyle eziyor. Aletten sıçrayan bir iki damla mango yüzüme isabet ediyor. Çoraplı olmayan elimle o damlaları siliyorum.

"Ne o elindeki?" diye soruyor babam.

"Hiç," deyip kapağını açmak için çöp kutusunun pedalına basıyorum.

"O sakın beslenmene koyduğum sandviçlerden biri olmasın? Üç ay kadar bayat bir sandviç?!" Babamın sesi gittikçe yükseliyor. Püre aletini kenara koyuyor. "Freddy!"

"Sen de daha geçenlerde çikolatalı fare attın ama!"

"Çünkü bozulmuştu. Hem fare deme dedim sana, parfe o."

"Ne olmuş yani? Bu sandviç de bozulmuş!"

"Ama ben beslenmene koyduğumda bozuk değildi!"

"Affedersin, baba!"

"Tamam, affettim." Püre aletini yeniden çalıştırıyor.

"Kremayı çırpayım mı?" diye soruyorum.

"Hayır, teşekkür ederim, geçen sefer çırptığında krema değil, tereyağı oldu. Sen bana buzdolabından somon balığını çıkar."

Buzdolabının kapağını açmamla bıldırcın paketinin yere düşmesi bir oluyor.

"Dikkat et!" diyor babam kızgın bir sesle.

"Buzdolabı ağzına kadar dolmuş." Somon balığı paketine ulaşmak için kolumu ta dolabın diplerine kadar uzatıyorum. Kahve kremasıyla dolu bir kavanoz devriliyor ve içindeki krema salam tabağının, marmelat kâselerinin ve bir parça İsviçre peynirinin üzerine boşalıyor.

Bütün buzdolabını boşaltıp her şeyi tek tek temizlemem gerekiyor. İçimden hüngür hüngür ağlamak geliyor. Berbat bir Pazar bu! Keşke okula gitseydim. Gerçekten.

Okul çantamı bir kere daha boşaltıyorum. Kalem kutumda bir kere daha Daniel'le yüzmeye gitmeye sözleştiğimiz notu buluyorum ve hâlâ bütün bunları düşledim mi yoksa gerçekten bir bir yaşadım mı bilmiyorum. Daniel'in kargacık burgacık el yazısıyla dolu kâğıdı alıp mini minnacık parçalara ayırıyorum, sonra da kâğıtları tuvalete atıp sifonu çekiyorum.

Bu arada Mia dışarı çıkmış, şimdi kesin Ekşi-Tatlı Kulübüyle buluşup eğlenir.

Annem ütüyü oturarak yapıyor. Ayağını yeniden soğuk suyla dolu kaba sokmuş.

"Çok mu acıyor?" diye soruyorum.

"İdare eder," diyor. "Ama kesin çok feci su toplayacak. Artık yarın okula parmak arası terliklerimle giderim."

"Sana ütüde yardım edeyim mi?"

"Teşekkür ederim Freddy, Mia'nın eşyalarıyla kendininkileri yerlerine yerleştirebilirsin." Annem bir yığın ütülenmiş tişörtü kucağıma uzatıyor.

"Benim tişörtlerimi ütülemesen de olur, anne."

"Biliyorum, ama tişörtler ütülü halde dolapta daha az yer kaplıyor."

Mia'nın eşyalarını çalışma masasının sandalyesine bırakıyorum, zaten sandalyenin üzerinde bir sürü giysisi yığılmış. Sandalyenin üzerinde ve yerde. Bir seferinde annem o kadar sinirlendi ki, bir çöp torbası alıp ortalıkta ne varsa hepsini içine attı. "Bunların hepsi, bunları bulamayanlara gidecek!" dedi. Ama elbette Mia'nın eşyalarını yollamadı, hatta Mia'ya dolabını yerleştirmekte yardım etti. Bana kalsa Mia kendi çöpü içinde boğulsun derim.

Öyle aman aman düzenli olduğumu iddia edemem, ama odamın temiz olmasını isterim.

Islak bir bez alıp yatağımın altındaki tozları siliyor ve topak topak olan yün tiftiklerini süpürüyorum. Ben dün elektrikli süpürgeyle süpürmemiş miydim burayı? Tabii ya, o yalnızca bir düştü. Arapsaçımı suluyorum. Mia'nın da bir saksı arapsaçı bitkisi vardı, ama başlangıçta sürekli suladığı, bir süre sonra da hiç sulamadığı için öldü gitti zavallıcık. Mia, Jack konusunda da aynı şeyi yaptı. Mia bir köpeği olması için ölüp ölüp diriliyordu, ama çok geçmeden hevesi kaçtı. Kedilerle yürüyüşe çıkılmadığı için köpek diye tutturdu. Jack'in bize gelişini hiç hatırlamıyorum, ama Mia'yla Jack'in bir sürü fotoğrafı var. Jack el kadarken Mia onu yanında her yere sürüklerdi, zavallıyı zorla yanında yatırırdı. Ama Mia, Jack'in kötü koktuğunu düşündüğü için uzunca bir süredir Jack, Mia'nın yanında yatamıyor. Artık Jack'i yürüyüşe de çıkarmıyor, özellikle de Bayan Haferkamp pusuya yatmaya başladığından bu yana.

"Freddy?" diye sesleniyor annem. "Büyükanneni görme-ye gider misin?"

Daha dün büyükanneme gittiğimi söylemek isterdim, ama diyorum ki: "Babam gitse olmaz mı?" Ne de olsa büyükan-nem onun annesi.

"Az sonra köpeği çıkaracağım," diyor babam. "Dönüşte de ana yemeğimi hazırlamaya başlamam gerekiyor."

"Bıldırcın," diyor annem ve gözlerini deviriyor. "Yine. Ya-kında ben de bir bıldırcına dönüşeceğim."

Gülmekten kendimi alamıyorum. Annem daha şimdiden bir bıldırcına benziyor. Annem ufacık ve tombuldur, yerin-de bir saniye duramaz, sürekli bir o yana bir bu yana sıçrar, ama elbette yanmış bir ayakla değil.

Yatağıma uzanıp kitabımı açıyorum. Kitap ayracı yanlış yerde duruyor. Buraları çoktan okumamış mıydım? Sayfala-rı karıştırıyorum, kaldığım yeri arıyorum, ama sonra iki say-fayı yeniden okuyorum. Yeniden öykünün akıcılığına kapı-lıyorum ve o tuhaf düşü, bu tuhaf çifte Pazarı ve hatta can sı-kıcı okulu bile unutuyorum.

Kitabı kapatmadan önce, bu sefer kaldığım sayfayı kur-şun kalemle işaretliyorum, sayfanın köşesini kıvırıp iki say-fa arasına bir de ayraç koyuyorum.

Telefon çalıyor.

"Sen bakar mısın, Freddy?" diye sesleniyor annem mut-faktan.

Arayan Vero.

"Tatilimizin ne kadar şahane geçtiğine inanamayacaksın, öyle güzel..."

"Öyle güzel bronzlaştın ki," diye sözünü kesiyorum. "Ba-ban güneşten çok fena yandı, akşam yemeğinde parça çiko-latalı dondurma vardı ve bir köpekbalığı gördün."

Hattın diğer ucunda sessizlik oluyor.

"Vero? Vero, orada mısın?"

"Bütün bunları sen nereden biliyorsun?" diye soruyor Vero.

"Ben medyumum, bilmiyor muydun?"

"Hayır," diyor Vero. Yalnızca bir "Hayır" ve başka bir şey söylemiyor. Söz konusu olan Vero'ysa, bu sessizliğin mutlaka bir anlamı vardır. Telefonun diğer ucunda aklından neler geçtiğini duyar gibiyim. Freddy nasıl medyum olabilir ki? Onun hiçbir yeteneği yoktur, olacak şey değil bu, diye düşünüyor şimdi. Kendimi tutamayıp kıkırdıyorum.

"Hah, şimdi anladım!" diye bağırıyor Vero. "Merle'yle konuştun değil mi?"

"Merle'yle mi?" diye soruyorum sersem sersem.

"Evet, dün otobandaki dinlenme tesisinde Merle ve ailesiyle karşılaştık. Onlar Avusturya'dan dönüyorlardı. Merle orada bir çiftliğe gitmiş ve attan düşüp sol kolunu kırmış. Aslında keşke sağ kolunu kırsaymış, böylece yazı yazmaktan kurtulurdu." Vero durup bir soluk alıyor. "Ben de tatilimizden söz ettim tabii."

"Ben bu tatilde Merle'yi hiç görmedim," diyorum. "Bana inanmıyorsan yarın okulda kendisine sorarsın."

Bir an için telefonda yine sessizlik oldu.

"Sen medyum falan değilsin!" diyor Vero sessizlikten sonra.

"Öyleyim işte," diyorum.

"Birinin İtalya'da bronzlaştığını ve parça çikolatalı dondurma yediğini bilmekle medyum olunmaz."

"Köpekbalığına ne diyeceksin o zaman?"

"Ben köpekbalığı görmedim ki," diye iddia ediyor Vero.

"Peki, üzerinde Bella Italia yazan üzeri nokta nokta deniz kabuklarından da mı getirmedin?"

"Hayır," diyor Vero. "Deniz kabukları banal oldu artık. Annem bana üzerinde Ciao Ciao yazan süper fiyakalı bir tişört aldı..."

"Ve Ciao Ciao yazısı da tıpkı Coca Cola gibi yazılmış değil mi?"

"Evet, biliyorum, artık o tişörtlerden burada da var," diyor Vero. "Merle'nin dayısı ona da aynısından bir tane armağan etmiş."

"Buluşalım mı?" diye soruyorum. "Büyükanneme gitmem gerekiyor, ama eğer istersen ona giderken sana da uğrarım."

"Peki olur," diyor Vero lütfedercesine.

Hışırtılı deniz kabuğunu önce paketliyorum, sonra paketi bozuyorum. Vero'nun "deniz kabukları banal oldu" sözleri kulağımda yankılanıyor.

Düşümde Vero'nun Bella Italia deniz kabuğunun nerede durduğunu anımsamaya çalışıyorum. Çalışma masasının üzerinde miydi? Hayır, yatağının başucundaydı.

Bisikletimi şık bisiklet parkına bırakıp Veroların dairesine merdivenden çıkıyorum. Tam dairelerinin kapısını çalacakken, aklıma bir şey geliyor ve bir kat aşağı iniyorum. İşte orada: Dördüncü katın alttan ikinci basamağında merdiven halısını tutan demir çubuğun bir ucu yerinden çıkmış. Düşümde de aynen böyleydi. Ama belki de o demir çubuk çoktandır yerinden çıkıktı da ben yeni fark ettim.

Vero yukarıdan bağırıyor: "Sen ne arıyorsun orada?"

"Yok bir şey, terliğim ayağımdan çıktı da."

Vero'nun odasına girer girmez başucundaki komodine bakıyorum, üzerinde deniz kabuğu yok.

"Terasa çıkalım mı?" diye soruyorum.

"Çok sıcak," diyor Vero. Biz de Vero'nun yatağının üzerine oturup buzlu limonata içiyoruz. Bardaklar soğuktan buğulanmışlar. Limonatanın tadı çok güzel geliyor.

Vero'ya tatilimi anlatmak istiyorum, ama bırakmıyor ki ben de bir çift laf edeyim.

"Düşünsene, çiftlikte Merle'nin ahırların temizlenmesine yardım etmesi gerekmiş."

"Çok eğlenceli," diyorum.

"Neresi eğlenceli? Ne kadar kötü kokar biliyor musun? Ama ata binmesine izin veriyorlarmış ve doğal olarak bu şahane bir şey, doğru dürüst ata binmeyi bilmiyor olsa da. O yüzden kolu kırılmış ya zaten. Geçen yıl ben de binicilik dersleri almıştım, o zaman binicilik hocası bende doğal bir yetenek olduğunu söylemişti."

Bunu bana daha önce yüz kere anlatmıştı. "Gönderdiğim kartpostal geldi mi sana?" diye soruyorum.

Vero elini ohoo dercesine sallıyor. "O kadar çok kartpostal geldi ki, inanamazsın."

Başucu çekmecesini açıp içinden bir deste kartpostal çıkarıyor.

"Aa, işte burada!" diye bağırıyorum. "Deniz kabuğu!"

"Hangi deniz kabuğu?" diye soruyor Vero ve sersem sersem bakıyor.

"Hani şu üzerinde Bella Italia yazan! Öyle bir deniz kabuğunun olmadığını söylemiştin."

"Ha o mu? O çok eskiden beri var. Onu bana bir zamanlar teyzem getirmişti."

"Ama ben daha önce onu hiç görmedim," diye üsteliyorum.

"Bende olup da senin görmediğin daha neler neler var," diyor Vero.

Bu doğru.

Vero'nun odası benim odamın iki katı büyüklüğünde ve on kat daha dolu. Köşede Vero'nun çok uzun zamandır oynamadığı koskocaman bir bebek evi duruyor. Dokuzuncu yaş gününde bebek evinin annesi için bir elektrikli süpürge armağan etmişlerdi ve o zamandan beri zavallı annecik oturma odasının ortasında dikilmiş sürekli yerleri süpürüyor.

Bebek eviyle öyle çok oynanmadı, her bir parçası toz içinde duruyor, hatta Vero'yu çok kıskanmama neden olan incecik şarap kadehleri ve altın çatal bıçak takımı da. Bebek evinin hemen yanında en azından yüz tane oyun üst üste yığılmış. Biz zaten en çok Kızma Birader ya da Monopoly oynarız. Diğerlerinin kullanım kılavuzları o kadar uzun ki, onları hiçbir zaman tam olarak anlayamadık. Raflarda Vero'nun oyuncak hayvanları dizilidir, yatağının üzerinde duranlar da cabası. Bir köpek, gerçekten havlayabilen bir kaniş ve göz kırpan bir Teddy ve bir fil ve bir Teddy daha ve içinde müzikli bir saat olan bir kedi ve yavrusuyla birlikte bir kutup ayısı ve... ve... ve...

Vero'nun kardeşi yok, ama bir sürü teyzesi ve amcası var, iki büyükbabası ve büyükbabalarından biri yeniden evlendiği için üç tane büyükannesi var. Hepsi Vero'ya Paskalya'da, Noel'de ve doğum gününde sayısız armağanlar alır. Sanırım Vero bile neyi olup neyi olmadığını tam olarak bilmiyordur.

Vero bana bacaklarını uzatıyor. Bacakları insanı çatlatacak kadar güzel bronzlaşmış. "Tırnak cilamı nasıl buluyorsun?" diye soruyor. "Deniz kabuğu pembesi, şık değil mi? O da İtalya'dan."

Tırnakları düşümde de pembe cilalı mıydı? Bir türlü anımsayamıyorum ve o saçma düşü bir daha anımsamamak üzere unutmaya karar veriyorum.

"Artık çıkmam gerek," diyorum.

"Zavallıcık," diyor Vero. "Aklıma tatilin son gününü hastanede geçirmekten daha güzel şeyler geliyor."

"Orası bir hastane değil, büyükannemin kendi odası var," diyorum. Vero omuzlarını silkiyor. "Huzurevi ya da hastane bana sorarsan hepsi aynı."

İşin kötüsü, Vero haklı. Düşüp de kalçasını kırdıktan sonra büyükannemi hastanede görmeye gittiğimizde, orası da huzurevinden çok farklı değildi. Koridorlar aynı kirli sarıya boyanmıştı ve pencerelerin önünde gerçek değillermiş gibi görünen tozlu bitkileriyle aynı saksılar duruyordu. Vero'nun canı benimle birlikte aşağıya inmek istemediği ama asansöre binebilmek için de onun anahtarı gerektiği için, hoşçakal deyip beş kat merdiveni iniyorum. Merdivenlerde hava o kadar sıcak ve boğucu ki, tişörtüm terden üzerime yapışıyor ve ellerim yapış yapış oluyor.

Hobi evlerinin arasından geçiyorum. Burası cadde kadar sıcak değil, ağaçlar ve çiçekler ortalığı serinletiyor sanırım. Bir de neredeyse her bahçede çimleri sulamaya yarayan hidrolik turnikelerden var. Bir kadın gelip çitin üzerinden bana ters ters bakarak turnikenin yerini değiştirinceye kadar, bir bahçe çitine yanaşıp sıçrayan sularla az da olsa serinliyorum. Ama ne yazık ki, kadıncağız suyunu çalmamdan korkuyor!

Menekşe Yolu'ndan gidiyorum. Burada bütün yollara çiçek adları verilmiş, ama içlerinden en güzeli Menekşe Yolu'dur. Yol dar, asfaltlanmamış da çimlendirilmiş, sonunda da o en sevdiğim mavi banklı ev var. Bu sefer önünde durmuyorum, yalnızca bahçeye şöyle bir bakıyorum. Tıpkı düşümde olduğu gibi bir kadın sebze tarhının yanına çömelmiş ayrık otlarını temizliyor, ama o beni görmeden geçip gidiyorum.

Bisikletimi huzurevinin demir parmaklıklarına bağlayacakken, düşümde birinin lastiklerimin havasını indirdiğini anımsıyorum ve önlem olarak bisikletimi birkaç metre ilerideki sokak lambasının direğine bağlıyorum, ne olur ne olmaz.

Giriş holündeki asansörün önünde yürüteciyle yaşlı bir hanım duruyor. Sırtı iki büklüm olmuş ve beklerken kendi kendine bir şeyler söylenip duruyor. Merdivenden çıkmaya karar veriyorum. Kata geldiğimde, koridorda Hemşire Elke'nin sıcağa karşın döpiyes giymiş bir hanımla konuştuğunu görüyorum. İçimden onunla konuşmak gelmiyor, ziyaretçi tuvaletine girip ellerimi soğuk suyun altına sokuyorum. Sabunluktaki mavi sabunu kullanmıyorum. O sabun o kadar güçlü ki, onu kullandıktan sonra insanın elleri zımparalanmış gibi acıyor. Sabunluğun üzerinde "Dezenfektan" yazıyor. Yaşlılığın bulaşıcı olduğunu mu sanıyorlar nedir?

Büyükannem kendi evinde otururken, mutfağındaki çekmecelerden biri ağzına kadar sabun dolu olurdu. Büyükanneme hep sabun armağan ederlerdi, ama o temizlik malzemeleri satan dükkândan alınabilecek en ucuz sabunu kullanırdı. Mia'yla birlikte hep o sabunlarla oynardık. Bir tane lavanta kokulu sabun vardı, ben en çok onu severdim. Tahtadan küçük bir kutu içinde dururdu, gök mavisi bir pelür kâğıdına sarılmıştı. Mia içine gerçek inci çiçekleri katılmış inci çiçekli sabunu koklamaktan kendini alamazdı. Büyükannem huzurevine taşındıktan sonra, anneme sabunlara ne olduğunu sordum. "Sabunlar mı? Onlar çok eskiydi," dedi annem. "Attım gitti."

Gelecek ayki harçlığımla büyükanneme güzel kokulu bir sabun alacağım.

Hemşire Elke artık koridorda dikilmiyordur herhalde.

Tuvaletin kapısını açıp koridora bakıyorum: Görünürde kimse yok. Çabucak 215 kapı numaralı odaya koşuyorum. Numaranın hemen yanındaki metal tabelanın üzerindeki incecik, tek satırlık kâğıt parçasında "Bayan Moll" yazıyor. O kâğıtlar çok pratik olmalı, insanlar öldü mü, tabelayı değil kâğıdı değiştiriyorsunuz, oluyor bitiyor. Neden böyle saçma sapan şeyler düşünüyorum ben? Büyükannemin ölmesine daha çok var. Hemencecik kapıyı açıyorum.

Büyükannem kucağında bulmacayla koltuğunda oturuyor. Tıpkı düşümdeki ve tıpkı onu her görmeye gittiğimizde olduğu gibi.

"Merhaba büyükanne!" diye bağırıyorum.

Büyükannem başını kaldırıyor ve şaşkın şaşkın bana bakıyor. "Sen dün de buradaydın."

"Seni görmeye gelmeyi seviyorum," diyorum. Pencerenin kenarındaki masanın üzerinde bir şişe su duruyor. İki bardak su dolduruyorum. Bardaklardan birini büyükanneme veriyorum.

"Ne yapayım ben şimdi bunu?" diye soruyor ve bardağı bir kenara koyuyor.

"Su içmelisin, dışarısı çok sıcak."

"Ben ömrü hayatımda hiç bu kadar serin bir yaz geçirmemiştim," diyor. "Bana yün hırkamı ver."

"Ama büyükanne, dışarıda hava en az kırk derece!"

"Yün hırkamı ver! Yün hırkamı istiyorum!" diye çocuk gibi tutturuyor.

Yün hırkası bir sandalyenin arkasında duruyor. Hırkayı omuzlarına koyuyorum. "Böyle daha mı iyi?" diye soruyorum, o da başıyla onaylıyor.

"Aşağıya bahçeye inelim mi?"

Bahçe biraz abartılı oluyor. Huzurevinin arkasında çimenli bir köşe ve üzerinde betondan çiçek saksılarıyla plastik sandalye ve masaların durduğu bir teras var.

Büyükannem başını şiddetli bir biçimde iki yana sallıyor. "Odamda kalmalıyım, yandaki Bayan Pohl eşyalarımı çalmak için odadan dışarı adım atmamı bekliyor." Sonra sesini alçaltıyor: "Kapının önünde bekliyor, değil mi?"

Büyükannemle Bayan Pohl konusunu tartışmak istemiyorum. "Dışarıda kimse yok, büyükanne." Su dolu bardağı uzatıyorum ve bu sefer içiyor.

"Annem bugün ayağını yaktı," diye anlatıyorum. "Ayağı gerçekten kötü görünüyor."

Büyükannem başını şiddetli bir şekilde öne arkaya sallıyor. "Ağladım. Bizimle kalması gerektiğini söyledim. Bizi bodruma yolladı. Ama sen gelmek istemiyordun, sen de annemle birlikte çatıya çıkmak istiyordun. Ama seni sıkıca yakaladım ve evden zorla çıkardım. Oyuncak bebeğimi bile alamadım. Biliyor musun? Adı Adelheid'dı ve saçları gerçekti."

Kimden söz ediyor? Benim kim olduğumu sanıyor? Kız kardeşi Leni mi? Leni büyükannemin küçüğüymüş, ama o öleli çok oluyor, ben onunla hiç tanışmadım.

"Adelheid'a ne oldu peki?" diye soruyorum. Büyükannem birdenbire ağlamaya başlayınca ürküyorum. Gözyaşları bulmacanın üzerine damlıyor. Banyoya koşup mendil arıyorum, mendil bulamayınca bir parça tuvalet kâğıdı alıyorum. Ziyaretçi tuvaletindeki tuvalet kâğıdıyla aynı bu da, sert ve pütür pütür. Özenli bir biçimde büyükannemin gözlerini kuruluyorum, gözleri kıpkırmızı olmuş.

"Adelheid yanıp kül oldu," diyor büyükannem. "Her şey yandı, senin Robert'in de."

"Robert mi?"

"Atın. Derisi gerçekti, o yüzden de içi güve doluydu. Annem o oyuncak atı yatağına almanı yasaklamıştı, ama sen yine de alırdın. Sirenler çaldığında, sen ilk önce Robert'i kucaklardın, taşbebeğin Lorry'yi değil. O bebeğin yüzünü sevmezdin, elbisesi de üzerine dikilmişti, çıkaramazdık."

"İyi de her şey niye yandı?"

Büyükannem bana bakıyor. Bakışları bir anda berraklaşıyor. "Yangın bombası yüzünden, niye olacak? Bomba tam dama düşmüştü. Annem bombayı suyla söndürmek istemişti, o yüzden çatıya çıkmıştı. Ama alevler her yeri çoktan sarmıştı. Annemin elleri yanmıştı. Aşağıya bodruma bizim yanımıza geldiğinde çoraplarından biri kömür olmuştu, ama fark etmemişti bile. Bütün gece bodrumda kapalı kalmıştık ve annemin yanıklarının acısını hafifletmek için suyumuz, hiçbir şeyimiz yoktu. Annem ancak ertesi sabah Dr. Aschenbrenner'e gidebilmişti. O zaman daha onun evi yıkılmamıştı. Doktor annemin ellerini sarmıştı, dolayısıyla annem hiçbir şey taşıyamazdı. Sen çarşaflarla dolu çantayı almıştın, bütün gümüşler onların arasında saklıydı, ben de giysileri koyduğumuz bavulu almıştım, öyle çıktık yola. Sonra ben bir ara geri dönüp babamın pul koleksiyonunu almak istemiştim, albümü merdivenin altına saklamıştık. Ama kor olmuş bir kiriş, bodrum girişini çoktan kapatmıştı."

Sıcağa karşın elim ayağım birden buz kesti.

Kapı çalınıyor. Hemşire Elke elinde bir tepsiyle içeri giriyor.

"Eveet Bayan Moll, akşam yemeğiniz de geldi. Nane çayı mı yoksa kuşburnu mu istersiniz?"

"İkisinin de tadı bulaşık suyu gibi," diyor büyükannem. "Bu salam da bir zamanlar tazeydi sanırım."

Gülmekten kendimi alamıyorum. Büyükannem haklı, salam dilimleri o kadar kurumuş ki kenarları kıvrılıp havaya kalkmış.

Hemşire Elke sesini yükseltmese de öfkeden parlayıveriyor. "Burada herkes bu salamı sosisi yiyor, siz de abartmayın canım." Hemşire Elke odadan çıkmadan önce dönüp bana diyor ki: "Büyükannenin yeterince su içmesini sağla da, kafası daha fazla karışmasın."

Büyükannemin kafasının karışık olduğunu hiç sanmıyorum.

"Bu salam gerçekten de yenecek gibi değil," diyorum.

Büyükannem başını sallıyor. "Her akşam aynı şeyi veriyorlar: Bir salamlı, bir de peynirli sandviç. Peynir de tutkal tadında. Yönetime şikâyet edeceğim."

Büyükannem eskiden hiç yakınmazdı. Geçen yazı onun evinde geçirdiğimizde, Mia'yla beni lokantaya götürmüştü. Mia'yla ben pizza yemiştik, büyükannem de kızarmış balık filetosu yemişti. Balık tam pişmemişti, içi çiğ kalmıştı ve iğrençti, ama balığı geri yollamamıştı. Aksine garson gelip de, yemeği nasıl bulduğunu sorduğunda büyükannem teşekkür etmişti. Büyükannem çok sık "Benim için hiç zahmet etmeyin," derdi. Annem ona karşı kendini hep tedirgin hissederdi. "Bir kez olsun ne istediğini söylese ya da daha da iyisi ne istemediğini söylese benim işim daha kolay olacak, insan hiç olmazsa ne yapıp yapmayacağını bilir."

Son zamanlarda büyükannem ne istediğini söylüyor, ama annem yine de tatmin olmuyor. "Annen gittikçe daha huysuz biri oluyor," dedi annem geçenlerde babama.

"Isı kaynağı, dört harfli?" diye mırıldanıyor büyükannem.

"Soba," diyorum.

"Ocak olmaz mı?" diye soruyor.

"Olmaz, bak, buraya uymuyor. Ben gidiyorum, büyükanne."

"Yarın da geliyor musun?" diye soruyor büyükannem.

"Gelecek Pazar," diyorum.

"Yarın Pazar ya zaten," diyor büyükannem.

Huzurevinden dışarı adım atar atmaz, sıcak hava yumruk gibi çarpıyor. Dosdoğru bisikletimin yanına gidiyorum. Lastikler sağlam, neyse ki. Eve doğru olabildiğince yavaş sürüyorum, ama yine de eve terden sırılsıklam bir halde varıyorum.

Evde mutfak masasının üzerinde bir not duruyor:

"Annenizin ayağı için hastaneye gittik, merak etmeyin."

Aman ne güzel! İnsan böyle bir durumda nasıl merak etmez ki? Mia'nın odasının kapısı açık duruyor, demek ki o da evde değil. Yine bütün eşyalarını ortalığa saçmış. Çorap tekleri, külotlar, hatta bir yaprak pet yerlerde sürünüyor. İğrenç!

Mia'nın çalışma masasının üzerinde duran kalın bir defter gözüme çarpıyor. Bir kuru kafa resminin altında kan kırmızısıyla "Gizli!!!" yazılmış. Mia'nın kutsal günlüğü! Bir an için duraksıyorum, defterin kapağını açsam mı açmasam mı karar veremiyorum, ama sonunda defteri açıyorum ve elimi sanki yakabilirmiş gibi hemencecik geri çekiyorum. Mia kargacık burgacık yazısıyla bir şeyler karalar durur, ailede onun yazısını okuyabilen tek kişi benim.

"Yarın ne giyeceğimi bilmiyorum. Beyaz etek için fazla şişmanım. Mercan Balığının beni harika bulmasını istiyorum. Bunu bütün kalbimle istiyorum. Birbirimize çok yakışacağımızı biliyorum. Belki de yarın sabah 55 kilo çıkarım, ama o zaman akşam yemeğinde hiçbir şey yememeliyim. Dün kendimi tutamadım ve çikolatalı dondurma..."

Kapının kilidinde bir anahtar dönüyor. Defteri kapatıp Mia'nın giysi yığını içinde bir şeyler arıyormuş gibi yapıyorum.

Mia arkamda bitiveriyor. "Odamda ne yapıyorsun sen?"

"Eşofmanımı arıyorum."

"Benim odamda mı?"

"Annem yanlışlıkla senin odana bırakmış olabilir diye bakmıştım."

"Bırakmadı. Annemle babam nerede bu arada?"

"Hastanedeler," diyorum ve gözlerimin yaşlarla dolduğunu hissediyorum. "Annemin ayağı için."

"Hepsi senin suçun!" diyor Mia. "Eğer peyniri yere atmasaydın..."

"Sen başlattın!" diye bağırıyorum. "Her zamanki gibi."

"Deli misin nesin sen be!" Mia kolumu yakalıyor.

"Bırak beni, canımı yakıyorsun!"

"Anla bakalım, annemin ayağı ne kadar acıyor, senin yüzünden!"

Mia'nın bacağına tekme atıyorum, kolunu tırmalıyorum o da saçımı çekiyor.

Jack yanımıza koşup ön ayaklarıyla havaya kalkıyor, havlayarak yıkıyor ortalığı.

"Ne oluyor yine burada böyle?" diye soruyor babam.

Mia'yla birbirimizden ayrılıyoruz.

"Sürekli kavga etmek zorunda mısınız?" Annem bir koltuk değneğinden destek alarak sıçraya sıçraya mutfağa giriyor.

"Ayağın nasıl?" diye soruyorum.

"Bir şey yok. Doktor üzerini sardı. Sargıyı her gün değiştirmek gerekiyormuş."

"Aman ne güzel!" diyor Mia.

"Sargı bir şey değil, beş dakika sürdü, ama acilde iki saat beklememiz gerekti," diyor babam.

"Benimkisi tam da acil vakası değildi. Çim makasıyla parmak ucunu biçen adamın hali neydi öyle?" diyor annem.

"Adam kopan parçayı naylon poşete koyup yanında getirmişti," diyor babam.

"Iyyy!" diyoruz Mia'yla ben aynı anda.

"Yine de Jack'le uzun ve güzel bir yürüyüş yapacak kadar zamanım oldu," diyor babam ve buzdolabından bir şişe maden suyu çıkarıyor.

"Peki, yarın okula gidebilecek misin?" diye soruyorum.

"Gideceğim, gitmez olur muyum? Kafama bir şey olmadı ya," diyor annem ve kendini bir sandalyeye bırakıyor. Babam anneme de bir bardak maden suyu dolduruyor. "Büyükannen nasıldı?"

"Savaştan söz etti," diyorum. Mia gözlerini deviriyor. "Büyükannemin kız kardeşi hakkında ne biliyorsun?" diye soruyorum babama .

"Leni hakkında mı? Çok trajik bir öyküsü var. Çok genç yaşta ölmüş, ya on bir ya on iki yaşında. Savaştan hemen sonra tifüse yakalanmış. Savaş sırasında bünyesi iyice zayıfladığından hastalığa yenilmiş."

"Sende bir fotoğrafı var mı?"

Babam yatak odasına gidip elinde kalın, kahverengi bir fotoğraf albümüyle geri dönüyor. Örümcek ağı desenli sert ve saydam kâğıtlar, albümün sayfalarını birbirinden ayırıyor.

"Huzurevinde bir şekilde kaybolup gitmesinden korktuğu için büyükanneniz bu albümü bana emanet etti."

"Zaten hep hırsızlıktan yakınıyor," diyor Mia.

"Evet evet, her neyse o kadar ciddiye almaya gerek yok." Babam birkaç sayfayı çeviriyor ve sonra "Bakın işte o ikisi," diyor.

Fotoğrafta sarı saçları örgülü iki kız çocuğu var. Her ikisinin de üzerinde çiçekli elbiseler ve ayaklarında beyaz çoraplar var. Büyük olan kolunu küçük olanın boynuna atmış. Saçları o kadar sıkı örülmüş ki, örerken kesin canları yanmıştır.

"İşte Leni bu," diyor babam ve kısa boylu kızı gösteriyor.

"Sana benziyor," diyor Mia. "Aynı patates burun var onda da."

Mia'ya bir iki yumruk atarak yana itiyorum, ama canını yakmak için değil, şaka olsun diye, görünüşe göre o da artık bana kızgın değil.

"Fotoğraf savaş sırasında cephedeki babalarına yollanmak üzere çekilmiş olmalı," diyor babam. "Büyükanneniz bu fotoğrafta on dört yaşında olmalı, Leni de ondan dört yaş küçüktü."

"Tıpkı Mia'yla ben gibi."

"Ama ben seninle asla fotoğraf çektirmezdim," diyor Mia.

"Ben de zaten savaşta değilim, güzel kızlarımı her gün görebiliyorum," diyor babam.

"Burada yalnızca birimiz güzel!" diye tıslıyor Mia.

"Abartmayalım," diyor annem. "Ben de şu fotoğrafı görebilir miyim?"

Kucağımda albümle annemin yanına oturuyorum ve birlikte resimlere bakıyoruz. Mia odasına gidip müziği sonuna kadar açıyor. Annemle, babamın büyükbabasının tuhaf saç kesimine gülüyoruz.

"Sen de kulaklarının üzerindeki saçları kazıtmalısın," diyorum babama. "Kesin müthiş görünürsün."

Babam kendini bıldırcınlarına vermiş, bizi duyduğu yok. Bıldırcınların butlarını parçalamadan ayırmaya çalışıyor, ama bu o kadar ufacık canlılarda çok zor oluyor, doğal olarak.

"Bu sıcakta o kadar ağır bir şey yemesek olmaz mı?" diyor annem. "Bana salata yeter de artar bile."

"Eğer bugün bunları doğru dürüst pişirmeyi becerirsem, size söz veriyorum, gelecek hafta bıldırcınsız bir Pazar günü geçireceksiniz," diyor babam. "Ama geçen sefer içi çok kuru olmuştu, o yüzden tam..."

"Dün de yandılar zaten!" diyorum.

"Dün mü?" diye soruyor babam. "Dün bıldırcın pişirmedim ki. Hem bıldırcınlarım hiç yanmadı benim."

Mia odasının kapısını menteşelerinden sökercesine açtığı sırada, annemle ben patates köftesi için patates soyuyorduk. "Baba dijital kamerayı alabilir miyim?"

"Ne yapacaksın dijital kamerayı?"

"Lütfen! Hemen geri vereceğim!"

"Bekle bir dakika, bıldırcınları fırına koymam gerek."

"Ama kamera bana hemen şimdi gerekli, lütfen!" Mia acilen tuvalete gitmesi gerekiyormuş gibi bir sağ bacağının üzerinde yaylanıyor, bir sol bacağının.

"Önce bir bakayım nerede," diyor babam. "Tepsiyi fırına koy ve 200 dereceye ayarla."

"Şimdi ince ince rendeleyeceğiz," diyor annem ve bana soyulmuş bir patates uzatıyor. "Yoksa patates köftesi kıtır kıtır olmaz." Annem bana yaramaz çocuklar gibi gülümsüyor, ben de ona gülümseyerek karşılık veriyorum.

Çiğ patatesler gerçekten çok sert olabiliyor, patatesin birini rendeye sürtüp bağırıyorum. Başparmağımdan kan akıyor. "Mia, bir yara bandı getirir misin lütfen!" diye sesleniyor annem.

Kanayan başparmağımı ağzıma sokuyorum. Babam elinde dijital kamerayla çıkıp geliyor. "Senin şöyle bir fotoğrafını çekeyim mi?"

"Yaşasın, Freddy'nin hâlâ parmak emdiğini bütün dünya öğrenmiş olur!" diye bayram ediyor Mia. Soyulmamış bir patatesi Mia'nın kafasına atıyorum.

"Budala şey ne olacak!" diye tıslıyor Mia.

"Sen de çok abartıyorsun ama Frederike," diyor annem.

Öfkeyle yerimden kalkıyorum, kalkarken de sandalyeyi deviriyorum. "Ben kendim yara bandı alırım, siz zahmet etmeyin!"

"Kamera sana ne için gerekiyor?" diye soruyor babam.

"Çok önemli bir şey değil," diyor Mia ve odasına gitmek üzere dönüyor.

"Kamerayla ne yaptığını ben biliyorum," diyorum. "Üzerine bir şeyler giyiyor, kendi fotoğrafını çekiyor ve Ekşi-Tatlı Kulübünden arkadaşlarına elektronik postayla yolluyor."

"İyi de, niye?" diye soruyor babam şaşkın şaşkın.

"Denise'le Hanni yarına ne giymesi gerektiğini söylesinler diye, şu abayı yaktığı Mercan Balığının gözüne girmek için."

"Sen... Sen..." diye tıslıyor Mia ve üzerime atlıyor. "Sen eşek kafalının tekisin."

"Sensin eşek kafalı!"

"Çocuklar, lütfen!" diye bağırıyor annem.

Fırından kapkara bir duman tütüyor.

"Bıldırcınlarım!" diye haykırıyor babam.

Babam öksüre öksüre fırının kapağını açıyor ve kapkara dört küçük bıldırcın cesedinin yattığı tepsiyi çekip çıkarıyor. Aslında önceden de cesettiler, ama şimdi durumları çok daha korkunç görünüyor.

"Mia, ızgarayı yakmışsın, hem de 300 derecede! Bu çok çok sıcak!"

Mia omuz silkip tepsinin fotoğrafını çekiyor. "Bence süper görünüyor!"

"Ver o kamerayı bana," diyor babam. "Bugünlük bu kadar maskaralık yeter bana."

"Bunu düşümde görmüştüm. Düşümde bıldırcınların yandığını görmüştüm. Ama benim düşümde suç annemdeydi."

"Ağzından yel alsın!" Annem biber değirmeniyle öğüterek patateslerin üzerine karabiber serpiyor.

"Karabiber değil!" diye haykırıyor babam. "Patates köftesine beyaz biber konur! Daha kaç kere aynı şeyi söylemem gerekiyor?"

"Aaa sen de, al ne halin varsa gör!" Annem zar zor yerinden doğruluyor ve koltuk değneğiyle babama nişan alıyor. "Her şeyde illa bir kusur bulursun."

Ve orada öylece kalıyoruz. Babam öfkeden kasılmış yüzüyle, annem tehdit eden koltuk değneğiyle, Mia iki yanında duran sıkılmış yumruklarıyla ve ben... O anda ayna karşısında olmadığım için yüzümün ne halde olduğunu bilmiyorum, ama eminim hiç de hoş bir yüz ifadem yok. Tam o anda Jack hoplaya zıplaya geliyor, bütün o kavga gürültü sırasında uyuyormuş. Şimdi de gelmiş, gerine gerine esniyor ve bir yandan da kuyruğunu sallıyor.

Mia'yla ben Jack'i okşamak için aynı anda eğiliyoruz ve o anda hepimiz kahkahalara boğuluyoruz.

Patates köftesini beyaz biberli değil, karabiberli yiyoruz. Mia başparmağımdan kopan parçaların köftesinin içinde olduğunu düşündüğü için yemiyor, zaten bir süredir ciddi ciddi vejetaryen olmayı düşündüğünü ileri sürüyor. Ben de balık tadı fazla geldiği için tartar soslu somon balığını tabağımda bırakıyorum. Salatadan hepimiz yiyoruz.

Bütün ev kömürleşmiş bıldırcın kokuyor.

Yemekten sonra televizyondaki bir bilgi yarışmasını seyrediyoruz. Bütün yanıtları biliyorum, Mia da biliyor, ama zaten sorular çok zor değil. Sonra sıra milyonluk soruya geliyor: "Charles Darwin'in araştırma gemisinin adı nedir?"

Ne tuhaftır ki, bu soru da tıpkı diğer bütün sorular gibi düşümde çıkmıştı. Yanıtı biliyorum: Beagle. Beagle'ların biraz ebleh görünüşlü köpekler olduğunu bildiğim için bu sorunun yanıtı aklımda kaldı.

Yarışmacı kadın ağzında bir şeyler geveleyip duruyor. Sorunun yanıtını bilmiyor. En azından benim düşümde bilmiyordu.

"Beagle!" diye bağırıyorum.

"Aptal mısın sen?" diyor Mia. "Kimse bir gemiye böyle bir ad vermez."

"İddiaya var mısın?" diyorum.

"Tamam, oldu, beş Avroya iddiaya giriyoruz!" diyor Mia.

Yarışmacı kadın "Calypso" yanıtını seçip kaybediyor. Beagle seçeneği ışıldamaya başlayınca, Mia'nın yüzü düşüyor.

"Hadi bakalım, sökül beş Avroyu!"

"Yarın," diyor Mia. "Hiç param kalmadı. Hanni'nin bana on Avro borcu var, yarın okulda verecek."

"Tamam, olur, annemle babam tanıklar."

"Aslında sırf doğru tahminde bulundun diye beş Avro kazanıyor olman haksızlık," diyor Mia.

"O zaman sen de iddiaya girmeseydin," diyorum.

"Charles Darwin'in kim olduğunu biliyor musunuz bari?" diye soruyor babam.

"İnsanların maymunlardan geldiğini ileri süren adam değil mi?"

"En azından senin nereden geldiğin konusunda haklı," diyor Mia.

"Senin gibi koyundan gelmektense maymundan gelmeyi

yeğlerim ben," diye yapıştırıyorum yanıtı. "Maymunlar akıllı yaratıklardır bir kere."

"Yine kavga etmeye başlamayın," diyor annem. "Gidip yatın artık, yarın sabah erken kalkacağız. Ben de yatıyorum, ayağım ateş gibi yanıyor."

Mia bana o "yaptığını beğendin mi" bakışlarından birini atıyor ve odasına gidiyor.

Yatakta yatıyorum, ama gözümü kırpmıyorum, parçalanan başparmağım acıyor, üstelik hava da çok sıcak. Yataktan kalkıp pencereye gidiyorum. Hafif bir meltem esiyor. Kayın ağacının yaprakları beklenti içinde hışırdıyor. Umarım hava tahminlerinin söz verdiği fırtına artık çıkar. Bu sıcakta insan aklını kaçırıyor.

3. BÖLÜM

Gecenin ortasında uyandım. Önce gök gürlüyor sandım, ama kilisenin çanlarıymış. Çanların vuruşunu saydım. On iki. Gece yarısı olmuş.

Yeniden korkuyla yerimden sıçradığımda, ortalık çoktan aydınlanmıştı bile. Kuşlar cıvıldıyor, güneş yatağımın karşısındaki duvarı aydınlatıyor. Çalar saatim saat altı buçuğu gösteriyor. Şimdi yeniden uykuya dalmaya değmez. Okul çantam hazır, babam dün karnemi imzaladı, dolayısıyla biraz daha yatakta kalıp keyif yaparken olağan Pazartesi sabahı seslerini bekleyebilirim: Önce babam bir iki öksürür, sonra tahta zeminde annemin hızlı adımları duyulur. Ama hayır, bugün annemin hızlı adımları duyulamayacak, umarım annemin ayağı biraz daha iyidir. Mia sabahları çok zor kalktığı için annem her zaman önce Mia'yı uyandırır, sonra çaydanlığa su koyar ve sofrayı kurar. Sonra bana gelir, ayağımı gıdıklar, yorganımı çeker ve ben de mışıl mışıl uyuyormuş gibi yaparım. Bu ikimizin arasındaki bir oyundur.

Saat yediye çeyrek var, ama hâlâ hiçbir ses duymuyorum. Hadi ama, uyanma zamanı! Mia'yla gittiğimiz okul evden çok uzak değil, ama babamla annem sabahları ailecek sakin sakin kahvaltı etmemizi çok önemsiyor. Hoş, yalnızca annemle babam gerçekten bir şey yer. Mia rejimi yüzünden olsa olsa bir iki kuru mısır gevreği kemirir, ben de o kadar erken ancak bir bardak meyve suyu içebilirim. Yavaş yavaş kaygılanmaya başlıyorum. Bugün herkes uyuya mı kaldı nedir? Yatağımdan kalkıp pencereye gidiyorum. Kayın ağacının yaprakları kıpırdamıyor, hava o kadar esintisiz. Bunun dışında da ortalık çok sakin ve bu çok tuhaf, genelde Pazartesi sabahları sokağımızda yoğun bir trafik akışı olur. Ama belki de hava arabalara bile aşırı sıcak geliyordur. Pencereyi kapatıp storu indiriyorum. Çalışma masamın üzerinde duran karnem gözüme takılıyor. Anlaşılır gibi değil. Dün karnemi okul çantama koyduğuma eminim. Babam da imzalamıştı. Ama karnem imzalanmamış. Mutfağa gidiyorum. Neyse ki ortalık artık yanık kokmuyor. Sofrayı kurmaya başlıyorum ve buzluğu açıyorum. Tereyağı ve peynir, anneme frenküzümü marmeladı, babama pastırma çıkarıyorum. Pastırma paketini açınca bir de ne göreyim, pastırma falan değil, dört tane bıldırcın!

İyi de babam onları dün kızartmıştı, yani yakmıştı. Çöp kutusunu açıyorum. Yok. Kömür olan kuşlar çöpte de değil. Ama dün babamın kuşları çöpe attığını kendi gözlerimle gördüm! Hem çöpü de çıkarmamış, yoksa çöp torbası şimdi boş olurdu.

Tuhaf iş. Mutfak dolabını açıp tabaklarla fincanları çıkarıyorum. O anda gözüm sol başparmağıma takılıyor. Yara bandı düşmüş. Parmağıma iyice bakıyorum. Peki, kesik nerede? Kesik derin değildi, ama gözle görülebiliyordu. Başparmağımı ışığa tutuyorum. Hiçbir şey yok. En ufak bir çizik bile!

Bu ne demek oluyor şimdi? Ürkütücü bir fikir beliriyor

aklımda. Koşarak annemlerin odasına dalıyorum. Babam her zamanki gibi sırt üstü yatmış, ellerini karnında birleştirmiş. Babam uyurken tıpkı bir susamuruna benziyor, onlar da böyle uyuyor, bir keresinde televizyonda görmüştüm. Annem yan yatıyor, bacaklarını kıvırmış. Sıcak yüzünden üzerine yalnızca bir nevresim örtmüş. Ayakları nevresimin altından çıkmış. İki ayağı da çıplak. Sargı yok, ayağı su da toplamamış! Annem homurdanarak diğer yana dönüyor. Kapıyı usulca kapatıyorum.

Mutfakta kendimi bir sandalyeye bırakıyorum. Dün bütün günü de mi düşledim yoksa? Jack hoplaya zıplaya yanıma gelip mızırdanıyor.

"Jack, dün günlerden hangi gündü, bana söyleyebilir misin?"

Jack hafifçe havlıyor.

Jack'in kulaklarının arkasını okşarken düşünmeye çalışıyorum.

Bugün günlerden ne? Radyoyu açıyorum.

"...ve şimdi hava durumu: Gün boyunca sıcaklıklar 32 dereceye kadar çıkacak, akşama doğru gökyüzü bulutlu, gece fırtına ve sağanak yağış bekleniyor. Ve şimdi sırada Pazar korosu."

Pazar korosu... Pazar... Yine mi! Radyoyu hemencecik kapatıyorum.

Bir keresinde bir film seyretmiştim, orada sıçan gibi kocaman bir hayvan vardı ve adamın teki de her sabah uyandığında hep aynı sabah oluyordu. Ama o bir filmdi. Gerçekte böyle şeyler olmaz ki! Kendimi bir tuhaf hissediyorum, sanki çevremdeki her şey fırıl fırıl dönüyor. Pazar, Pazar, sonra yine Pazar! Başım zonkluyor.

Aklımı mı kaçırıyorum yoksa ben şimdi?

"Hadi Jack ısır bir beni, ısır da anlayayım düş mü görüyorum yoksa gerçek mi?"

Ama Jack ayağımı yalamakla yetiniyor. Gıdıklanıyorum. Gülmekten kendimi alamıyorum.

"Hadi gel, çişe çıkalım. Bu kadar erken kalktığımıza göre bu durumdan yararlanmalıyız, Haferkamp hâlâ uyuyordur kesin."

Üzerime bir tişört ve şort geçirip kâsenin içinden anahtarı alıp çıkıyorum.

Kayın ağacına varır varmaz Jack bacağını havaya kaldırıyor.

"Keyfine bak, nasılsa..." diye söze başlıyorum ki, zemin kat penceresi açılıyor.

"Bu kadarı da fazla ama artık! Pazar günleri sabahın köründe kalktığınızda itinizin istediği haltı yiyebileceğini ve kimseye yakalanmayacağınızı sanıyorsunuz, ama bana sökmez, hemen şimdi zabıtayı arayayım da gör sen..."

Kimi ararsa arasın, bana göre hava hoş, yürümeye devam ediyorum ve Jack de ister istemez benimle birlikte geliyor. Ama canım bugün hiç parka gitmek istemiyor. Sokaklar öyle boş, öyle yabancı ki. Daha önce bir Pazar günü hiç bu kadar erken ayağa dikilmemiştim. Gazete bayii kepenklerini daha yeni açıyor ve Pazar gazetesini dışarı asıyor.

"Yeni Sıcaklık Rekoru!"

Gazeteciye başımla selam veriyorum, ama o bana bir şey anlamamış gibi bakıyor. Beni tanımaması çok doğal, dün onunla konuşmadım ki, yoksa konuştum mu? Dün olanlar dün oldu mu? Hayır. Annemin ayağı kaynar suyla haşlanmadı, ben başparmağımı rendelemedim, büyükannem bana kız kardeşi Leni'den söz etmedi.

Köşeden Odenwald Sokağı'na dönüyorum. O aptal Zoé burada oturuyor. Hem de gerçekten çok sevimli bir apartmanda. Apartmanın dış cephesine asma sardırılmış ve kapısının önünde iki sütunu var. Apartmanın önünde durup yukarıya doğru bakıyorum. Hangi katta oturuyor acaba? İkinci kattaki pembe perdeli pencere onun odası olabilir mi?

"Selam Freddy!" diyen bir ses duyuyorum.

Zoé kapıda dikiliyor. Kolunun altında yeşil renkte plastik bir timsah var.

"Bu saatte burada ne işin var?"

"Köpeğimi çıkarmam gerekiyordu," diyorum. Zoé yanımıza gelince Jack heyecanlanıp havlıyor.

"Çok şekermiş," diyor Zoé ve Jack'in üzerine eğiliyor. Jack de plastik timsahı yalıyor. "Sevebilir miyim?"

Başımla evet diyorum.

"Keşke benim de bir köpeğim olsa," diyor Zoé başını yukarı kaldırıp. "Ama annem köpeğin çok iş çıkardığını söylüyor."

"İnsanın sık sık dışarı çıkarması gerekiyor," diyorum. "Sabahları da erkenden."

Zoé doğruluyor. "Bu benim için sorun olmazdı, ben sabahları erken kalkmayı severim. Şunu bir tutar mısın?" Zoé timsahı elime tutuşturup yandaki ağaca bağlı olan bisiklete gidip kilidini açıyor.

"Birazdan Waldsee'ye gideceğiz, bu saatte o kadar kalabalık olmuyor. Sen de gelmek istemez misin? Sonra Daniel de gelecek."

"Daniel mi?" Kalbim deliler gibi çarpıyor.

"Orada dalları suya değen bir ağacın olduğu bir yer bulduk kendimize, şahane Tarzancılık oynanıyor ve..."

Timsahı kabaca Zoé'nin kucağına doğru itiyorum. "Zamanım yok!" diyorum. "Hoşça kal!"

Apartmanın kapısı açılıyor ve Zoé'nin annesiyle babası ellerinde piknik sepeti ve örtülerle ortaya çıkıyor. Hızlı hızlı yürüyüp yanlarından ayrılıyorum.

"Yine de sen bir daha düşün," diye sesleniyor Zoé arkamdan. "Biz bütün gün orada olacağız."

"Ne güzel işte, Tarzan'la Jane'i oynarsınız," diye homurdanıyorum öfkeyle. Daniel'i leopar desenli mayoyla gözümde canlandırmaya çalışıyorum. Bu kızda ne buluyor acaba? Tamam, Zoé çirkin sayılmaz, hatta şimdi o sevimli saç örgüleri ve güneşten artan çilleriyle hoş bile olmuş. Ama bu işleri kolaylaştırmıyor ki, tam tersine zorlaştırıyor.

Olanları Vero'ya anlatacağım ve birlikte Daniel'le Zoé'ye uyuz olacağız. Ama Vero aklıma gelince içimi tuhaf bir duygu kaplıyor. Hışırtılı deniz kabuğu yüzünden, bir de kartpostalımı çekmecesine tıktığı için Vero'ya kırgınım. Acaba gerçekten öyle mi yaptı? Her şey gerçekten oldu mu? Eğer bütün bunlar gerçekte olmadıysa, o zaman her şey benim kafamda mı olup bitti demek oluyor bu?

Hiç durmadan bayağı bir yürüyorum ve bu sırada neler olup bittiğini kavramaya çalışıyorum, ama başıma gelenler insan aklının alacağı gibi bir şey değil ki.

Sonunda bir yerde duruyorum. Jack başını kaldırıp bana bakıyor. Havlarken "Söylesene, biz nereye geldik böyle?" der gibi bir hali var.

Gerçekten de neredeyim ben? Dümdüz yürüdüm, ama aynı yolu geri yürüyemem, yoksa yine Zoé ve anne babasıyla karşılaşabilirim. Sağdan bir sokağa dalıyorum, sonra yine sağa dönüyorum ve bir dört yol ağzına varıyorum. Ama hâlâ hangi yöne gitmem gerektiğini bilmiyorum.

"Nerede oturduğumuzu biliyor musun?" diye soruyorum Jack'e.

Jack havlıyor ve kuyruğunu sallıyor.

Boğazıma bir yumru takılıyor ve içimden hüngür hüngür ağlamak geliyor. Tam o anda bir şangırtı ve klakson sesi duyuyorum. Yolun karşı tarafında bir bisiklet sürücüsü yerde yatıyor. Kırmızı kocaman arabanın içinden şişko bir adam çıkıp bana el kol hareketleri yapıyor. "Hey sen, gördün değil mi? Onun kırmızı ışıkta geçtiğini gördün değil mi?"

Yolun karşısına geçiyorum. Bisiklet sürücüsü güç bela kendini toparlıyor ve kolunu tutuyor. Kolunun derisi çok fena sıyrılmış, kanıyor. "Ben kırmızıda geçmedim. Işık sarıydı. Siz suçlusunuz! Arkanıza bakmadan kapıyı şak diye açıyorsunuz!"

"Işık sarı olduğuna göre, sizin de daha dikkatli sürmeniz gerekirdi!" diye kendini savunuyor araba sürücüsü. Yüzü de arabası gibi kıpkırmızı olmuş. "Aklınız yerinde değildi herhalde!"

"Saçmalamayın!" diyor bisiklet sürücüsü ve bana dönüyor. "Sen tanıksın, arkasına bakmadan durup kapıyı açtı bu adam!"

"Sen tanıksın, bu adam kırmızı ışık yanarken geçti!" diyor araba sürücüsü.

"Ben hiçbir şey görmedim!"

"Olur mu canım, nasıl görmezsin, orada durup duruyordun," diyor bisiklet sürücüsü. Yamuk yumuk olan bisikletini yerden kaldırıyor. "Şu hale bak!"

"Hadi, alın şunu," diyor araba sürücüsü ve bisiklet sürücüsüne elli Avroluk bir banknot uzatıyor. "Böylece bu mesele de kapanmış olur."

"Siz herhalde kafayı üşüttünüz, ben polisi arıyorum!" diyor bisiklet sürücüsü ve sırt çantasından cep telefonunu çıkarıyor.

Ben gitmek istiyorum, ama bisiklet sürücüsü kolumdan tutuyor. "Sen de dur şurada, hiçbir yere gitmiyorsun."

Yüzü turp gibi kızaran araba sürücüsü bağırıyor: "Tanıklık görevin var senin!"

Kolumu çekip kurtarıyorum. "İyi de ben hiçbir şey görmedim ki!" diye bağırıyorum ve hapırıp köpüren adamları oldukları gibi bırakıp gidiyorum. Yürüyorum, hep dümdüz yürüyorum. Sonunda uzaktan Azize Anna'yı tanıyorum. Çanlar çalıyor. Saat dokuz olmuş. Karnım gurulduyor, acıkmışım.

Annemle babam mutfak masasında oturmuş çay içiyorlar. Annem gazete okuyor ve babam yemek kitabından bir şeyler not ediyor.

"Jack'le erkenden dışarı çıkmışsın," diyor annem.

"Aferin sana," diyor babam.

"Size bir şey söylemem gerek," diye söze başlıyorum.

"Ne oldu Freddy?" diye soruyor annem.

"Yine o Haferkamp mı kızdı?" diye soruyor babam.

"Hayır... Yani evet kızdı, ama mesele o değil... Ben... Şey... Bu Pazar günü hem dün hem de dünden önceki gün de vardı."

Annemle babam sanki aklımı kaçırmışım gibi bana bakıyorlar, sonra annem bana Mia zıvanadan çıktığı zamanlarda Mia'ya baktığı gibi bakıyor. Yüzünde hani şu "neden söz ettiğini anlamıyorum ama seni yine de seve seve dinlerim" ifadesi var. "Ne demek istiyorsun, Freddy?"

"İki gün önce Pazardı..."

"İki gün önce Cumaydı," diye sözümü kesiyor babam, ama annem babama uyarı dolu bir bakış atıyor.

"... Pazardı, dün de Pazartesi diye kalktım, ama dün de Pazardı. Önce ilk Pazarı düşümde gördüğümü sandım, ama bugün de Pazar olunca, bu da düş olamaz ki!"

Annem bu defa gerçekten kaygılanıyor ve elbette önce elini alnıma koyup ateşime bakıyor.

"Ateşin yok," diye bildiriyor annem.

"Elbette yok," diyorum yüksek sesle. "Hasta değilim ben, bu Pazar gününü üçüncü kez yaşıyorum!"

"Birazdan babam evde yenibaharımız olup olmadığını soracak, sen de köpeklerini bu sıcakta arabada kapalı bırakan insanların haberini okuyacaksın."

Annem gazeteye bakıyor. "Doğru söylüyorsun, burada öyle bir haber var, ama bu da zaten Cumanın gazetesi."

"Yenibahar mı?" diye soruyor babam. "Bu tarife göre

vanilyalı kremam için bir çimdik yenibahar gerekiyor da, ben size dün akşam bugüne ne pişireceğimi söyledim mi ki?

Annem omuzlarını silkiyor. "Sürekli ne pişirmek istediğinden söz ediyorsun. Tek dileğim yine bıldırcın olmaması."

"Ama bıldırcın var!" diye bağırıyoruz babamla ben bir ağızdan.

"Ve o bıldırcınlar sonunda yanacak," diye de ekliyorum.

"Hayır, yanmayacak," diyor babam. "Bugüne kadar hiçbir şeyi yakmadım ben."

"Mia fotoğrafını çekti!" diye bağırıyorum. "Senin dijital kameranla." Bunun aklıma gelmesi iyi oldu.

Babam kamerayı alıp ekranına bakıyor. "Burada Laurel'le Hardy gibi çıkmışız," diyor babam.

"Göster bakayım," diyor annem.

İkisi birlikte kameranın üzerine eğilip gülüyorlar.

"Eee, kömür olan bıldırcınlara ne oldu?" diye soruyorum.

Babam fotoğrafları birbiri ardına geçiriyor.

"Burada bıldırcın falan yok. Hele ki kömür olmuş bıldırcın hiç yok."

Elbette yok. Bunu tahmin etmeliydim. Annemin ayağında da hiçbir şey yok. Dudaklarımı ısırıyorum.

"Ağlama, Freddy," diyor annem. "Sana olan bu şeyin adı ne biliyor musun?"

"Hayır, ama sen böyle söyleyince, kulağa hastalık gibi geliyor."

"Buna dejavü deniyor," diyor annem. "Bu Fransızca bir sözcük ve 'daha önce görmüştüm' demek. İnsan her şeyi sanki daha önce yaşamış gibi hisseder, ama aslında yaşamamıştır. Belleğimiz bize şaka yapar."

"Beyinde bir tür kısa devre olur," diyor babam.

Babamın bu dediği beni avutmalı mı, pek emin değilim. Ama hiç olmazsa bana olan bu şeyle ilgili bir sözcük var. Demek ki, bana olan başkalarına da oluyor. "Böyle bir deşafü ne kadar sürer?" diye merakla soruyorum.

"Genelde kısa bir an için, o anda yaşadığı her şey insana tanıdık gelir," diyor annem.

"İyi ama bu bende iki gündür var!" diye bağırıyorum.

Mia'nın odasının kapısı açılıyor ve Mia ruh gibi dışarı süzülüyor. "Burada toplanıp bağrışmak zorunda mısınız?" diye homurdanıyor. "Ben uyumak istiyorum." Mia banyoya giriyor.

"Anne, Mia'ya fırçasını geri vermelisin, yoksa benim aldığımı sanıyor," diyorum.

"Olup olacağı fırçayı temizledim," diyor annem.

"Biliyorum," diyorum.

Mia yeniden görünüyor ve sonra odasına doğru süzülüyor.

"Burada kal!" diye sesleniyor babam. "Freddy'ye sofrayı kurmasında yardım edersin."

"Kızı rahat bırak," diyor annem. "Sabahları ne kadar zor uyandığını biliyorsun. Afyonunun patlaması zaman alıyor."

"Demek öyle," diyor babam alaycı bir şekilde. "Peki, ne zaman patlar afyonu? Akşama mı?"

İçimden çığlık çığlığa bağırmak geliyor. Ben bu sahneyi üç değil, bin kez yaşadım.

Sofrayı kuruyorum ve bu sefer küflü peyniri Mia'nın tabağından olabildiğince uzağa koyuyorum. Tabağı yine yere düşürmesin, annemin ayağı da bir daha yanmasın.

Babam yumurtaları kaynar suyun içine atıyor ve ben de annemin tencereye çok yaklaşmamasına dikkat ediyorum.

"Kızınız hanımefendi hazretlerinin bizi onurlandırmasının zamanıdır diye düşünüyorum," diyor babam sofra tümüyle kurulduktan sonra.

"Mia senin de kızın," diyor annem gergin bir şekilde ve gazeteyi katlıyor. "Abartma lütfen!"

Annem gidip Mia'nın kapısını çalıyor. "Miacığım! Kahvaltı hazır. Geliyor musun?" Annem kapıyı hafifçe aralıyor.

"Öff ki öööff!" diye bir ses geliyor karanlık mağaranın derinliklerinden.

"Yumurtalar soğuyacak!" diye sesleniyor babam.

"Zaten hep katı oluyorlar," diye karşılık geliyor.

"Kah..." Babam hemencecik yumurtaları sudan çıkarıp yumurtalıklara koyarken bir tanesi yere düşüyor. Almak üzere yere eğiliyorum, babam da eğiliyor ve kafalarımız tokuşuyor. "Ay!" diye bağırıyoruz ikimiz de.

Alnımı ovuşturuyorum. Aman ne güzel, annemin ayağının yanmasına engel oldum, ama şimdi de benim kafamda koca bir şişlik oldu.

Ben üçüncü dilim ekmeğime fıstık ezmesi sürerken Mia sonunda ortaya çıkıyor.

"Burada ne kokuyor?" diye soruyor Mia.

"Peyniri sırf sen söylenmeyesin diye özellikle senden uzağa koydum," diyorum.

"Ne?" Mia 'sen kafadan kontak mısın' anlamında işaret parmağını şakağına götürüyor. "Peynirle ilgili ne dedim ki ben şimdi?"

"Her zaman bir şeyin kötü koktuğundan yakınıyorsun," diyorum.

"Yakınmadım, yalnızca burada neyin böyle koktuğunu sordum. Yakındım mı, anne?"

"Didişmeyin çocuklar. Bence de babanızın peyniri biraz fazla küflenmiş, ama sıcaktan böyle oluyor herhalde."

"Sakın ha peyniri bir daha buzdolabına koyayım deme!" diye haykırıyor babam. "*Brie de meaux* asla ve asla buzdolabına girmemelidir, yoksa tadı kalmaz!"

"Bu gurmelik takıntınla bütün aileye kök söktürüyorsun, farkında mısın?" diye azarlıyor annem.

Annemin ayağı kurtuldu, ama evin huzuru tehlikeye girdi.

"Bu evde başkalarına kök söktüren biri varsa o da Mia'dır," diyor babam. "Hanımefendi öğlene kadar uyuyabilsin diye pazar sabahları gıkımızı çıkaramıyoruz. Hanımefendinin yağa alerjisi olduğu için salam, sosis eve girmez oldu. Bunlar yetmiyormuş gibi, şimdi de peynirime kurtlu muamelesi yapılıyor!"

"Ben gideyim o zaman!" Mia yerinden kalkıp odasına gidiyor, kapısını da çarparak kapatıyor.

"Yine bir şey yemedi," diyor annem. "Her dakika Mia'yla uğraşmasan olmaz mı?"

"Kim kiminle uğraşıyor?"

Annemle babamın kavga etmelerine dayanamıyorum ve ayağa kalkıyorum.

"Yarın için okul çantanı şimdiden hazırlamayı unutmazsın değil mi?" diyor annem.

"Çoktan hazırladım, dün de ondan önceki gün de!"

"Freddy! Az önce odana girdiğimde çantan üç ay önce fırlatıp attığın yerde olduğu gibi duruyordu."

"Umarım yine beslenmene koyduğum sandviç içinde kalıp ziyan olmamıştır," diyor babam.

"Oldu bile," diyorum. "Çok üzgünüm, o sandviçi iki kere çöpe attım, ama..."

"Olur şey değil, madem çantanda sandviç kaldığını biliyorsun, bu kadar zamandır neden çantandan çıkarmıyorsun?!" diye sitem ediyor babam.

"Çıkarmıştım zaten!" diye bağırıyorum umutsuzlukla. "Ama yine çantamda duruyor. Yine çantamda duruyor, çünkü her sabah her şey yeni baştan başlıyor!"

"Umarım, bu sıcaklar yakında geçecek," diyor annem. "Sıcaktan hepimiz nöbet geçirir olduk."

"Sıcaktan değil, bu başka bir şey, lanet falan gibi bir şey," diyorum. "Bana inanmanız gerek, lütfen!"

"Sen şimdi git çantanı yerleştir, sonra bugün neler yapabiliriz onu düşünürüz. Ne de olsa bugün tatilin son günü," diyor annem.

Okul çantam gerçekten de bir kenarda duruyor ve üzerini sanki üç aydır kimse elini sürmemiş gibi toz kaplamış. Kalan sandviçi çantadan çıkarıp kalem kutusunu açıyorum. Dolmakalemle mürekkep silgisi arasında beyaz bir şey duruyor: Daniel'in mektubu. Dün bu kâğıt parçasını paramparça ettiğimden ve parçaları tuvalete atıp sifonu çektiğimden eminim. Şimdi yaksam nasıl olur acaba? Katlanmış kâğıdı pencerenin dışındaki pervaza koyup bir kibritle yakıyorum. Ateş topağını üfleyince aşağı savruluyor. Arkasından bakıyorum. Amanın! Üç kat aşağıda Hannibal pencerede oturuyor, yanan kâğıda bir pati atıp inlemeyle tıslama karışımı içler acısı sesler çıkarıyor. Hemencecik pencereyi kapatıyorum. Ve böylelikle çok büyük bir hata yapıyorum: Haferkamp pencereyi kapattığımı duyuyor.

Üzerinden daha iki dakika geçmeden kapının zili çalıyor. Merdivenleri koşarak çıkmış olmalı, onun kilosundaki biri için hiç de fena bir performans sayılmaz.

Yere oturup okul çantamın içindekileri boşaltıyorum.

Annem kapımı çalıyor, aslında kapım yarı yarıya açık, ama Mia'nın oda kapısını her zaman çaldığı için, eşitlik ilkesi gereği benim kapımı da çalıyor.

Annemin arkasında öfkeden kıpkırmızı olmuş bir halde Bayan Haferkamp duruyor.

"Freddy, Bayan Haferkamp merak etmiş, sen..."

"Hiç de merak etmiyorum," diye annemin sözünü kesiyor Bayan Haferkamp ve suçlarcasına parmağıyla beni gösteriyor. "Bu çocuğun Hannibal'imin üzerine bir yangın bombası attığını gördüm!"

"Doğrusunu söylemek gerekirse, buna inanmak..."

Annemin sözleri yine yarıda kalıyor. Bayan Haferkamp

annemi itip odama dalıyor, odamı boydan boya geçip pencereyi açıyor. "İşte, bakın, eğer bana inanmak istemiyorsanız kendi gözlerinizle görün. Yanık izi ve kibrit çöpü burada duruyor."

Bayan Haferkamp zafer kazanmış gibi dönüp bize bakıyor. Annem soran gözlerle bana bakıyor.

"Ben yalnızca ufacık bir kâğıt parçası yaktım, o da aşağı düşmüş olmalı."

"Kâğıt parçasıymış!" diyor Haferkamp, çevreye tükürükler saçarak. "Hannibal'ime gelen gerçek bir alev topuydu!"

"Veteriner masraflarınızı karşılayacağımıza güvenebilirsiniz," diyor annem.

"Öyle mi? Peki, canım Hannibalciğimin bu olaydan kaynaklanan ruhsal yaraları ne olacak? Onları kim iyi edecek?"

Jack hoplaya zıplaya gelip Bayan Haferkamp'ın bacağını kokluyor.

"Alın şu korkunç hayvanı üstümden, derhal!"

Jack hırlamaya başlıyor.

"Kedinizin kokusunu alıyor," diyor annem. "Bir seferinde kediniz Jack'in burnunu tırmalamıştı ya ondan."

"Çünkü sizin köpeğiniz onu tehdit etmişti," diye tıslıyor Haferkamp. Çiçekli elbisesinin düğmeleri hiddetinin şiddetinden her an kopup etrafa saçılacakmış gibiydi. "Hannibalciğim çok hassastır."

"Peki, kediye ne oldu?" diye soruyor annem.

"Hiç," diyorum. "Patisiyle topağa vurup içeri kaçtı."

Haferkamp tehditkâr bir şekilde üzerime yürüyor. Jack havlıyor ve annem Jack'i tasmasından tutuyor.

"Bilerek yapmadım ki! Kötü bir niyetim yoktu!" diye bağırıyorum.

"Daha son sözümü söylemedim! Haberin olsun!" Haferkamp havaya kaldırdığı yumruğunu tehditkâr bir biçimde sallıyor ve anneme dönüp diyor ki: "Ve eğer köpeğinizin pisliğini bir daha ortada bırakırsanız, size yapacağımı biliyorum. Köpek dışkılarını temizleme yükümlülüğü diye bir şey var!"

Sonra Bayan Haferkamp her adımıyla yerleri döverek odamdan çıkıyor. Yağları da öfkeyle çalkalanıyor gibi geliyor bana.

"İlle de yakman gereken şu kâğıt parçası neydi, gözünü seveyim?" diye soruyor annem.

Jack kalan sandviçi bulup koklamaya başlıyor.

"Daha önce de koklayıp beğenmemiştin," diyorum.

"Freddy! Sana bir soru sordum."

"Hiç, olup olacağı eski bir sözcük dağarcığı sınavı. Neden yaktığımı da bilmiyorum zaten." Annemin yüzüne bakmıyorum. Mia'nın tersine ben hiç iyi yalan söyleyemem.

Annem de konuyu daha fazla deşmiyor, pencereye gidip storlarımı indiriyor. "Şu Haferkamp gerçekten de yaşlı bir ejderha."

"Ve kedisi de kedi türünün en çirkin örneği," diyorum.

"Akşamları nasıl kanepeye yığılıp bütün gece patates cipsi ve çikolata tıkındıklarını gözümde canlandırabiliyorum," diyor annem.

Kendimi gülmekten alamıyorum, annem bana kızgın olmadığı için içim rahatlıyor. "Ee, bugün ne yapıyoruz?" diye soruyorum. "Bana sakın ütü yapman ya da yarına hazırlanman gerektiğini söyleme. Nasılsa yarın hiç gelmiyor," diye de ekliyorum alçak sesle.

"Hep birlikte önce sarayın bahçesine, sonra da dondurmacıya gideriz diye düşünmüştüm."

"Sarayın bahçesi harika bir fikir!" diyorum. "Lütfen anne, hemen gidebilir miyiz?"

"Öğle saatinde çok sıcak olmasın?"

"Ama orada ağaçlar ve bir de küçük göl var!"

"Mia ve babanla bir konuşayım bakayım."

Ekşi-Tatlı Kulübüyle buluşacağı için Mia elbette gitmek istemiyor. Babam da evde kalıp yarışma için hazırladığı yemek listesi üzerinde çalışmak istiyor.

"O zaman biz de ikimiz yalnız gideriz," diyorum anneme. Annem bana kararsızlıkla bakıyor. "Ama yarından önce halletmem gereken bir yığın iş var."

"Anne, hadi ama! Birlikte hiçbir şey yapmıyoruz, yani yalnızca sen ve ben."

"Hadi siz gidin, ama Jack'i de yanınıza alın, böyle ayağımın altında beni deli ediyor," diyor babam.

Babam somonu buzdolabından çıkarıp mutfak masasının üzerine koymuş. Şimdi de oturmuş, elinde bir cımbız, balığın bütün kılçıklarını teker teker ayıklıyor. Jack heyecanla havlayarak masanın üzerine sıçrıyor.

Mia odasından çıkıyor. "Dönüşte dondurma alın bari, benimkisi limonlu olsun."

Limonlu dondurma yalnızca sudan yapıldığı için, Mia yalnızca onu yiyor.

"Şaşırdın mı sen? Biz eve varana kadar erir dondurma."

"O zaman siz de yanınıza buz çantası alın, olmaz mı?"

"Bu çok iyi bir fikir," diyor annem. "O zaman bu öğleden sonra hepimiz burada buluşup birlikte dondurma yeriz."

"Büyükannem ne olacak?" diye soruyorum.

"Ha evet, doğru ya, bir de büyükannene uğramak istiyorduk," diyor annem.

"O zaman en iyisi sarayın bahçesinde yapacağımız gezintiyi erteleyelim."

"Büyükanneme yalnız da gidebilirim," diyorum çabucak.

Annem bir an duraksıyor. "Öyle diyorsan Freddy, öyle olsun bakalım."

Evin önünde dururken annem diyor ki: "Waldsee'ye gidip yüzmeyi yeğlemez miydin?"

Hayır, olmaz! Daniel'le Zoé'nin nasıl Tarzan'la Jane'i canlandırdıklarını seyretmeye hiç mi hiç niyetim yok.

"Bugün orası ana baba günüdür. Sarayın bahçesine gidelim biz."

Doğru söylüyorum. Sarayın bahçesinde sağlı sollu uzanan, toprakları yeni bellenmiş gül ağaçlı yolları çok seviyorum. O koca ağaçları ve ufak su birikintisini.

Bahçeye varmamız yarım saat alıyor. Jack annemin bisikletinin önündeki sepette oturuyor. Jack bisiklete binmeyi seviyor. Oysa arabada giderken hep midesi bulanır.

Hava inanılmaz derecede sıcak ve nemli. Sarayın bahçesinde bisikletle dolaşmak yasak olduğu için, bisikletlerimizi girişte bırakıyoruz. Tişörtüm üzerime yapışmış, annemin de her yanından ter akıyor.

Parkta küçük gölün kıyısındaki salkım söğüdün altına oturuyoruz. Burası bizim en sevdiğimiz yerdir. Eskiden Mia'yla birlikte söğüdün altında saklambaç oynar, kışın kuşları beslerdik. Buradaki iskete kuşları insanın elinden beslenecek kadar evcilleşmiştir. Bazen de bir sincap gelip fındık fıstık ister.

"Böyle bir bahçem olsun isterdim," diyorum.

Annem bana su şişesini uzatıyor. "Ama bahçe çok emek ister. Sulamak gerekir, hele bu sıcaklarda en azından her gün, sonra çimleri biçmek, ayrıkotlarını ayıklamak gerekir."

"Ben hepsini yaparım anne, gerçekten! Böylece yazları mangal yapabiliriz, ahududu toplarız, taze yeşil salata..."

"Freddy, zamanında bir köpeğiniz olmasını ne kadar çok istediğinizi anımsıyorum, peki şimdi okula gitmeden önce köpeği kim dışarı çıkarıyor? Ben. Geceleri yatmadan önce kim dışarı çıkarıyor? Baban. Kar kış demeden köpeği biz dışarı çıkarıyoruz."

"Bugün ve dün ve ondan önceki gün onu ben dışarı çıkardım!"

"Bu sabah sen çıkardın, doğru," diyor annem. "Ama dün ve ondan önceki gün ben çıkardım."

Bu söylediklerine karşı çıkmıyorum, çünkü karşı çıkmanın bir anlamı yok. "Jack'i bahçeye çıkarırdım, çimenlerin üzerine uzanıp toprağı istediği gibi eşelerdi."

İkimiz de bizden az uzakta otları ısırıp çiğnedikten sonra tüküren Jack'e bakıyoruz.

"Derhal köpeğinizin tasmasını takın!" diye bağırıyor sıcağa karşın koşarak yanımızdan geçen adam. "Tabelayı görmüyor musunuz?"

"Buraya gel Jack," diyor annem. "Otur buraya. Otur! Çabuk!" Annem Jack'e bir tane köpek kurabiyesi veriyor.

"Hem Jack Mia'nın köpeği, ama onunla en az Mia ilgileniyor!"

"Mia'nın işi başından aşkın. Bir yandan okul, bir yandan piyano dersi."

Bağırmak istemiyorum, ama sesim gittikçe yükseliyor. "Okul mu? Üç aydır tatildeyiz, ama Mia Jack'i en fazla iki üç kere dışarı çıkardı. Artık piyano da çaldığı yok zaten! Yalnızca arkadaşlarıyla oraya buraya takılıp korkunç bir müzik dinliyor!"

Eskiden sık sık birlikte Beatles dinler, annemle dans ederdik. Ama şimdi Mia benim müzik zevkimi bebek işi buluyor ve dans edişini utanç verici bulduğu için annem dans ettiği zaman da gözlerini deviriyor.

Annem derin bir iç geçiriyor. "Ah Freddy, biliyorum, bunlar senin için hiç de kolay zamanlar değil. Ergenlik çağındaki bir kız çocuğuyla uğraşmak hiç kimse için kolay değil."

"Ama ergenlik bahanesiyle bana sürekli kötü davranması gerekmiyor," diyorum.

"Sen de az değilsin, o ne derse ne yaparsa hemen ciddiye alıp parlıyorsun. Al birinizi vur ötekine."

"Ama sen de hep 'kızı rahat bırak' diyorsun, bence bu haksızlık. O piyano çalabiliyor, ama ben çalamıyorum!"

Annem bana şaşkın şaşkın bakıyor. "Piyano çalmayı bu kadar çok istediğini hiç bilmiyordum. O zamanlar Mia'ya piyano aldık, çünkü sinir sisteminin ince motorik gelişimi çok geri kalmıştı ve piyano çalmak gelişmesine yardımcı olur dediler."

"Pek yaramamış," diyorum. "Mia hâlâ uyuzun teki."

"Freddy!" diye sitem ediyor annem. "Mia'nın kuvözdeki halini gösteren fotoğrafları gördün. Hepi topu 1500 gramdı, yani bir buçuk paket un kadar, düşün bir. Haftalarca umutla doktorların onu kurtarmasını bekledik. Baban ve ben her gün kliniğe gittik, onu okşadık, onunla konuştuk, ta ki bir gün..."

"Tamam tamam, biliyorum!" Bu öyküleri daha önce yüz kez dinledim.

"Senin beş yaşındaki boyuna o ancak dokuz yaşında erişebildi."

Bunu da biliyorum. İkimizin aynı boyda olduğu, ama Mia'nın hep benden daha zayıf olduğu bir sürü fotoğraf var. Ama bu durum çoktan değişti. Mia artık etli butlu biri, hatta göğüsleri bile çıktı.

"Kuzey Denizi'ndeki o kavganın gerçek nedeni neydi?" diye soruyor annem.

Başımı sallıyorum. "Ne olsun, her zamanki gibi sataşmıştı bana."

Anneme gerçekten ne olduğunu anlatmayı çok istiyorum, ama anlatamam. Anlatabileceğim bir kişi varsa, o da Vero.

Annemle orada öylece oturup gölete bakıyoruz. Birkaç tane ördek suda süzülüyor, bir sutavuğu kuyruğunu su yüzeyinde tutarak başını suya daldırıp duruyor. Gölün karşı tarafında bir kuğu, yavrularıyla birlikte yüzüyor. Bizden birkaç metre ileride, sarı saçlı küçük bir oğlan çocuğu kıyıdan suya bir gemi bırakıyor. Sonra bir uzaktan kumandanın düğmelerine basıyor. Gemi ördeklerin ve sutavuklarının arasına dalıyor. Ördekler ve sutavukları ürküp çığrışarak havalanıyor, sonra biraz ileride sakin sakin yeniden suya konuyor. Nereye kaçarlarsa kaçsınlar, homurdanan canavar gemi onları buluyor. Kuşları ürkütüp kaçırmak çocuğun gerçekten çok hoşuna gidiyor. Çocuğun arkasındaki bankta dergi okuyan ve sigara içen bir kadın oturuyor.

"Ne illet bir çocuk!" diyor annem.

Birden motor homurtusu duruyor, gemi kendi çevresinde dönüyor ve dosdoğru bize yöneliyor. Bir savaş gemisi. Başka ne bekliyorduk ki?

Çocuk çaresizce uzaktan kumandayla uğraşıyor. Ama gemi kıyıdan bir metre ötede kalıyor.

"Anne! Anne!" diye sesleniyor. Annesi dergisinden başını kaldırıyor, başını iki yana sallıyor ve okumaya devam ediyor.

Çocuk bize koşuyor.

"Gemimi alıl mısın? Bosuldu," diyor bana.

Onun o aptal gemisini kurtarmak için benim o yeşil bulaşık suyuna gireceğimi falan mı düşünüyor acaba?

"Kendin almayı dene," diyorum. "Bak orada yerde bir ağaç dalı var."

Bir gürgen ağacından, kalın bir dal kopmuş. Çocuk o dalı kıyıya sürüklüyor.

"Bakalım işe yarayacak mı?" diyor annem.

Başlangıçta aslında bayağı iyi beceriyor, dalla gemiye uzanabiliyor, ama sonra birden dengesini kaybedip suya düşüyor.

Önce "oh, bu soğuk banyo ona iyi geldi" diyorum içimden, ama suya düşer düşmez çocuk kaya gibi dibe çöküyor.

Çok düşünmeden yerimden fırlıyorum. Eğer bir konuda iyiysem, o da yüzmektir. Gelecek yıl, on iki yaşımıza girince Daniel'le birlikte cankurtaran belgesi almayı tasarlamıştık.

"Freddy, sandaletlerini çıkar!" diye bağıran annem de arkamdan koşuyor.

Çocuğun kafası yeniden su yüzeyinde beliriyor. Zavallıcık tükürüyor, bağırmak istiyor, ama yalnızca acıklı bir gurultu çıkarıyor. Kendimi suya bırakıyorum.

Su birikintisi falan ama bayağı da derinmiş, ayağım değmiyor. Yanımda su sıçrıyor, Jack de benim arkamdan atlamış. Oğlana doğru yüzüp tişörtünden yakalıyorum ve kıyıya kadar çekiyorum. Jack ağzında ağaç dalıyla arkamdan geliyor.

Bu arada çocuğun annesi de ne olduğunun farkına varmış ve kıyıya koşmuş. Sonunda lütfetmiş. Kadın ıslak bir patates çuvalı kadar ağır olan oğlunu sudan çekip çıkarıyor.

"Kevin, yine ne yaptın?" diye gürlüyor kadın.

Annem sırt çantasından cep telefonunu çıkarıyor: "Acil doktorunu arayayım mı?"

Ama buna hiç gerek kalmıyor. Hiç de hoş olmayan bir ses duyuluyor ve Kevin annesinin pantolonunun üzerine kusuyor. Jack ağaç dalını Kevin'le annesinin önüne gururla koyuyor ve ödüllendirilmeyi bekliyor, ama onların bambaşka dertleri var.

"Gemim!" diye ağlıyor Kevin. "Gemim!"

Bizim suya atlamamızla gemi açıklara sürüklenmiş, küçük gölün ortasında çevresi ördekler ve sutavukları tarafından sarılmış halde sakin sakin yüzüyor.

Çocuğun annesi bir mendille pantolonunu siliyor.

"Teşekkür ederim," diyor bana. "Çok teşekkür ederim." Sonra Kevin'e bir tokat atıp çekiştirerek götürüyor.

Beyaz tişörtüm ıslanmakla kalmadı, yeşile de boyandı. Tişörtümü kokluyorum. Hiç de hoş kokmuyor.

"Fotoğrafını çekebilir miyim?" Birdenbire yanımızda bir adam bitiveriyor ve cep telefonunu bana doğru havada tutuyor. "Ufaklığı nasıl kurtardığını gördüm, çok cesursun, çok!"

"Bilmem ki, yapılması gerekeni yaptım," diyorum.

"Kızımın fotoğrafını ne için istiyorsunuz?" diye soruyor annem kuşkucu bir ifadeyle.

"Günlük gazetede muhabirim, genelde korkunç kazalar hakkında haber yapmam gerekiyor. Ama burada olan bambaşkaydı. Bu konuda yazmak insana zevk verir. Adın ne senin?"

"Freddy, yani Frederike Moll," diyorum ve cep telefonuna doğru gülümsüyorum.

"Tamamdır," diyor adam. "Yarın günlük gazeteye bak bakalım, 'Her Telden' bölümünde haber olacaksın."

"Hadi gel, eve gidelim de, üzerini değiştir," diyor annem.

"Gezintimizin böyle sonuçlanacağını hiç düşünmemiştim," diyorum.

"Hiç olmazsa anlatacak bir şeyimiz var. Seninle gurur duyuyorum, Freddy." Annem omuzlarımdan sımsıkı tutuyor. "Çocukcağız gerçekten boğulabilirdi. Ne yazık ki, insan göz açıp kapayıncaya kadar boğulabilir."

Eğer orada olmasaydım, biz başka bir banka oturmuş olsaydık, eğer... Yaşamın bir rastlantıya bağlı olması tuhaf bir duygu. Hiç hoşuma gitmeyen bir duygu.

Dönüş yolunda Dondurmacı Cortina'ya uğruyoruz, üzerimdekiler sıcaktan otuz saniyede kuruyor ve Mia'ya limonlu, babama fıstıklı, anneme ahududulu, bana vişneli dondurma alıyoruz. Annem dondurma kaplarını buz çantasına koyuyor. "Ama şimdi çabuk olmalıyız. Yoksa eve varıncaya kadar su gibi olurlar," diyor annem ve pedala basıyor.

Azize Anna önündeki dört yol ağzında bir kırmızı ışığa yakalanıp da durduğumuzda, yolun karşı tarafında iki tanıdık siluet gözüme çarpıyor: Daniel'le Zoé! Bisiklet yolunda yan yana bisikletlerini sürerken birbirlerine bir şey anlatıyor ve birlikte inanılmaz eğleniyormuş gibi görünüyorlar.

"Şu ilerideki Daniel değil mi?" diye soruyor annem.

Başımla onaylayıp kendimi başka yöne bakmaya zorluyorum. Neyse ki onlar beni görmüyorlar. Daniel'in beni o halde görmesini istemiyorum, eminim korkunç görünüyorum. Yeşil yanıyor, ama eğer ilerlersek o ikisiyle burun buruna geliriz.

"Bekle!" diye bağırıyorum. "Pedalım takıldı!"

Bütün gücümle frene bastığım için pedalın takılması çok doğal. Pedallara doğru eğilip boşta kalan elimle pedalı çevirmeye çalışıyormuş gibi yapıyorum.

Yeniden kırmızı yanınca freni boşluyorum. Annem hiçbir şey fark etmiyor, kaygılı bir şekilde bir eliyle buz çantasını yoklayıp duruyor. "Durum hiç de iyi değil," diyor.

Daniel'le Zoé, Zoélerin sokağına doğru dönüyorlar. Birbirlerinden gerçekten çok hoşlanıyor gibiler!

İkisini birlikte gördüğümden beri midem bulanıyor. Zoé denen kız, hiç de Daniel'in tipi değil. Daniel'in onda ne bulduğunu hiç mi hiç anlamıyorum.

"Asla bir erkeği anlamaya çalışma, onlar da kendilerini anlamıyor," demişti Mia bir keresinde. Mia hiç olmazsa bir konuda haklı çıktı galiba.

Eve vardığımızda Mia daha eve dönmemişti. Hâlâ Ekşi-Tatlı Kulübü üyeleriyle dışarıdaydı. Yazık oldu, beni bu durumda görmesini çok isterdim. Beni böyle görünce kesin yine benimle dalga geçerdi, ama bir çocuğun yaşamını kurtardığımı duyduğu anda hevesi kursağında kalırdı.

Ama babam evdeydi ve bu sefer bıldırcınların kemiklerini doğru düzgün ayıkladığı için keyfi çok yerindeydi, birinin canını kurtarmış olmamdan da çok hoşnutu.

Dondurmamızı yiyoruz. Annem Mia'nın hakkını küçük cam bir kâseye koyup buzluğa atıyor. Dondurmanın üzerine ev yapımı limonata da içince kendimi çok iyi hissediyorum.

On bir yaşımdayım, bir çocuğun yaşamını kurtarıp bir annenin mutsuzluğuna engel oldum. Yüz yaşına gelip yaşamları boyunca hiç kimse için iyi bir şey yapmamış insanlar vardır, Bayan Haferkamp gibi örneğin.

"Ha unutmadan, Vero aradı," diyor babam. "Senden telefon bekliyor."

Büyük bir hevesle Vero'yu arıyorum.

"Vero, sana müthiş bir şey anlatmam gerek..." diye ağzımdan dökülüyor sözcükler, hattın diğer ucunda Vero'nun sesini duyunca.

"Ama önce ben, tatilimizin ne kadar şahane geçtiğini duyunca aklın duracak, görsen öyle güzel bronzlaştım ki, babamı da güneş bir çarp..."

"Az önce bir çocuğu boğulmaktan kurtardım."

"Nerede?" diye soruyor Vero.

"Sarayın bahçesinde. Çocuk gemisini almak isterken suya düştü ve yüzme bilmiyordu."

"O su birikintisine mi düştü yani?"

"Öyle deme, gerçekten derindi."

"Derin mi? Orada bir küvet su ancak vardır."

"Ben de çok şaşırdım, ama ayaklarım dibe değmedi, boyu geçiyordu."

"Ödül neydi?"

"Ödül mü?"

"Baksana, gerçekten çocuğun yaşamını kurtarmış olsan, çocuğun anne babası sana bir ödül verirdi değil mi?"

"Çocuğun annesi teşekkür etti, doğal olarak. Bence kadıncağız da şoktaydı."

Hı hı, yapıyor Vero ve ben ne düşündüğünü anlıyorum. Kendimi önemli kılmak için her şeyi abarttığımı düşünüyor.

"Yarın gazeteye çıkacak!"

Yarın mı?

Belki de yarın hiç olmaz. En azından Pazartesi olmaz. Vero'ya bu konudan söz etse miydim? Arka arkaya hep aynı Pazar gününü yaşadığımı anlatsa mıydım? Hayır, Vero beni annemle babam kadar bile anlamayacaktır.

"Artık ben de bir şeyler anlatabilir miyim?" diye soruyor Vero iğneleyici bir tonda. "Yoksa anlatacak başka kahramanlıkların da var mı?"

"Sen anlat önce," diyorum, her ne kadar ne anlatacağını bilsem de.

Müthiş tatilini ballandıra ballandıra anlattıktan sonra Vero'nun keyfi yerine geliyor.

"Sana bir kartpostal yollamıştım, aldın mı?" diye soruyorum, sırf bir şey söylemiş olmak için.

"Evet, alır almaz hemen duvar panoma astım, teşekkür ederim!"

"Başucundaki komodinin çekmecesine tıkmadın mı yani?" diye soruyorum.

"Çekmeceye mi?" Vero'nun sesi gerçekten şaşırmış gibi geliyor. "Gel bak istersen, panoda asılı duruyor. Tatil boyunca gelen bütün diğer kartpostallarla birlikte."

Ona inanıyorum, çünkü ona inanmak istiyorum. Diğer Pazar günlerinin gerçek olup olmadığından emin miyim? Belki de yalnızca bu Pazar günü gerçektir.

"Peki, daha büyükanneme gitmem gerekiyor, ama öncesinde sana bir uğrarım."

"Tuhaf kokuyorsun," diyerek karşılıyor Vero beni. "Çamur gibi."

"Duş yaptım!"

Vero meşin gibi yanmış bacaklarını bana uzatıyor. "Bir şey söylemeyecek misin?"

"Ne söylememi bekliyorsun ki?"

"Tırnaklarıma baksana."

O tırnak cilası benim için hiç de yeni bir şey değil, ama

gönlü olsun diye hayranlığımı göstererek ona bir iyilik yapıyorum. "Müthiş görünüyor, gerçekten. Kesin İtalya'dan aldın ve çok pahalıydı, değil mi?"

"Nereden bildin?"

"Tek bakışta anlaşılıyor."

Vero keyifle gülümsüyor.

Beni yeniden tatil öyküleriyle boğmaması için hemen konuya giriyorum: "Daniel ve fare suratlıyla ilgili son haberleri biliyor musun?"

"Ne olmuş ki?" diye soruyor Vero merakla.

"Çıkıyorlar!"

"Haaayır!" diye inliyor Vero.

Keşke söylediğimi geri alabilseydim. Sözler dudaklarımdan dökülür dökülmez kendimden utandım. Belki de çıkmıyorlardır. En azından ben öyle umuyorum. Ama doğal olarak şimdi Vero her şeyi tüm ayrıntılarıyla merak ediyor.

Vero'ya okulun son günü dondurmacıda karşılaşmamızı anlatıyorum, ama Daniel'le önceden sözleşmiş olduğumuzdan söz etmiyorum.

"Ve şimdi birlikte yüzmeye gidiyorlar," diye bitiriyorum.

"Üstelik fare suratlının anne ve babası da yanlarında," diyor Vero. "Sanki evlenmişler gibi, sence de öyle değil mi?"

Doğru. Ben olsam, annem ve babamla gezmeye giderken asla ama asla erkek arkadaşımı çağırmazdım. İnsan utanır. Kuzey Denizi'ndeki oğlan geliyor aklıma bir an. Vero'ya olanları anlatsam mı? Hayır, bugün olmaz, bir başarısızlığı daha itiraf etmek içimden gelmiyor.

"Kartpostalım nerede?" diye soruyorum. "Duvarına astığını söylemiştin."

Vero kıpkırmızı oldu. "Annem sen gelmeden önce odamı temizledi ve..." çekmecesini açıyor. "...bütün kartpostallarımı çekmeceye tıktı."

Tam o anda, Vero'nun annesi kapıdan başını uzatıyor ve bize iki bardak buzlu çay getiriyor.

Dün de, yok hayır, ondan önceki gün de buzlu çay getirmişti.

"Freddy yarın gazeteye çıkıyor!" diyor Vero.

"Öyle mi? Hayrola?" Vero'nun annesi bana şaşkınlıkla bakıyor. Ama Vero'nun annesi hep şaşkın görünür zaten, bu durum gözlerinden çok yüksekte duran incecik kaşlarından kaynaklanıyor.

"Sarayın bahçesinde bir çocuk suya düştü, ben de onu sudan kurtardım," diyorum.

"O su birikintisinde kimse boğulamaz ki," diyor Vero'nun annesi.

"Su çok derin!" diye karşı çıkıyorum. "Hiç de göründüğü gibi değil."

Vero'nun annesi kaşlarını daha da yukarı kaldırıp odadan çıkıyor.

Buzlu çayımı çabucak içiyorum. Buzlu çay bu defa da soğuk, ama ilk seferinde tadı daha güzel gelmişti.

"Artık büyükanneme gitmeliyim," diyorum.

Vero dudaklarını büküyor. "Ama sana daha tatilimle ilgili hiçbir şey anlatamadım!"

"Eminim müthiş bir tatildi," diyorum. "Yarın okulda anlatırsın."

Beş kat merdiveni koşarak iniyorum ve sokağa çıkar çıkmaz sıcak hava yine yüzüme tokat gibi çarpıyor.

Bisikletimin kilidini açmak için eğilince, aniden elim ayağım buz kesiyor ve kalbim hızlı hızlı çarpmaya başlıyor. Şimdi buldum! Benim başıma da güneş geçti, o yüzden kafamda her şey birbirine giriyor. Geçen Pazar, yani gerçek bir Pazar günü, olan, ardından bir Pazartesi gelen bir hafta önceki Pazar günü, annem gazetede böyle bir olay okumuştu. Bir adam çok uzun süre güneşlenmiş, sonra midesi bulanmış, sonra bayılmış ve kendine geldiğinde ne adını ne de hangi günde olduğunu anımsıyormuş. Ama esmer şeker gibi bronzlaştığı için çok mutluymuş.

Belki ben de gerçekte güneş çarpmasından hastanede yatıyorum ve sürekli aynı film gözümün önünden geçip duruyor. En son ateşim çok yükseldiğinde, böyle bir durum yaşamıştım. O zaman da ne düşlediğimi hatırlamıyorum, ama hep aynı şey olduğunu biliyorum. Öyle korkunçtu ki!

Bisiklete biniyorum. Ellerim terden gidona yapışıyor. Hava kulaklarımda uğulduyor. Ağzımda tozlu bir tat var. Dudaklarım kupkuru olmuş.

Hayır, bu bir düş değil. Bu gerçek.

Üzerinde çok düşünmeden hobi evlerinin oradan geçen yoldan gidiyorum. Ve yine en sevdiğim bahçenin önünde duruyorum. Sebze tarhına diz çökmüş ayrıkotlarını temizleyen yaşlı hanım bana doğru dönünce, bu sefer olduğum yerde kalıyorum. Bana gülümsüyor. Ben de karşılık veriyorum.

Yaşlı hanım elinin tersiyle alnındaki saçları yana itiyor. "Bugün hava çok sıcak, değil mi?" diyor.

Başımla onaylıyorum. "Bahçeniz çok güzel."

Yaşlı hanım iç geçiriyor. "Bahçe dediğin küçük bir çocuğa benziyor, bir an arkanı dönsen, hemen bir haşarılık yapıyor."

Gülmekten kendimi alamıyorum. Benzetme o kadar gülünç ki.

Yaşlı hanım yaklaşıyor. Yüzü büyükanneminkinden çok daha yaşlı görünüyor. Cildi kırış kırış, ama gözleri sanki genç bir yüze aitmişçesine parıl parıl parlıyor.

"Doğru söylüyorum," diyor ve bir böğürtlen dalını yana doğru eğiyor. "Düzenli budamasam çobandeğneği bahçe kapımı sarıp sarmalar, dışarı çıkamam. Ayrıkotları desen, bir tek gün gelmeyegöreyim, çiçek tarhlarımı istila eder. Her gece salatalarıma dadanan sümüklü böceklerden söz etmiyorum bile."

"Büyükannemin bahçesinde de bir sürü sümüklü böcek vardı. Gerçekten çok iğrençlerdi," diyorum. "Çıplak ve yapış yapış."

"Hah, o zaman sen benim neyle uğraştığımı biliyorsun," diyor yaşlı hanım. "Biraz içeri gelmek istemez misin?" Kapıyı açıyor. Kapı gıcırdıyor.

"Aslında büyükanneme gitmem gerekiyor. Onun artık bahçesi yok, huzurevinde yaşıyor."

Ona bundan neden söz ediyorum ki? Bu kadını hiç tanımıyorum.

"Grün Sokak'taki huzurevinde mi?"

Başımla onaylıyorum.

"Bekle bir dakika, sana bir şey vereceğim."

Yaşlı hanım arkasını dönüp evden içeri giriyor. Az sonra elinde kapağı kapalı plastik bir kapla geri dönüyor.

"Ahududu. Bu sabah taze taze topladım. Şimdi tatlarına doyum olmaz."

"Ama..."

"Kabı bana gelecek sefer geri getirirsin. Sık sık buradan geçiyorsun nasılsa, öyle değil mi?"

"Evet," diyorum. "Çünkü bahçenizi çok beğeniyorum," diye ekliyorum.

"Ne zaman istersen beni görmeye gelebilirsin," diyor. "Torunlarım büyüyüp kocaman oldular, artık bahçeyle ilgilenmiyorlar."

"Ahududu için teşekkür ederim," diyorum. Yaşlı hanım bana bir kez daha gülümsüyor. Ahududu dolu kabı bisikletimin sepetine koyup yola koyuluyorum.

Huzurevinin önünde bisikletimi yine sokak lambasının direğine bağlıyorum. Ahududu dolu kabı alıp giriş holünden geçiyorum, asansöre biniyorum. Aynada burnumun derisinin soyulduğunu fark ediyorum. Soyulan bir parça deriyi koparınca altında pembe bir leke beliriyor.

Bu sefer Hemşire Elke'den kaçamıyorum.

"İyi ki büyükanneni görmeye geldin," diyor hemşire Elke. "Bugün hiç iyi değil, herhalde sıcaktan."

"Su içmesini sağlarım," diyorum.

"Aferin. Su içmesi çok önemli. İnsan yaşlandıkça, susama duygusunu kaybeder, biliyor musun? Ama su içmezse de, kısa zamanda kafası karışmaya başlar."

Hemşire Elke'nin gözü elimdeki kaba takılıyor. "O elindekinde ne var?"

"Ahududu," diyorum. "Bahçeden yeni toplandı."

Hemşire Elke'nin yüzünde arzu dolu bir ifade beliriyor. Kabın kapağını açıyorum. Ahududular harika görünüyor, kocaman, sulu, çürüksüz ya da eziksiz, yani süpermarketten alınanlara hiç benzemiyor.

"Alabilir miyim?" diye soruyor Hemşire Elke.

Başımla onaylıyorum ve Hemşire Elke bir tane alıyor, sonra bir tane daha.

Sonra bir an için gözlerini yumuyor. "Hımm, bu ahududuların tadı bana çocukken komşumuzun bahçesinden aşırdığımız ahududuları anımsattı. Komşumuzun kocaman siyah bir köpeği vardı. Köpeğin bizi yakalamasından ödümüz kopardı, ama ahududular da çok çekiciydi."

Hemşire Elke bana bakıyor. "Ama bugün ne düşünüyorum biliyor musun, bence komşumuz onun ahududularını aşırdığımızı biliyordu."

"Tıpkı şiirdeki gibi," diyorum. "Havelland'daki Ribbeck'in efendisi Bay von Ribbeck* şiirindeki gibi."

(*) "Herr von Ribbeck auf Ribbeck im Havelland" şair ve romancı Theodor Fon-

"Doğru, yaşlı adam öldükten sonra bahçe içindeki o ev de yıkıldı, ne yazık ki komşumuzun mezarı üzerinde ahududu çalısı bittiğini hiç sanmıyorum."

Bir yerlerde bir telefon çalıyor. Hemşire Elke kendini toparlıyor. "Şaşkın mıyım ben, burada dikilmiş seninle laflıyorum, sanki zamanım varmış gibi," diyor ve hızlı adımlarla uzaklaşıyor.

Büyükannemin odasının kapısını açıyorum. Kucağında bulmacasıyla koltuğunda oturuyor. Başını kaldırmıyor. "Yemeğimi yedim," diyor.

"Ama bundan yememişsindir, büyükanne," diyorum ve ahududuları hemen yanındaki sehpaya koyuyorum.

"Kuruyemiş mi?" diye soruyor.

"Ahududu," diyorum. "Tazecik. Tadına bak bir."

Kâseye kuşku dolu bir bakış atıyor.

"Bekle de sana bir kaşık getireyim."

Eskiden bize tatlı için verdiği kaşıklardan birini eline tutuşturuyorum. Kaşığın sapının ucunda burgulu bir H ve bir G var. H Hildegard için, G ise Günter için. Günter büyükannemin kocası, yani babamın babası. Kaşıklar aslında on iki taneymiş, ama geriye yalnızca dört tane kalmış. Aslında büyükannem kendi yemeğini pişirmediği için tabak çanağının, çatal kaşığının olmasına gerek yok, ama yine de bu kaşıkların kalmasında ısrar etti.

Kaşığı tutup sanki onunla ne yapacağını bilemezmiş gibi havaya kaldırıp bakıyor. Ben mi yedirsem? Ama az sonra ahududuları kaşıklayıp ağzına götürüyor. O kadar hızlı yiyor ki, bağırıyorum: "Yavaş ol büyükanne, bana da bırak!"

---

tane'nin önemli şiirlerinden biridir ve hâlâ okullarda okutulmaktadır. Bay von Ribbeck gerçekten yaşamıştır ve bu şiir onun şeftali ağacıyla ilgili efsaneden esinlenmiştir. Buna göre, Von Ribbeck şeftalileri koparıp yoldan geçen çocuklara verir. Ölümünden sonra oğlunun bu âdeti sürdürmeyeceğini düşündüğünden gelip geçen şeftalileri yiyebilsin diye mezarı başına bir şeftali ağacı diktirir. Ağaç 1911'deki büyük fırtınaya kadar yaşamıştır – ç.n.

"Keşke yanında vanilyalı pudingimiz olsaydı," diyor büyükannem. "Annemin vanilyalı pudinginin tadını anımsıyorsun değil mi? Bir yumurta sarısını yarı yarıya krema ve sütle çırpardı. Sen küçük olduğun için, kâsede kalanı yalamana izin verirdim."

Beni yine kız kardeşi Leni sanıyor.

Kalan ahududuları ben yiyorum. Bu ahududular hem süpermarketten aldığımız ahududulardan hem de büyükannemin bahçesindekilerden daha lezzetli. Büyükannemin bahçesindekiler daha küçük ve daha büzüşüktü, üstelik çoğunun içinde kurtçuklar olurdu.

"Senin en sevdiğin yemek neydi?" diye soruyorum. "Ahududulu vanilyalı puding mi?"

"Hayır, en çok annemin rulo pastasını severdim. İçine özellikle bol bol fındık ve kuru üzüm koyardı. Savaşta önce hiç fındık kalmadı, sonra da kuru üzüm bulunmaz oldu. En sonunda da un bitti."

Büyükannem kocaman kocaman açtığı gözleriyle bana bakıyordu. "Anımsıyor musun? Un olayını?"

Başımı hayır anlamında iki yana sallıyorum.

"Senin doğum günündü. Annem on bir tane mumu nereden bulmuştu bilmem. Ama pasta yoktu. Ve sen zaten hastaydın, biz de yaşayıp yaşamayacağını bilmiyorduk.

"O zaman savaş çoktan bitmişti, değil mi?"

"Evet, ama savaştan sonra savaşta olduğundan daha az yiyecek vardı. İnsan ancak kara borsada bir iki lokma yiyecek bir şey bulabiliyordu. Annemin, babamın ona nişanlandıklarında verdiği bir yüzüğü vardı. Üzerinde gerçek bir yakut vardı. Aslında o yüzük evlendiğimde bana geçecekti."

Büyükannem alyansını çeviriyor. "Ama doğum gününde mutlaka pastan olmalıydı, rulo pastan. Annem yüzüğünü bir paketçik unla değiş tokuş etti. Ve sonra..."

Büyükannem sözlerini yarıda kesiyor ve bir şey aranır gibi çevresine bakınıyor. Ona bir bardak su veriyorum. Bir yudum su içiyor.

"Peki sonra ne oldu?" diye soruyorum.

"Pakette un vardı, ama incecik bir tabaka halinde, onun altında alçı vardı. O doğum gününde sana pasta yapamadık."

Gözlerim yaşlarla doldu. Öyle üzücü bir öykü ki.

"Ağlama yavrucuğum," diyor büyükannem. Sesi tıpkı eskiden bahçesinde ağaçtan düştüğüm ya da avludaki çakıl taşları dizimi parçaladığı zamanki gibi.

O sesini duyunca, iyiden iyiye ağlamaya başlıyorum, elimde değil.

Büyükannem saçlarımı okşuyor. "Biraz yumurta tozu ayırmıştım. O azıcık un, süt ve yumurtayla gözleme yaptım, otla sıvadım ve yuvarlayıp rulo yaptım. Görünüşte annemin rulo pastasına benziyordu, ama doğal olarak tadının onun pastasıyla uzaktan yakından ilgisi yoktu."

"Sen çok iyi bir ablaymışsın," diyorum ve Mia'yı düşünüyorum. Mia'nın benin doğum günü pastam olsun diye bir yüzüğünü feda edeceğini hiç sanmıyorum.

"Akşam yemeği de nerede kaldı?" diye sordu büyükannem aniden, eskiden hiç duymadığım o dırdırcı sesiyle.

"Akşam yemeğinin tadı tuzu olmuyor, daha dün sen kendin söyledin!"

"Dün Pazar mıydı?"

Omuzlarımı silkiyorum. Bilmiyorum.

Hemşire Elke elinde bir tepsiyle içeri giriyor. Salam her zamanki kadar kuru görünüyor. Ama büyükannem sanki daha önce yaşamında hiç bu kadar güzel bir şey yememiş gibi sandviçe saldırıyor.

"Hoşçakal büyükanne," diyorum. "Pazar günü yine gelirim."

"Yarın geliyorsun, değil mi?" diye soruyor büyükannem dolu ağzıyla.

"Yarın Pazartesi, Bayan Moll," diyor Hemşire Elke ve önlüğünün cebinden bir mendil çıkarıp büyükannemin çenesine yapışan kırıntıları siliyor. İçim kalkıyor.

Ama büyükannem parıl parıl parlıyor ve diyor ki: "Leni'nin geldiği her gün Pazar benim için."

Hemşire Elke bana bakıp gözlerini deviriyor.

Hemencecik vedalaşıp kapıya koşuyorum.

Dönüş yolunda doğum günü pastasının öyküsü aklımdan çıkmıyor. Mia neden büyükannem gibi iyi bir abla olamıyor sanki? Hoş, ben de hasta değilim. Hem yeterince yiyeceğimiz de var. Mia yiyecek bir şey olmadığı ya da benim doğum günümde pastam olsun diye değil, zayıflamak için kendini aç bırakıyor. "Zırvalık!" diye bağırıyorum. "Zırvalığın dik alası!"

Evde babamı bıldırcınların içlerini doldurup karınlarını kürdanlarla kapatırken yakalıyorum. Annem patates soyuyor.

"Ama öyle kalın kalın doğrama," diyor babam. "Yoksa patates köftesi sulu oluyor, çıtır çıtır olmuyor."

Mia koridordaki boy aynasının karşısında, üzerinde kısacık bir etekle döne döne kendine bakıyor.

"Kızartmak için çok yağ koyma," diyor Mia. "Yağlı olunca midem bulanıyor."

"Kalçalarında iki dirhem et olacak diye ödün kopuyor desene sen şuna," diyorum. Mia'ya karşı öfke doluyum. Neden olduğunu ben de tam olarak bilmiyorum.

"Freddy!" diyor annem sitemkâr bir şekilde.

"Ama doğru söylüyorum! Büyükannem kız kardeşinin doğum gününde pastası olsun diye nişan yüzüğünü nasıl feda ettiğini anlattı."

"Bunun benim kalçalarımla ne ilgisi var, affedersin?" diye soruyor Mia iğneleyici bir tonda, bakışlarını aynadaki görüntüsünden ayırmadan.

Babam bıldırcın tepsisini fırına itiyor. "Bu benim büyük-kannemin kara borsadan un almak isteyip de alçı almasının öyküsü," diyor babam.

"Alçı undan daha pahalı değil mi?" diye soruyor Mia ve göbek deliği görünsün diye eteğini aşağıya çekiyor.

"Savaştan sonra un altın kadar değerliydi," diye anlatıyor annem. "O zamanlar ağza koyacak bir lokma ekmek yok-muş."

"Başlamayın yine o yürek burkan öykülere," diyor babam.

"Bunaklıkta doğaldır," diyor annem. "İnsan artık ancak fi tarihinde olan şeyleri anımsar."

"Büyükannem aklını kaçırmadı!" diye bağırıyorum. Ve ağlamaya başlıyorum. Yine.

"Freddyciğim!" diye sesleniyor annem. "Neyin var?"

"İnsanların yaşlanınca biraz tuhaf olmaları çok doğaldır," diyor babam.

"Freddy daha şimdiden çok tuhaf." Mia hain hain gülüm-süyor.

"Sen de yalnızca kendini, giysilerini ve rejimini düşünü-yorsun."

"Mia rejim mi yapıyor?" diye soruyor annem.

"Siz hiçbir şey fark etmediniz mi?" diyorum. "Sürekli da-ha önce bir şeyler yediği için aç olmadığını söylüyor ya da midesinin bulandığını ya da yemeği beğenmediğini ileri sü-rüyor, ama bütün gün aç oturup sonra akşamları çikolata-ya dadanıyor!"

Annemle babam Mia'ya dik dik bakıyorlar.

"Kızım, ama sen şişman değilsin ki!" deyiveriyor annem, şaşkın şaşkın.

"Yiyecek ekmek bulamayan çocuklar var, oysa sen kendi-ni gönüllü olarak açlığa mahkûm ediyorsun," diyor babam.

Mia bana nefret dolu bir bakış atıyor. "İşiniz gücünüz ye-mek, yemek, yemek! Gözünüzün başka bir şey gördüğü yok. Üstelik babam o saçma sapan yemek yarışmasına katılmaya karar verdiğinden beri işler iyice çığırından çıktı. Artık burama kadar geldi!" Mia bir eliyle boğazını kesecekmiş gibi bir hareket yapıyor, sonra dönüp odasına gidiyor ve kapıyı arkasından çarpıyor.

"Ne zamandır bütün bu yemek işinin abartılı olduğunu söylüyorum," diye tıslıyor annem babama ve babam da karşılık veriyor: "Öyle mi? Başka kadınlar, kocaları domatesli makarna dışında bir yemek pişiriyor diye memnun oluyorlar."

"Bazen canım ne istiyor biliyor musun? Sürekli şu bıldırcınlardansa yoğurtlu makarna."

İşte şimdi kıyamet koptu, karşılıklı bağrışıyorlar. Kimsenin gözü beni görmüyor, ama kimsenin gözü, içinden kapkara dumanlar tüten fırını da görmüyor.

Koşup fırının düğmesini sıfıra getiriyorum.

"Bıldırcınlar yandı," diye bildiriyorum.

Akşam birlikte yarışma seyretmiyoruz. Annem akşam yemeğinden sonra odasına çekilip yarın sabahki dersini hazırlıyor. Babam mutfağı temizliyor. Babam çok sinirli olduğu zaman mutfağı böyle temizler, dolap kapaklarını siler parlatır, ayna gibi oluncaya kadar evyeyi ovar.

Peki ya ben? Odama gidip kitap okumaya çalışıyorum. Sayfanın ucundaki kıvrık ve kurşun kalemle yaptığım işaret yok olmuş, yalnızca ayraç duruyor, ama o da elbette yanlış yerde. Dün kaldığım yeri aramam gerekiyor. Polly Trotter ormanda boynuzunu kaybetmiş, boynuz yeri kanayan bir tekboynuzluyla karşılaşıyordu. Polly, boynuzunu 24 saat içinde bulamazsa, tekboynuzlu kan kaybından ölecekti.

Aslında tekboynuzlu benim umurumda bile değil. Ölse de ölmese de bence hava hoş. Beni asıl önümüzdeki 24 saat içinde benim başıma gelecekler ilgilendiriyor. Yarın sabah erkenden uyandığımda yine Pazar günü mü olacak?

Ne ürkütücü bir düşünce!

Yoksa değil mi?

Bu Pazar günlerinde yeniden yeniden yaşadığım şeyleri neden kendi yararıma kullanmıyorum ki? Daniel'le Zoé'nin Waldsee'deki Tarzancılık oyunlarını bozabilirim. Ya da güzel bir şeyler yapabilirim. Örneğin şişko adamın bisiklet sürücüsünü ezmesini engelleyebilirim ya da Kevin'i suya düşmeden önce uyarabilirim. Azı dişime bir şey takılmış. Bir ahududu çekirdeği. Mutlaka yine ahududu almalıyım. Kadıncağızın bana verdiği kâseyi az önce bulaşık makinesine koydum, ama herhalde yarın sabah artık orada olmaz.

Dişlerimi fırçalayıp yatağıma yatıyorum. Kayın ağacının yaprakları hışırdıyor yine, ama fırtına çıkmayacak, buna artık kesinlikle eminim. Fırtına da, yarın da olmayacak.

4. BÖLÜM

Bu gece iyi uyuyorum. Fazla iyi uyuyorum, uyandığımda saat çoktan sekizi geçiyor. Yataktan fırlıyorum. Okula geç kalmaktan korktuğum için falan değil. Bugünün yine Pazar günü olduğunu anlamak için radyoyu açmam da gerekmiyor. Dün sabah Zoé'yle evinin önünde karşılaştığımda saat kaçtı? Saat sekizden önce karşılaşmış olmalıyım. Kahretsin! Zoé o budala plastik timsahıyla çoktan yola koyulmuştur. Oysa ben Waldsee'ye gidemesin diye bisikletinin lastiklerinin havasını indirmeyi tasarlamıştım. Çok geç kaldım. Ama belki de Daniel'in Zoé'yle orada buluşmasını hâlâ engelleyebilirim. Bu Pazar günlerinin ilkinde, Daniel'i parkta bisikletinin lastiklerine hava pompalarken görmüştüm. Saat kaç sularında olmuştu bu? Anımsamaya çalışıyorum. Saat dokuzdan önce kesinlikle değildi. Belki bisiklet sürücüsünün başına gelen kazayı engelleyebilirim. Kilisenin saati dokuzu gösterdiğinde çoktan eve dönmüş olduğumu anımsıyorum. Kaza yarım saat kadar önce olmuş olmalı. Şişko araba sürücüsünün bisiklet sürücüsüne çarpmasını engellemek istiyorsam elimi çabuk tutmalıyım.

Yüzümü yıkamak ve dişimi fırçalamakla oyalanmayıp üzerime hemen bir şeyler geçiriyorum. Sonra Jack'in tasmasını takıp fırlıyorum. Arkamdan Bayan Haferkamp'ın penceresini açtığını duyuyorum, ama bağırdığını duymuyorum. Olsun, nasılsa hep aynı şeyleri söylüyor.

Dalağım şişip de karnıma iki yandan sancı saplanıncaya kadar sokağı boydan boya koşarak geçiyorum. Jack bunu yeni bir oyun sanıyor olmalı, bir yandan havlıyor bir yandan da tasmasından çekiyor. Keşke bisiklete binip Jack'i de sepetime oturtsaydım. Umarım zamanında varabilirim.

Kilisenin arkasındaki küçük çimenlikte Jack kakasını yapsın diye duruyorum.

"Hadi ama, elini çabuk tut," diyorum sabırsızlıkla. "Sana neler oluyor böyle?" diyen şaşkın bakışlarını bana dikiyor Jack. Ne de olsa burada insanın sinirlerini bozacak bir Bayan Haferkamp yok.

Ana caddeyi ışıklara kadar boydan boya koşuyorum. İşte bisikletli adam da geliyor, onu uzaktan parlak sarı tişörtünden tanıyorum. Tişörtün üzerinde gerçekten çok güzel bir arma var. Caddeyi karşıdan karşıya geçiyorum, bisiklet yoluna varıyorum. Jack öne doğru ani bir sıçrayış yapınca tasma geriliyor.

"Jack!" diye bağırıyorum, ama artık çok geç. Bisikletli adam tasmaya takılıyor. Ne yazık ki bisiklet at değil, at olmuş olsaydı zarif bir sıçrayışla önüne çıkan engelin üzerinden atlayıp giderdi. Bisikletli adam bisikletiyle yere yapışınca çok korkunç bir şangırtı duyuluyor. Korkudan Jack'in tasmasını bırakıyorum. Jack de heyecanlanmış, havlaya havlaya kazazedenin çevresinde dolanıp duruyor.

"Sen aklını mı kaçırdın?" diye bana parlıyor bisiklet sürücüsü. "Beni öldürecektin!" Bisiklet sürücüsü zar zor ayağa kalkıp toparlanıyor. Sol kolu çok feci bir durumda. "Boynumu kırabilirdim!"

"Ama siz çok hızlı sürüyordunuz," diye kendimi savunmaya çalışıyorum.

"Dur orada ufaklık!" Kırmızı bir araba kaldırıma yanaşmış, içinden de dünkü adam çıkıyor. "Her şeyi saniye saniye gördüm ben ve bu bey olağan hızda bisiklet yolunda seyrederken senin caddeyi nasıl deli gibi koşarak geçtiğine tanıklık edebilirim."

"Ama ben yalnızca yardım..." Sözümü yarıda kesiyorum. Bisiklet sürücüsünü kazadan korumak istediğime artık kimse inanmaz.

"Bu ışıkların neden burada durduğunu sanıyorsun sen?" diye beni azarlamaya devam ediyor araba sürücüsü.

"Peki, şimdi kim bana yeni bir bisiklet alacak?" Bisiklet sürücüsü bisikletini doğrultuyor ve ön tekerleğini döndürmeye çalışıyor. Ama teker dönmüyor, eğri büğrü olmuş.

"Polis!" diye bağırıyor şişko adam ve cebinden telefonunu çıkarıyor. "Bu polislik bir mesele!"

"Size adımı yazayım," diyorum. "Babamın sigortası var." Bu söylediğimin doğru olduğunu umut ediyorum.

Bisiklet sürücüsü kalem kâğıt için üstünü yokluyor. "Üzerimde yazacak bir şey yok."

Şişko adam gömleğinin cebinden bir dolma kalem çıkarıyor. Sonra da cüzdanından bir kartvizit alıp uzatıyor.

Alfred E. Wurster- Business Officer* yazıyor kartvizitin üzerinde. *Business Officer*'ın ne olduğu hakkında en ufak bir fikrim yok, ayrıca merak da etmiyorum. Adımı ve adresimi kartın üzerine yazıp bisiklet sürücüsüne uzatıyorum.

"Kartın üzerine uyduruk şeyler yazmış olabilir," diyor şişko adam ve alnındaki teri siliyor. "Ben polis çağıralım derim!"

Bisiklet sürücüsü bana bakıyor ve başını hayır anlamında iki yana sallıyor. "Yalan söylediğini hiç sanmıyorum. Bu daha bir çocuk."

(*)   Business Officer (İng.): Genel Müdür ya da Yönetici – ç.n.

"Daha kötü ya, ben bu haylazları çok iyi tanırım, size öyle bir şey anlatırım ki..."

Şişko adamın anlatacağı şeyi duymak istemiyorum, Yeniden görüşmek istemediğim için yarım ağızla "Görüşmek üzere" gibilerinden bir şey geveleyip Jack'i tasmasından çekiyorum. Yeşil yandığında kurallara uygun bir şekilde karşıdan karşıya geçmek için ışıklara yürüyorum.

"Gördün mü, her şey nasıl da ters gitti," diyorum Jack'e. Jack de başını kaldırıp bana bakıyor, bakışlarında biraz pişmanlık okuyorum.

Yeniden Azize Anna'nın oraya geldiğimde, saat neredeyse dokuz buçuk. Kilisenin kapıları açılmış, insanlar içeri giriyor. Görünüşe göre ayin az sonra başlayacak. Fazla kimse yok. İçeride biri org çalıyor. Orada kalıp org müziğini dinlemeyi gerçekten çok isterdim ama hiç zamanım yok. Bizim sokağa sapıyoruz ve Jack deliler gibi tasmasından çekiyor. Acıktı, dolayısıyla eve dönmek istiyor.

"Biraz daha dayan Jack, önce parka gitmemiz gerekiyor."

Ama Jack apartman kapısının önünde duruyor ve deliler gibi havlıyor. Bayan Haferkamp'ın kafası anında pencerede beliriyor. "Elbette, yine o illet hayvan, başka ne olacak? Sen hiç Pazar tatili diye bir şey duymadın mı? Pazar tatilinde sessiz olunur," diye bana parlıyor Bayan Haferkamp.

"Gittim bile!" diyorum ve Jack'in tasmasını çekiştiriyorum. Keşke yanıma birkaç tane köpek kurabiyesi almayı akıl etseydim.

"Ve sakın unutma, köpek dışkılarını..."

"Temizleme yükümlülüğü diye bir şey var," diye sözlerini tamamlıyorum.

Geniş bayıra doğru yürüyorum. Görünürde Daniel'den eser yok. Herhalde çok erken geldim. Acaba önce eve gidip Jack'i mi doyursam? Jack bana açlıktan eli ayağı kesiliyormuş da her an yere kapaklanabilirmiş gibi bakıyor. Ama şimdi eve gidersem, kesin Daniel'i kaçırırım. Bir banka oturup Jack'ın ilgisini dağıtmak için bir çomağı fırlatıyorum. Tam o anda Daniel'i görüyorum. Daniel yasak olmasına karşın parktan bisikletle geçiyor. Ara ara arkasını dönüp arka tekerleğine inceleyen bir bakış atıyor. Sonra bayırın diğer tarafında bisikletten iniyor, lastik pompasını alıp eğiliyor. Ayağa kalkıp ona doğru yürüyorum. Ama ondan ne istiyorum ki ben? Zoé'yle yüzmeye gitmemesini istiyorum. Peki bunu nasıl dile getireceğim? Ona tam olarak ne söyleyeceğim? Hiçbir fikrim yok. Aslında olduğum yerden geri dönsem daha iyi olurdu, ama Daniel beni çoktan gördü.

"Merhaba Freddy," diyor ve doğruluyor. "Tatilin güzel miydi?"

Başımı evet anlamında sallıyorum, her ne kadar tatilimin güzellikle uzaktan yakından ilgisi olmasa da. "Yüzmeye mi gidiyorsun?"

"Evet, Waldsee'ye." Daniel ellerini şortuna siliyor.

"O kadar uzağa mı?"

"Yok canım, bisikletle yarım saatlik yol, hem yüzme havuzu ana baba günü oluyor, yüzmenin keyfi çıkmıyor."

"Biraz beklersen, ben de seninle gelirim," diyorum hemencecik. "Jack'i eve bırakıp bisikletimi almalıyım."

"Ee, şey... Ben... Ben zaten daha şimdiden çok geç kaldım, hem birkaç arkadaşla sözleşmiştim ve..." Daniel lastik pompasını yerine takmaya çalışıyor. Pompa düşüyor, Daniel küfrediyor. Daniel yüzünü yine bana döndüğünde yüzü kıpkırmızı. Ve ben daha ağzımı açıp herhangi bir şey söyleyemeden Daniel bisikletine atladığı gibi bana el sallayarak tüyüyor.

Armut gibi ortada kalıyorum. Neden Zoé'yle buluşacağını söylemedi ki sanki? Ona sırılsıklam âşık olduğu için, doğal olarak. Ve onunla yalnız kalmak istediği için. Yoksa başka ne nedeni olabilir ki?

Midem bulanıyor ve hava aşırı sıcak da olsa tüylerim ürperiyor. Biri bana yalan söylediği zaman tüylerim hep diken diken olur. Her seferinde kendimi çok kötü hissederim. Bana ne oluyorsa? Aslında yalan söyleyenin kendini kötü hissetmesi gerekmez mi? Onlar kendilerini kötü hissetmeyince, ben de sanki yalanlarını fark etmemiş gibi yapıyorum. Mia sürekli yalan söylediği için, yalnızca o yalan söylediği zaman tüylerim diken diken olmuyor. Ama en kötüsü babamın söylediği yalandı. Büyükannem merdivenden yuvarlanıp da hastaneye kaldırıldığı zaman söylediği yalan.

"Büyükannem iyileşecek mi?" diye sormuştum ve o da demişti ki: "Elbette iyileşecek Freddy." Oysa daha o zamandan büyükannemin bir daha asla eski evine ve haline dönemeyeceğini biliyordu. Ben de biliyordum. Babamın yalan söylediğini anlamıştım, yine tüylerim diken diken olmuştu. Hoş, ben de yalan söylüyorum. Vero'ya kaç kere yalan söylemişimdir, annesi ve onunla birlikte alışverişe çıkmak yerine okuldan sonra ortodontiste gideceğimi söylemişimdir. Kendim yalan söylediğimde tüylerim hiç diken diken olmaz. Ama Daniel'in yalan söylemesi, canımı gerçekten yaktı. Jack, ağzında fırlattığım çomakla karşımda durmuş bana bakıyor. Kuyruğunu sallarken "o kadar dert etme, ne de olsa ben senin yanındayım" der gibi bir hali var.

Tasmasını takıyorum. "Gel Jack, önce gidip güzelce bir kahvaltı edelim."

Evde alışılmış manzarayla karşılaşıyorum: Annemle babam mutfak masasında oturmuş çay içiyorlar. Her şeye bir kere daha katlanamayacağım. Jack'e mamasını verip doğruca odama gidiyorum.

Kısa bir süre sonra annem odama geliyor. "Freddyciğim, neyin var senin bakayım? Bu sabah kahvaltı etmeyecek misin?"

"Karnım hiç aç değil anne. Herhalde sıcaktan."

Annem gidip pencereyi kapatıyor ve storları indiriyor. Storlar pembe. Birdenbire odamda her şey uçuk pembe oluveriyor. Annem de dahil olmak üzere. Annem çok hoş görünüyor.

"Ah, anne!" diye iç geçiriyorum.

"Tatilin son günü hep çok feci oluyor, değil mi?" Annem yere eğiliyor ve okul çantamı yerden kaldırıyor. "Freddy! Sandviç hâlâ çantanda duruyor!"

"Biliyorum, biraz sonra atarım."

"Çantanı boşaltman da gerekiyor. Sana yardım edeyim mi?"

"Hayır," diyorum hemencecik. Şimdi bir de Daniel'in mektubunu bulur. Ben o mektubu dün yaktım, ama mektup kesin yine kalem kutumdadır.

"Öyle olsun, ama çok oyalanma, kahvaltı az sonra hazır olur."

Annem odamdan çıkıyor.

Yanılmıyorum. Daniel'in mektubu katlanmış biçimde kalem kutumun içinde duruyor. O mektubu bir daha asla görmek istemiyorum, asla! Ama daha ne yapayım ki? Parçaladım, tuvalete atıp sifonu çektim, yakıp kül ettim, ama ne yaptıysam olmadı, mektup yine ortaya çıktı. Mektubu yesem nasıl olur acaba? Evet, kâğıdı çiğnemem ve yutmam gerek, ama belki de ondan sonsuza dek kurtulmanın tek yolu budur. Kâğıt kirli ve üzerine toz halindeki kalem ucu artıkları yapışmış. Mektubu tostoparlak yapıp ağzıma sokuyorum. Öksürmekten kendimi alamıyorum. Bunu böyle yutmam olanaksız. Kâğıt topağını bir bardak suyun içine atıp ıslatıyorum. Sonra ıslak topağı iyice ezip hamur oluncaya kadar suya daldırıyorum, sonra o hamuru yutmaya çalışıyorum. Kusacak gibi oluyorum, ama sonunda yutuyorum.

"Eee, bugün ne yapıyoruz?" diye soruyor annem kahvaltıda. Mia saç fırçası yüzünden kıyamet kopardıktan ve annemle babam bıldırcınlar yüzünden tartıştıktan sonra, neredeyse huzurlu bir şekilde hep birlikte kahvaltı ediyoruz. Mia rejimini ispiyonladığım için artık bana kızgın değil, çünkü bundan haberi yok.

Kevin'in suya düşmesini engellemem gerektiği için, sarayın bahçesinde gezinti yapmayı önerecekken, annemin benimle birlikte gelmesinin belki de hiç iyi bir fikir olmadığını düşünüyorum. Annem ne yapmam gerektiğini anlamayacak ve büyük olasılıkla beni yapacağımı yapmaktan alıkoyacak. Annemle babama bir gazete sütununda haber olduğumu anlatmayı denemiyorum bile.

"Benim Vero'ya sözüm var."

"Ben de Denise ve Hanni'yle buluşacağım," diyor Mia bir ekmek kırıntısını çiğnerken. İnsan lokmasını uzun çiğneyince güya daha çabuk doyuyormuş.

Kahvaltıdan sonra beni evden aramaması için Vero'yu arıyorum, yoksa annem tedirgin olabilir.

Hattın öbür ucunda telesekreter yanıt veriyor. "Ben Freddy," diyorum. "Buluşalım mı? Bugün bir ara sana uğrayacağım."

Bir ara her an olabilir.

"Jack'i de yanına alıyor musun?" diye soruyor annem benim kapıya yöneldiğimi görünce.

"Sabah onunla uzun uzun dışarıdaydık zaten," diyorum. "Bir kere de Mia onunla çıksın."

"Denise'in hayvan tüyüne alerjisi var."

"Öyle mi? Vah vah çok yazık!" diyorum. "Bu durum senin de işine geliyor olmasın sakın?"

Mia bana orta parmağını gösteriyor.

"Vero'yla buluştuktan sonra büyükanneme gitmek istiyordum," diyorum anneme. "Biliyorsun, huzurevine köpek sokmak yasak."

"Öyle olsun, babanı benimle ve Jack'le birlikte uzun ve güzel bir gezinti yapmaya ikna etmeye çalışacağım," diyor annem.

"Yanına poşet almayı unutma!" diyorum kapıyı arkamdan kapatmadan önce. "Haferkamp yine pusuya yatmıştır." Yaşlı cadının söylediklerimi duyup duymaması umurumda değil! Apartman girişinde saatime bakıyorum. On bir buçuğu geçiyor. Dün sarayın bahçesine tam olarak ne zaman gittik bilmiyorum, ama daha geç olması gerek, çünkü dün şu Hannibal ve yangın bombası olayı olmuştu.

Bisikletimi almak için avluya çıkıyorum. Avluda bir bisiklet parkı var. Ama o parkta yalnızca beş bisiklet için yer var. İnsanlarla düpedüz dalga geçiyorlar, çünkü eski kiracılardan bazılarının taşınırken arkalarında bıraktıklarının yanı sıra apartmandaki her dairenin en az bir bisikleti var. Bir tek Haferkamp'ın bisikleti yok, aslında biraz hareket ona da iyi gelirdi.

O karman çorman teneke yığını içinden bisikletimi dikkatlice çekip çıkarıyorum. Tam o sırada Haferkamp elinde bir çöp kovasıyla avluya çıkıyor. Doğal olarak Hannibal de onun peşinden çıkıyor. Herhalde kedi tuvalette bile Haferkamp'ın peşinden ayrılmıyordur.

Bisikletimi çabucak avlunun kapısına doğru itip kapıyı açıyorum.

Kapı çok ağır, çok yavaş açılıyor. Birdenbire Hannibal benim yanımdan fırlayıp sokağa kaçıyor. O yağ tulumunun bu kadar hızlı olabileceği aklımın ucundan geçmezdi. Ama olur ya, belki de hayvancık bütün yaşamı boyunca sahibesinden kaçmak için bu fırsatı bekledi.

Hannibal bir an için kapının dışında kararsız durup bekliyor, sonra ileri bir hamle yapıp karşıya geçmek istiyor, aptal hayvan. Tam o anda bir araba geçiyor. Bu kediye katlanamıyorum, ama araba altında ezilmesini de hiç istemiyorum. Yamyassı olmuş bir halde caddenin üzerinde yatarken hiç hoş görünmeyeceğine eminim. Bisikletimi olduğu yerde bırakıp kedinin arkasından koşuyorum. Ve tam zamanında yakalıyorum. Bir saniye daha gecikmiş olsam arabanın altında kalmıştı. Sürücü klaksona basıp bir eliyle "kafadan kontak mısın" işareti yapıyor. Hannibal'le avluya geri dönerken, hayvan ön ayaklarıyla omzuma sımsıkı yapışıyor. Tırnakları çok canımı yakıyor, üstelik bir kedi için çok da ağır.

Bayan Haferkamp soluk soluğa avlunun kapısına koşuyor.

"Hannibal! Tanrı'ya şükür!"

Bayan Haferkamp, Hannibal'i almak istiyor, ama pençelerini derime öyle bir geçirmiş ki, kediyi çekince derimi de koparacağı kesin.

"Onu eve kadar getirir misin?"

Bayan Haferkamp'ın peşinden karanlık bir koridora açılan kapısından geçip dairesine giriyorum. Ev kedi çişi ve balık kokuyor. Balık kokusu kedi mamasından olsa gerek. Öne doğru eğiliyorum ve Hannibal alışık olduğu ortamı tanıyınca pençeleri gevşiyor, beni bırakıp yere atlıyor, mutfağa girip kayboluyor.

"Hangi arada kaçtığını hiç anlamadım," diyor Bayan Haferkamp soluk soluğa. "Onu kurtarmasaydın..."

"Belki de benim daha dikkatli olmam gerekiyordu," diyorum.

"Hayır hayır, ne namussuzdur o bilmezsin sen, öyle yaramaz ki bazen evde bir yere saklanıyor, saatlerce ara dur işin yoksa."

Bir kedi bu dairede saklanacak yer sıkıntısı çekmez, doğruya doğru. Bu lenduha gibi dolapların, şifonyerlerin, heybetli koltukların, kalın perdelerin altında saklanmak kolaydır.

"Dur bir, sana bir limonata getireyim, sen oturma odasına

git otur!" Bayan Haferkamp mutfağa doğru seğirtiyor. Hannibal'i sevgi dolu bir şekilde azarladığını duyuyorum. "Canım tombulum, ne yaramazlıklar yapıyorsun sen bakayım. Ödümü kopardın."

Oturma odasında ayakta dikiliyorum. İki koltuğun üzerinde gazeteler ve alışveriş katalogları yığılmış. Kanepenin üzerinde eskiden herhalde kareli olan, ama artık üstü yalnızca kıl kaplı olduğu için kareleri belli olmayan yün bir battaniye var. Görünüşe göre orası Hannibal'le sahibesinin yeriydi. Komodinin üzerinde üç gümüş çerçeveli resim var. Resimlerden birinde yeni evli bir çift var. Damat hiç yaşlı durmuyor, ama kafası kel, yanındaki kadın da Bayan Haferkamp olsa gerek. Daha o zamanlardan hafifçe topluymuş.

Bayan Haferkamp elinde bir bardakla içeri giriyor. Bardakta kırmızı bir şey var. Tadına bakıyorum, kırmızı şey insanın midesini kaldıracak kadar tatlı.

"Ahududu şurubu, çocuklar sever," diyor.

İmdat, umarım bunun hepsini içmem gerekmez!

"Bu bizim düğünümüzde çekilmişti, yıl 1963." Bayan Haferkamp fotoğrafı gösteriyor. "Belki gösterişli bir çift değildik, ama kesinlikle mutlu bir çifttik."

Kocası kesin ölmüş. Boşanmış olsalardı, Bayan Haferkamp onunla olan fotoğrafını saklamazdı.

"Aramızdan ayrılalı on üç yıl oldu," diyor Bayan Haferkamp ve iç geçiriyor. "Her şey çok çabuk oldu. Canım Horst'um, hiç hastalanmazdı, sonra birden mide ağrıları çekmeye başladı. Patates salatamı bile yemek istemez oldu. O zaman ciddi bir şeyler olduğunu anladım. Ameliyatta içini açtıkları gibi kapatmışlar. Kanser çoktan bütün organlarına yayılmış."

Yapışkan içecekten nezaketen bir yudum daha alıp diğer fotoğrafı gösteriyorum. Resimde üzerinde beyaz bir giysiyle başında beyaz bir taç ve elinde uzun bir mum taşıyan bir kız var. Kızcağız dudaklarını sımsıkı kapamış, hiç de mutlu görünmüyor.

"Peki bu kim?"

"O bizim Claudia'mız," diyor Bayan Haferkamp gururla.

"Resim çekildiğinde on yaşındaydı."

"Ve daha o yaşta evlendi, öyle mi?" diye soruyorum şaşkın şaşkın.

"Hayır canım, hayır, olur mu öyle şey, bu resim onun komünyon töreninden. Komünyonda kız çocukları beyaz giyerler. Aşağıda Azize Anna'da çok hoş bir tören olmuştu."

Bayan Haferkamp'ın bir kızı olduğunu bilmiyordum. Bu zamana kadar kızını bir kez olsun görmedim.

"Kızım Münih'te yaşıyor ve işi çok yoğun, yoksa beni daha sık görmeye gelirdi," diyor Bayan Haferkamp, sanki düşüncelerimi okumuş gibi.

Bayan Haferkamp'a torunlarının olup olmadığını sormaya cesaret edemiyorum. Bayan Haferkamp'ı büyükanne olarak gözümde canlandıramıyorum, hem zaten torunları olsaydı, onların resimleri de komodinin üzerinde olurdu.

Üçüncü fotoğraf Hannibal'i gösteriyor. Resimde Hannibal kanepeye uzanmış poz veriyor, o zaman bugünkünden çok daha zayıfmış.

Hannibal araba altında kalıp ölseydi, Bayan Haferkamp'ın onun resim çerçevesi üzerine siyah bir kurdele bağlaması gerekecekti. Böyle yapıldığını bir filmde görmüştüm.

"Benim artık gitmem gerek," diyorum. "Büyükannem beni bekler."

"Büyükanneni görmeye gitmekle çok iyi yapıyorsun," diyor Bayan Haferkamp ve yeniden iç geçiriyor. "Köpeğinin kakasını da zaten her zaman topluyorsun, değil mi?"

Başımla onaylıyorum ve yarısı hâlâ dolu olan bardağı geri veriyorum. "Teşekkür ederim, ama doydum, daha fazla içemeyeceğim."

"Dur bir!" diyor ve odadan dışarı seğirtiyor. Bu arada Hannibal çoktan mutfaktan oturma odasına gelmiş, bıyıklarını temizliyor. Bıyıklarını temizlerken gözlerini benden ayırmıyor. Aklından neler geçtiğini gerçekten bilmek isterdim. Birdenbire yanıma geliyor, bacağıma sürünüyor ve keyifli keyifli gurulduyor.

Bayan Haferkamp sıcaktan yumuşamış bir çikolatalı gofreti elime tutuşturuyor. "Sen iyi bir çocuksun," diyor. "Hannibal insandan anlar, kendisine kimin kötülük edeceğini, kimin etmeyeceğini kesinlikle bilir."

Hannibal hiç kuşkusuz köpekten anlamıyor, yoksa Jack'i tırmalamazdı.

Çabucak vedalaşıyorum ve gofretle ne yapacağımı bilemiyorum. Şimdi gofreti bisikletin sepetine koysam, birkaç dakikaya kalmadan vıcık vıcık olur. Ama yukarı bizim eve de çıkmak istemiyorum, o zaman o korkunç çocuğu boğulmaktan kurtarmak için çok geç kalırım.

Bizim apartmanın önündeki sokak lambasının direğinde asılı bir çöp kutusu var, ama Haferkamp çoktan pencere önündeki yerini almış, bisiklete binmemi seyrediyor. Çaresiz, gofreti sepete koyup sokağın köşesindeki çöp kutusuna atıyorum. Gofret nasılsa yarın yeniden Haferkamp'ın dolabında olacak.

Hava inanılmaz derecede sıcak ve sarayın bahçesine giden yol uzadıkça uzuyor. Kışı gözümde canlandırmaya çalışıyorum. Geçtiğimiz kışı değil, geçtiğimiz kış ilkbahar gibi geçti, ondan önceki kışı anımsıyorum. O zaman Mia daha ergenliğe girmemişti. O kış haftalarca o kadar soğuk yapmıştı ki, Waldsee donmuştu. Doya doya paten kaymıştık. Pazarları annemle babam da bizimle gelmişti, buzun üzerinde gezinmiş, bize sıcak kakao ve sosisli sandviç, kendilerine sıcak şarap almışlardı. Mia'yı anımsıyorum. Uzun, kumral, örgülü saçları beyaz beresinin altından sarkıyordu. O beyaz bereyi Noel'de kendisi için örmüştü ve her ne kadar bere bir bereden çok gözlemeye benzese de umursamadan takmıştı. Geçtiğimiz kış bere değil, şapka takmıştı. Gri balıksırtı desenli siyah bir erkek şapkası. Şapkayı acayip fiyakalı buluyordu. Bence acayip şapşal duruyordu, çünkü şapka sürekli gözünün önüne düşüyordu.

Waldsee'yi düşününce, o sırada Daniel'le Zoé'nin orada birlikte kim bilir ne çok eğlendikleri aklıma geldi, pedalları öfkeyle daha hızlı çevirmeye başladım.

Sonunda sarayın bahçesine vardığımda, bankların hemen hepsi boştu. Kevin'in annesinin geçen sefer oturduğu bankta da kimse oturmuyor. Söğüdün altındaki eski yerimize oturup bir çomakla kumun üzerine "Budala" yazıyorum.

Tam o anda bir çığlık duyuyorum. Kevin'in ta kendisi, arsızlık ediyor: "Dondurma istiyorum!"

Annesi banka doğru ilerliyor. "İki tane yedin zaten. Eğer uslu uslu oynarsan, dönüşte bir tane daha alırım." Kevin'in annesi bir naylon torbadan savaş gemisini çıkarıp çocuğun eline tutuşturuyor. "Ama suya çok yaklaşmak yok, tamam mı?"

Sonra Kevin'in annesi dergisini çıkarıyor ve Kevin adımlarıyla yeri döve döve kıyıya gidiyor. Ne yapmam gerektiğini bilmiyorum. Gemi ruhunu teslim edene kadar beklesem mi, yoksa daha şimdiden bir şey söylesem mi?

Kevin gemiyi bir kere daha ördeklerin arasına sürünce daha fazla dayanamıyorum, kalkıp yanına gidiyorum.

"Bak, ördekleri bu şekilde ürkütmen doğru değil, onları gerçekten sinirlendiriyorsun!"

Kevin bana gözlerini belerterek bakıyor, sonra yine önüne dönüp gemiyi bu sefer iki gri yavrusuyla kıyıya yönelen bir kuğunun üzerine sürüyor. Kuğular tekin hayvanlar değildir.

Eskiden Mia'yla kuğuları beslerdik, ama bir seferinde bir tanesi elimi gagaladı ve canımı çok yaktı.

Gemi tüm hızıyla kuğuların üzerine gidiyor, ama kuğular hiç telaşlanmıyor, yollarından birazcık olsun sapmıyor. Plastik bir gemi bir kuğuyu öldürebilir mi? Hayır! Gemi yavrularından birine yaklaşmadan gemiyi gagalıyor. Kırılan plastik geminin çıkardığı ses kıyıdan bile duyuluyor. Kevin bir ayağıyla yeri dövüyor. "Aptal kuş! Aptal kuş!"

Gemi bir iki döneniyor, sonra Kevin uzaktan kumandanın düğmelerine ne kadar ısrarla basarsa bassın kımıldamıyor. Sonuçta gemi Kevin'in gidip almayı düşünebileceğinden çok daha uzakta kalıyor. Oturduğum banka gitmek için döndüğüm sırada, tıslamayla ıslık karışımı bir ses duyuyorum. Olduğum yerde dönüyorum. Büyük kuğu sudan çıkmış Kevin'i kovalıyor. Kevin kuru bir dalı kuğuya doğru kaldırıyor, dünkü dalın aynısı bu.

"Sakın!" diye sesleniyorum, ama çok geç. Kuğu Kevin'i bacağından ısırıyor.

Kevin'in yanına koşuyorum. Kevin çığlığı basınca annesi de neler olduğunu fark ediyor ve yanımıza koşuyor. Kuğu tehditkâr bir biçimde tüylerini kabartmış Kevin'in karşısında duruyor ve Kevin'e öfkeyle tıslıyor.

"Kaç!" diye bağırıyorum oğlana. "Kaç! Bırak o dalı da kaç!"

Kevin arkasını dönüp annesinin kucağına atlıyor.

"Burası ne kadar tehlikeli bir yermiş böyle," diyor Kevin'in annesi. "Bu hayvanları tel örgülerin arkasına kapatmalılar!"

Bir adam bize doğru geliyor, dünkü muhabiri tanıyorum.

"Burada neler oluyor?" diye soruyor muhabir.

"Bu kuğu oğluma saldırdı," diyor Kevin'in annesi. "Şu hale bakın!" Kadın, gazeteciye Kevin'in baldırındaki kırmızı izi gösteriyor.

"Ama Kevin de kuğuları sinirlendirdi, gemisini üzerlerine sürdü!" diyorum. Kevin'in annesi bana kötü kötü bakıyor. Oğlanın adını bilmiyor olmam gerektiği çok geç aklıma geliyor. Kevin'in annesi sinirinden bunu fark etmiyor bile. "Sinirlendirmek ne demek oluyor? Kevin gemisiyle uslu uslu oynuyordu!" Kadın suda yalpalayan savaş gemisi kalıntısını gösteriyor. "Ama sonra o çılgın kuğu gelip Kevin'e saldırdı, kesin kuduz ya da kuş gribi vardır onda!"

"Günlük gazetede muhabirim, izin verirseniz, oğlunuzla kuğunun bir fotoğrafını çekeyim," diyor muhabir. Kuğuya doğru gidiyor ve cep telefonunu hayvana doğru uzatıyor. Kuğu yine tüylerini kabartıyor ve tıslıyor. Muhabir keyifleniyor. "Cici kuğu, gerçekten de tehlikeli görünüyor!" Muhabir yere çömelip ardı ardına fotoğraflar çekiyor. "Şimdi sıra sende Kevin, yaranı göster bakalım. Yarın gazeteye çıkacaksın."

Kevin sırıtıyor.

"Hayır, hayır, yaran çok acıyordur herhalde, üzgün görünmelisin..."

Üçünü kuğuyla yalnız bırakıyorum. Bu kurtarma operasyonu da berbat oldu. Hiç olmazsa Kevin bir ısırıkla kurtuldu da boğulmadı.

Saate bakıyorum. İkiyi çeyrek geçiyor. Bisikletle Vero'ya gidecek kadar zamanım var. Yolda kendime dondurma alıyorum, ağzım şap gibi olmuş.

Umarım yine Daniel ve Zoé'yle karşılaşmam. Saatleri bir kenara not etmeliyim. Çocuğun suya düşme saatini yine tam olarak bilmiyorum. Saat bir buçuk sularında olmuş olsa gerek. Bu sabahki kaza da saat sekiz buçukta oldu. Şimdi ben yaşamımın geri kalanını kurtarılmak istemeyen iki insanın yaşamlarını kurtarmak için oradan oraya koşturarak mı geçireceğim?

Bizim köşedeki ışıklara kadar bisikletle gidiyorum, sola döndüm mü bize, sağa döndüm mü Vero'ya gidiliyor. Bir bu eksikti! Daniel'le Zoé tam karşıdan bana doğru geliyorlar. Bisikletimi hemen bir reklam sütununun arkasına itiyorum ve sanki sütuna asılı bir film afişini inceliyormuş gibi yapıyorum. Daniel'le Zoé bisikletle yanımdan geçip gidiyorlar, beni görmüyorlar, ama ben onları duyabiliyorum. Gülüyorlar ve çok eğleniyor gibi bir halleri var.

Köpek pisliğine bastığımı fark edince, zaten yarı yarıya kaçık olan keyfimden geriye eser kalmıyor.

Birinin yere attığı dondurma çubuğuyla ayakkabımın altındaki köpek kakasını temizlemeye çalışıyorum. İğrenç. Şimdi Bayan Haferkamp'ı çok iyi anlıyorum ve gelecekte Jack'in reklam sütunu ve sokak lambası dibine kaka yapmasına asla izin vermemeye karar veriyorum.

Bisikleti sürerken pedala yalnızca ayakkabımın ucuyla basmaya dikkat ediyorum. Şimdi mutlaka eve gidip ayakkabımı temizlemem gerekiyor. Bu halde Vero'ya gitmem mümkün değil. Vero'larda yere bal döküp yalayabilir insan, o kadar temizdir.

Apartmanın önünde bisikletimi avluya sokmuyorum, dış kapının önünde duvara dayayıp bırakıyorum. Ne de olsa az sonra yine bineceğim.

Dairemizin önünde sandaletlerimi çıkarıyorum, tabanındaki girinti çıkıntılarda hâlâ köpek pisliği var.

Banyoda sıcak suyu açıyorum ve bir an Mia'nın yeni temizlenmiş saç fırçasını sandaletimin altını temizlemekte kullanıp kullanmamayı düşünüyorum, ama bu çok haince bir davranış olur diye vazgeçiyorum.

"Köpek pisliği mi?" diye soruyor annem. Başımla onaylıyorum. Annem tuvalet kâğıdı koparıp bana uzatıyor. "Bu arada Vero aradı. Anne ve babasıyla tenis oynamaya gitmiş, hem de bu sıcakta."

Vero'nun annesiyle babası çok pahalı bir tenis kulübüne üyeler. Beyaz tenisçi giysileri içinde çok havalı göründüğünü düşündüğü için, Vero da onlarla birlikte sık sık kulübe gidiyor.

"Sen neredeydin?"

Şimdi bir şeyler uydurmam gerekecek. "Nerede olayım, Vero evde olmayınca, Daniel'e uğradım, sonra... Sonra onunla çevrede dolandık, sarayın bahçesinde falan."

Annemin yüzüne bakmıyorum. Belki de annem şimdi, aslında baştan beri Daniel'le buluşmayı tasarladığımı, ama onun Daniel'e âşık olduğumu düşünmesini istemediğim için ona söylemediğimi düşünecek. Ya da annemle gezintiye çıkmayı istemediğimi sanacak. Hangisinin daha kötü olduğunu bilemiyorum.

"Vero onu aramanı bekliyor," diyor annem ve banyodan çıkıyor.

Vero'nun telefon numarasını çeviriyorum, her nedense ona kızgınım, oysa bana hiçbir şey yapmadı.

"Selam Vero," diyorum Vero telefonu açınca.

"Selam Freddy. Eee, tatilin güzel miydi?" Soruyu soruyor, ama yanıtımı beklemeden kendininkini anlatmaya başlıyor. "İtalya ne kadar güzeldi, inanamazsın, öyle güzel..."

"Öyle güzel bronzlaştın ki, babanı güneş çarptı, akşamları parça çikolatalı dondurma yedin, köpekbalığı gördün."

Hattın diğer ucunda sessizlik oldu.

"Vero? Vero? Orada mısın?"

"Sen bütün bunları nereden biliyorsun?" diye soruyor Vero bir süre sonra.

"Düşümde gördüm," diyorum. "Düşümde beni aradığını ve bütün bunları anlattığını gördüm."

"İnanmıyorum! Sen medyum musun?"

"Yok canım, yaşadıkların öyle çok olağanüstü şeyler değil de ondan."

"Efendim?" diyor Vero.

"İnsanın İtalya'da bronzlaşması ve parça çikolatalı dondurma yemesi çok doğal, değil mi?"

"Peki ya köpekbalığı? Ona ne diyeceksin?"

"Düşümde gördüğüm köpekbalığı minnacıktı," diyorum. "Çok cici kırmızı noktaları olan yavru bir köpekbalığı."

"Çok hainsin!"

"Ne düş göreceğime karışamam ki!" diye savunuyorum kendimi.

"Bir kere köpekbalığı kocamandı! İki metre boyundaydı. Kıyıya kendimi zor attım, o canavarın korkunç dişlerini gördüm, o kadar yakınıma geldi yani!"

"Ben de Kuzey Denizi'nde zehirli denizanasıyla karşılaştım ve o kesin senin köpekbalığının iki katıydı! Denizanasının kıllı vantuzları koluma yapıştı, ama ben yanıma bıçağımı almıştım, bıçağımla vantuzlarını kesip kendimi kurtardım."

"Yalan söylüyorsun!" diye tıslıyor Vero telefonda. "Kıskançlığından yapıyorsun!"

Vero haklı: Kıskancım. Onun tatili her durumda benim tatilimden yüz kat daha güzel geçmiştir. Onu kıskanıyorum ve benim deniz kabuğumu beğenmediği için ona kızgınım, hem kartpostalımı da önemsiz bir şeymiş gibi çekmeceye sokuşturdu, buna da kızdım çünkü... Her şeye kızgınım işte.

"Senin köpekbalığın da ringa balığıydı zaten!" diye yapıştırıyorum karşılığı.

"Akdeniz'de ringa balığı yoktur," diyor Vero ukala bir tonda ve telefonu yüzüme kapatıyor.

Şimdi Vero da bana kızgın. Ama olsun, nasılsa yarın bu konuşmadan hiçbir şey anımsamayacak.

Annem çalışma masasına oturmuş ve en güzel el yazısıyla mektup yazıyor. Yeni birinci sınıfı için. Bu mektupta annem çocukları selamlar, kendini tanıtır ve ilk derse yanlarında neler getirmeleri gerektiğini alt alta sıralar. Birinci sınıfların dersleri bir hafta sonra başlar. Bu konuda şanslılar.

"Yazın o kadar güzel ki," diyorum anneme.

"Ne demezsin, satır çizmem gerekiyor, yoksa bütün harfler altlı üstlü birbirine giriyor."

"Ama ben doğru düzgün yazmayınca bana kızıyorsun."

"O başka bu başka," diyor annem mektubun kenarlarını birinci sınıflar için resimlerle donatırken.

"Ben büyükanneme gidiyorum," diyorum.

Annem bana dönüyor. "Vero'yla kavga mı ettin? Yoksa bana mı öyle geldi?"

"İtalya'daki tatiliyle çok fazla şişindi."

"Biz de Kuzey Denizi'nde güzel zaman geçirdik ama, değil mi?"

Bir şey söylemiyorum, ama içim fokur fokur kaynıyor. Güzelmiş, ne demezsin! Annem, babam ve Mia için güzel bir tatildi, ama benim için korkunç bir tatildi!

"Yani, tabii hava daha güzel olabilirdi," diyor annem. "Ama onun dışında güzeldi, değil mi?"

"Onun dışında mı? Mia tam bir canavardı, al sana onun dışında!"

Annem bana üzgün üzgün bakıyor. "Aman sen de Freddy, bu belki de Mia'nın bizimle birlikte geldiği son tatildi. Gelecek yıl on altı yaşına basmış olacak ve artık arkadaşlarıyla birlikte tatil yapmak isteyecek."

"Ah keşke," diyorum.

Annem yeniden mektubunun üzerine eğiliyor ve çizdiği resimlerden eciş bücüş olmuş bir tanesini siliyor.

"Büyükannene benden selam söyle."

Mutfakta babam bıldırcınların içini doldurmak üzere galeta unu, yumurta ve maydanozdan hazırladığı iç malzemesini inanılmaz bir patırtı çıkararak karıyor. Ona bunun boşa gidecek bir çaba olduğunu anlatmak istiyorum, ne de olsa bu bıldırcınlar sonunda yanıp kül olacak.

"Bana dolaptan çam fıstığı verir misin?" diyor babam.

"Mia çam fıstığı sevmiyor," diyorum ve paketi babama uzatıyorum. Ben de çam fıstığı sevmiyorum, yağlı kurtçuklara benziyorlar.

"Koyduğumu fark etmez bile," diyor babam. "Çam fıstığı iç malzemesine hoş bir tat veriyor." Kaşlarını çatıyor. "Belki de mercanköşk yerine kekik koymalıyım." Bir bıldırcının karnına kürdan saplıyor. "Ya da derinin altına bir yaprak adaçayı mı sıkıştırsam?"

Babam bana soran gözlerle bakıyor.

"Baba ben yemek pişirmekten hiç anlamam," diyorum. "Hem zaten ben şimdi çıkıp büyükanneme gidiyorum."

"Benden de selam söyle."

Sokağa indiğimde gözlerime inanamıyorum. Bisikletim yok! Gitmiş! Döne döne çevreme bakınıyorum, ama bunun hiçbir anlamı yok. Kim bir bisikleti alıp birkaç metre ileride başka bir yere bırakır ki?

Bayan Haferkamp'ın penceresi kapalı ve storu da indirilmiş.

Apartmana girip kapısını çalıyorum.

Kapının açılması zaman alıyor, ama açılıyor. Bayan Haferkamp elindeki sıcak su torbasını başına tutarak karşıma çıkıyor.

"Üşüyor musunuz?" diye soruyorum şaşkın şaşkın.

"Yok canım, olur mu? Torbanın içine buz koydum," diyor Bayan Haferkamp.

"Bisikletimi kimin çaldığını gördünüz mü acaba?" diye soruyorum. "Bisikletim yok, gitmiş!"

"Zincirlememiş miydin?"

Başımı hayır anlamında iki yana sallıyorum.

"O zaman sana yardımcı olamayacağım ufaklık," diyor Bayan Haferkamp. "Ben de sen çıktıktan hemen sonra storu indirip pencereyi kapattım, hava çok sıcak. Zavallı Hannibal'i sıcak çarpıyor."

Şimdi zavallı Hannibal için tasalanacak halim yok. Hemen yukarı eve koşuyorum.

"Bisikletim yok, gitmiş!" diye bağırıyorum. "Çalınmış!" Annem çalışma odasından dışarı fırlıyor. "Avludan mı?"

"Hayır, sokağa apartman kapısının hemen yanına koymuştum, hemen yukarı..."

"Sakın bırakırken zincirlemeyi unuttuğunu söyleme," diyor babam.

Yanıt vermiyorum.

"Kahr... O zaman sigorta da ödemez şimdi," diye köpürüyor babam. "Tek kuruş ödemez!"

"Sanki zincirlenmiş bisikletler hiç çalınmıyor," diyor annem.

"Ama zincirlemeden bırakmak da hırsızlığa davetiye çıkartmak oluyor. Seni hiç anlamıyorum, Frederike!"

Annem kendi bisiklet anahtarını kâsenin içinden alıp bana veriyor. "O zaman hiç olmazsa Jack'i de yanına al. Acilen dışarı çıkması gerekiyor. Benim yapacaklarım var ve baban da... Görüyorsun işte."

Bıldırcın içi her tarafa dökülüp saçılmış. Mutfak masasına, duvara, babamın ellerine yapışmış.

"Peki huzurevine vardığımda Jack'i ne yapacağım?"

"Bahçeye götür ve gölge bir yere bağla, o orada durur. Sen de saatlerce kalacak değilsin ya?"

Jack'in tasmasını takıp yanıma bir naylon torba alıyorum. Gözetleyen kimse olmasa da, Jack'in aşağı iner inemez kayın ağacının dibine yaptığı kakasını düzgünce topluyorum.

Jack'i bisikletin sepetine koyup pedallara davranıyorum. Ama Jack'le bisiklete binmek hiç de kolay değil. Her ne kadar Jack uslu uslu oturup dikkatle dikilmiş kulaklarıyla gözünü yoldan ayırmıyorsa da, onun boyundaki bir köpek için çok ağır.

Hobi evlerine gelince Jack'i indirip tasmasını takıyorum.

"Şimdi sana en sevdiğim bahçeyi göstereceğim," diyorum Jack'e. "Sen de beğeneceksin."

Geniş ana yol boyunca kısa biçilmiş çimenleri ve tarhlarında asker gibi dizilmiş çirkin çiçekleriyle sıkıcı bahçelerin önünden geçiyoruz. Menekşe yoluna doğru sapınca Jack havlamaya başlayıp tasmasından çekiyor. Donup kalıyorum. 64 numaralı bahçe kapısının önünde uzun tüylü kuyruklu bir köpek duruyor. Hayır, bu bir köpek değil.

"Tilki!" diyorum kendi kendime ve Jack'i boynundan tutuyorum. Jack deliler gibi ileri atlıyor ve onu denetlemekte zorlanıyorum.

Tilki orada durup bize bakıyor. Ağzında bir şey var. Birkaç tane sosis! Kahkahalarla gülmeye başlıyorum ve tilki yıldırım hızıyla göz açıp kapayıncaya kadar ortadan kayboluyor.

Bisikletimi çite dayıyorum. Yaşlı hanım solan gülleri kesmekle meşgul.

"Merhaba!" diyorum.

Bana doğru dönüyor ve soran bakışlarla gülümsüyor. Beni tanımıyor, doğal olarak.

"Evet, ne vardı?"

"Az önce burada bir tilki vardı!" diyorum. "Ağzında da birkaç tane sosis vardı."

Yaşlı hanımın gülümsemesi bütün yüzünü kaplıyor. "Elbette, ben veriyorum ona."

"Siz tilki mi besliyorsunuz?" diye soruyorum şaşkın şaşkın.

Yaşlı hanım bahçenin kapısını açıyor. "İçeri gel."

Jack benden önce atlıyor.

"Jack de gelebilir mi?"

"Elbette, ben köpekleri severim." Yaşlı hanım bahçe kapısını kapatıyor.

"Bir şey içmek ister misin?"

Başımla evet diyorum.

"Burada elektrik yok, dolayısıyla buzdolabı da yok, ama eski buz kutum işimi görüyor."

Yaşlı hanım eğilip yerde duran ahşap bir kapağı kaldırıyor ve içi metal kaplı bir sandıktan bir şişe su çıkarıyor.

"Yanında ev yapımı mürverçiçeği şurubu ister misin?" diye soruyor yaşlı hanım.

Aslında bugün yeterince şurup içtim, ama yine de başımla isterim diyorum.

Şurup çok lezzetli. Hafif tatlı, azıcık limon tadı var, azıcık da ne olduğunu bilmediğim başka bir şeyin tadı geliyor.

"Tilkiler burada pek hoş karşılanmıyorlar," diyor yaşlı hanım. "Koruma altında olduklarından, olur da bahçende yuva yapar, üstüne bir de yavruları olursa aylarca bahçene adım atamazsın."

Bardağıma biraz daha şurup dolduruyor. "O gördüğün tilki dişidir, yavrularını benim bahçemde dünyaya getirdi, o zaman bu zamandır ara ara gelir, sosislerini alıp gider."

Yaşlı hanım sağına soluna bakınıyor. "Doğal olarak bu durum komşularımın hiç hoşuna gitmiyor. Ama bana zaten deli gözüyle bakıyorlar." Eğilip Jack'i okşuyor. "Ne yazık ki, bütün sosisleri verdim gitti canım."

"Komşularınız size neden deli gözüyle bakıyor?" diye soruyorum.

"Başlangıç olarak, çitim öngörülen 125 santimetreden biraz daha yüksek, kasımpatı ve karahindibayla alıp veremediğim bir şey yok, inciçiçeklerini de çok seviyorum!" Yaşlı hanım gülüyor.

"İyi de, inciçiçeklerini herkes sever," diyorum.

"Sen öyle san. İnciçiçeği kökleri çok derinde olduğu için

hobi bahçıvanlarının en büyük düşmanıdır, ne kadar koparırsan kopar yine çıkar. Üstelik yenmediği için de yararsızdır."

"Ama inciçiçeği çok güzel kokar," deyip boş bardağımı masanın üstüne bırakıyorum. "Gitmem gerek. Daha huzurevinde kalan büyükanneme uğrayacağım."

Yaşlı hanım yerinden kalkıyor. "Benim de dinlenecek pek zamanım yok. Daha fasulyeleri sırıklara bağlayacağım, yaprak bitlerinden kurtulacağım ve tabii bir de bahçeyi sulayacağım." Derin bir iç geçiriyor. "Bütün bunların altından daha ne kadar kalkabilirim Tanrı bilir."

Ona bir şey sormak istiyorum, dilimin ucuna kadar geliyor, ama cesaret edemiyorum.

"Taze toplanmış ahududu ister misin?" diye soruyor yaşlı hanım.

"Evet, çok teşekkür ederim, büyükannem mutlaka çok sevinir."

"Bırak şunu!" diyorum bisiklet sepetindeki ahududu dolu plastik kabı koklayıp duran Jack'e. "Sen ahududu sevmezsin."

Huzurevinin önünde annemin bisikletini yine sokak lambasının direğine bağlamak istiyorum, ama direğe biri benden önce bisikletini bırakmış! Bu kez Vero'ya uğramadığım için geçen seferlerden daha erken geldim. Bisikleti zincirleyecek boş bir direk buluncaya kadar biraz yürümem gerekiyor. Jack ne olacak? Jack'i bisiklet sepetinde giriş holünden geçirip camlı kapıdan bahçeye çıkarıyorum. Gölgeyi kim kaybetmiş de ben bulacağım! Güneş beton zemini kavuruyor. Jack'i burada asla bırakamam. Yasak da olsa Jack'i sepetin içinde yanımda yukarıya çıkarmaya karar veriyorum.

Şansım yaver gidiyor, asansörde tek başımayım, sonra ikinci katta da kimseyle karşılaşmıyorum.

Büyükannemin kapısının önünde bir an duraksıyorum. Büyükannem Jack'i çok uzun zamandır görmedi. Merdivenden yuvarlandığından bu yana iyi yürüyemediği için, eh biz de asansörsüz bir apartmanda, üçüncü katta oturduğumuzdan büyükannem bize artık hiç gelemiyor. Umarım şimdi Jack'i görünce ürkmez.

Kapıyı temkinli bir şekilde açıyorum. "Uslu dur Jack!" diye fısıldıyorum Jack'e.

"Merhaba büyükanne!" diyorum yüksek sesle ve sepeti yere koyuyorum.

Jack anında sepetten fırlayıp havlaya havlaya neşeyle dosdoğru büyükanneme gidiyor. Jack büyükannemi anında tanıyor, ama büyükannem de Jack'i tanıyor.

"Jack!" diye sesleniyor büyükannem. "Ne iyi ettin de geldin."

Jack ön ayaklarını büyükannemin kucağına koyuyor, televizyon dergisi yere düşüyor. Büyükannem Jack'in gıdısını okşuyor, kulaklarını çekiyor. "Canım benim, nasılsın? Cesur köpek, iyi köpek, böyle okşanmak ne güzel, değil mi?" Büyükannem kendini kaptırmış Jack'le konuşuyor.

Büyükanneme biraz darılıyorum. Bu kadar zamandır gelip gidiyorum, beni hiç bu kadar sevinçli karşıladığı olmadı.

Bebekken önce Mia'nın ardından benim ilk lapamızı yediğimiz kırmızı kenarlı porselen kâseyi alıyorum. İçinde bayatlayıp taş gibi olmuş kurabiyeler var. Kurabiyeleri çöpe atıp kâseyi suyla dolduruyorum. "Buraya gel Jack, suyunu iç. Senin de su içmen gerek, büyükanne."

İki kocaman bardağı suyla dolduruyorum, üçümüz de su içiyoruz.

"Taze ahududu getirdim," diyorum ve plastik kabı büyükanneme uzatıyorum.

"Ahududu!" Büyükannem keyifle ellerini çırpıyor. "En

son kim bilir ne zaman yemiştim?" Öne doğru eğiliyor. "Burada hiçbir şey taze değil, aklında olsun."

Bana yine Leni'nin doğum günü pastasının öyküsünü anlatmasından korkuyorum.

"Biliyor musun, ahududuları bana hobi evlerinin oradan yaşlı bir hanım verdi. Seni görmeye gelirken hep oradan geçiyorum. Öyle güzel bir bahçesi var ki, ama tabii çok emek istiyor."

"Evet evet," diyor büyükannem ve başını sallıyor. "Bahçe çok emek ister."

"Yiyecek içeceğini nasıl soğutuyor biliyor musun? Yere gömülü bir sandığın içine koyuyor! Buz kutusu yapmış kendine."

Büyükannem bana bakıyor ve birden gözlerine sanki kendi derinliklerine bakıyormuşçasına tuhaf bir bakış yerleşiyor.

"Buzhaneye saklanmıştın," diyor büyükannem.

"Buzhaneye mi?"

"Evimiz yanmıştı ya, biz de Friedchen Teyze'nin köydeki evine taşınmıştık. Orası korkunç bir yerdi. Anımsamıyor musun? Seninle ben aynı yatakta yatmak zorunda kalmıştık, annem de koltukta uyurdu. Friedchen Teyze o kadar cimriydi ki şekeri hep bizden saklardı."

"Buzhanede ne oldu?" diye soruyorum sabırsızlıkla.

"Buzhane çiftlik evinin bahçesindeydi. Çiftlik evi askerî hastane olmuştu, can çekişen yaralılarla doluydu. Bazen çığlıklar duyulurdu. O zaman zavallı bir delikanlının bacağını ya da kolunu kestiklerini bilirdik. Uyuşturucu ilaç azdı. Annem bize oraya gitmeyi yasaklamıştı. Ama bahçeye bayılıyordun. Bir süs çeşmesi ve küçük bir şelale vardı, kırık döküklerdi, ama olsun. Orada kurbağa prensçilik ya da uyuyan güzelcilik oynardın. Çiftlik sahibinin buzhanede gümüşlerini ve değerli tablolarını sakladığı söylentileri vardı. Buzhanenin ağır bir kapısı ve kapının önünde de demirler vardı. Ama sen bir delik keşfettin, bir ara bir bombanın açtığı bir delik, üzeri otlarla kaplanmıştı. Delikten içeri girdin, ama bir türlü çıkmak bilmedin. Bütün bahçenin altını üstüne getirdik. Sana seslendik, bağırdık. Annem korkudan neredeyse aklını kaçırıyordu. Friedchen Teyze'nin kocası, aslında gerçek kocası değildi, gerçek kocası savaştaydı, her neyse işte Erwin'in aklına Rex'e senin gömleklerinden birini koklatmak geldi."

"Köpeğe mi?"

"Evet, tıpkı Jack gibi bir Terrier'ydi." Büyükannem Jack'i okşamak için eğiliyor.

"Rex seni buldu, ama biz buzhaneye giremiyorduk. Sana delikten ip bir merdiven sarkıttık da öyle çıkabildin. Annem sana öyle bir tokat attı ki, yüzünde gerçekten beş parmağının izi çıktı. Sana bütün o gümüşleri ve değerli tabloları bulup bulmadığını sordum. Yalnızca... Dur bir."

Büyükannem zar zor yerinden kalkıyor.

Ona yardım ediyorum. "Ne istedin büyükanne, bana söyle."

"Kaldırmıştım, mutfak dolabının en alt çekmecesindeydi."

Büyükannem çevresine arayan gözlerle bakınıyor, sonra da şaşkın şaşkın bana bakıyor.

"Büyükanne, mutfak dolabını buraya getirememiştin," diyorum.

Büyükannem kendini yeniden koltuğa bırakıyor. "Evet evet, içindeki her şeyi Jutta çöpe atmıştı."

Jutta benim annem oluyor. Annemi savunmak için bir şeyler söylemek istiyorum, ama aklıma hiçbir şey gelmiyor.

"Neyi dolaba kaldırmıştın, büyükanne?"

"Efendim?"

"Leni buzhaneden ne çıkarmıştı, büyükanne?"

Büyükannemin bakışları bulanıyor. Bana üzgün üzgün bakıyor.

"Bilmiyorum."

Hemşire Elke elinde akşam yemeği tepsisiyle odadan içeri giriyor. Tutmama fırsat kalmadan Jack, Hemşire Elke'nin üzerine sıçrıyor. Hemşire Elke irkilince tepsi elinden kayıyor, ekmek dilimleriyle peynir ve salamların hepsi yere yapışıyor.

Jack salamı kokluyor... Ve olduğu gibi bırakıyor. Jack ağzının tadını bilir.

"Bu köpeği buraya kim soktu?" diye azarlıyor Hemşire Elke.

"Adı Jack," diyor büyükannem. "Torunumun köpeği."

"Huzurevine köpek sokmak yasaktır!"

Ekmeği ve peynirle salamı yerden toplayıp tepsiye geri koyuyorum.

"İyi de artık bu yenmez," diyor Hemşire Elke, sanki büyükannem emziğini yere atan üç yaşında bir çocukmuş gibi.

"Yere düşmeden önce de yenecek gibi değildi zaten!" diyor büyükannem.

Gülmek istemiyorum, ama kendimi tutamıyorum. Jack onunla oynamak istediğimi sandığı için havlaya hoplaya çevremde dönüp duruyor. "Yemeğimizi beğenmiyorsanız, üç yıldızlı lokantadan ısmarlamakta özgürsünüz!" diye parlıyor burnundan soluyan Hemşire Elke ve odadan çıkıyor.

"Peki şimdi ne olacak?" diye soruyorum. "Sana akşam için yiyecek bir şeyler bulayım mı?"

Büyükannem başını iki yana sallıyor. "Daha ahududularım var, hem zaten öğlen yediğim yetti bana, karnım tok. Kırmızılahanalı ekşi sığır kızartması verdiler. Hem de bu sıcakta!"

Büyükannemin yanağına bir öpücük konduruyorum. Çok uzun zamandır bunu yapmamıştım, ama birdenbire yeniden, eskiden tanıdığım büyükannem olmuştu. Jack'i getirmek iyi bir fikirdi.

Tahmin edilebileceği gibi, evde babam bıldırcınlarını mıncıklıyor, annem patatesleri ince ince rendeliyor. Jack'in yem kabını kuru mamayla dolduruyorum.

"Annenin bisikletini doğru düzgün zincirlemişsindir umarım," diyor babam.

"Tabii ki," diye karşılık veriyorum, ama biraz alınıyorum doğrusu. "O kadar da budala değilim. Hatta bisikleti avluya soktum."

"Yarın polise gidip ihbarda bulunmak gerekecek," diyor annem. "Sigorta için."

"Unut gitsin," diyor babam. "Sonuçta bisikleti zincirlenmemişti."

"Bu gerçeği gözlerine sokmamız gerekmiyor," diyor annem. Babamla ben dehşet içinde anneme bakıyoruz.

"İyi de bu sigorta dolandırıcılığına girer," diyor babam.

"Bu çalınan üçüncü bisikletiniz," diye karşılık veriyor annem sitemkâr bir tavırla. "O bisikletlerin parasını sigortadan alamadık, çünkü makbuzları yok ettiniz. Ama Freddy'nin bisikletinin makbuzu duruyor. İki yüz kırk beş Avro tuttu o bisiklet, sonuçta üç kuruşluk bir şey değil." Annemin sesi iyice tizleşiyor.

Anneme boşu boşuna bu kadar sinirlendiğini, bisikletimin yarın nasılsa eski yerinde olacağını söylemek istiyorum.

"Sakin ol Jutta," diyor babam. "Ben bu işi yarın hallederim. Senin patatesler ne âlemde?"

Annem, görsün diye rendelenmiş patateslerle dolu kâseyi babama doğru tutuyor. "Umarım, bu sefer de gereğinden yarım milimetre kalın olmamıştır," diyor iğneleyici bir tonda.

"Mükemmel olmuş, artık köfteyi yapabilirim. Bana dolaptan somonu verir misin Freddy?"

Aklıma büyükannemin bu akşam yemeğine yalnızca bir avuç ahududusu olduğu geliyor ve annemle babama yere düşen tepsiyi anlatıyorum.

"Büyükannenden böyle bir hazırcevaplık beklemezdim doğrusu," diyor annem.

"Büyükannem aptal değil!" diye bağırıyorum.

"Hayır canım, ben de öyle demek istemedim zaten," diyor annem ve patates kabuklarını çöpe atıyor.

"Baba, buzhane nedir?"

"Eskiden mutfaklarda buzdolapları yokken buzhaneler vardı," diyor babam ve tepsiyi fırına sürmeden önce bıldırcınlarını son bir kez sevgiyle okşuyor.

Bıldırcınlar bir daha yanmasın diye bu sefer dikkat kesileceğim.

"Genelde bir tepe ya da tümsek, bazen de kayalıklarda bir mağara içine kışın kar ya da gölden buz taşınıp konurdu, böylece yıl boyunca yiyecek stokları saklanabilirdi," diye açıklıyor babam bir yandan rendelenmiş patatesleri bir kepçe yardımıyla kızgın yağın içine bırakırken. "Nereden geldi şimdi bu aklına?"

"Büyükannem kız kardeşi Leni'nin öyle bir buzhaneye tırmanıp içine girdiğini, herkesin onu aradığını anlattı da."

Babam kaşlarını çatarak bana bakıyor. "Doğru. Büyükannem kızlarla bir köydeki uzak akrabalarının yanına sığınmış. Orası onlara çok korkunç gelmiş olmalı, ama hiç olmazsa tepelerine bomba yağmıyordu. Leni de az yaramaz değilmiş, onun için hiçbir ağaç çok yüksek, hiçbir çukur çok derin değilmiş. Yeter ki macera olsun."

"Keşke onu tanıyabilseymişim!" diyorum.

"Onunla akrabasın," diyor babam gülümseyerek.

"Üstelik ona gerçekten benziyorsun da," diyor annem.

"Leni'nin o buzhaneden ne bulup çıkardığını biliyor musun?"

"Evet, bir Demir Haç* madalyası. Hem de birinci sınıf. Herhalde çiftlik sahibine aitti. Çiftlik sahibi savaş sonuna

---

(*)   Prusya kralı tarafından verilen bir Alman savaş nişanı – ç.n.

doğru, ilerleyen Rus birliklerinden kaçarken kendisini ele verecek her şeyi arkasında bırakmış." Babam derin bir iç geçiriyor. "Orada başka neler saklamış olabileceğini düşünmek istemiyorum."

"O haç nasıl bir şeydi peki?" diye soruyorum. "Altından mıydı? Elmaslarla mı kaplıydı?"

"Kimin elması varmış?" diye soruyor Mia. Mia'nın döndüğünü fark etmedik bile.

Babam başını iki yana sallıyor. "Ne altını, ne elması. Kara demirdendi ve hiçbir değeri yoktu. Ama çocukken onunla oynardık. Bazen şerif yıldızı bazen karnaval nişanı niyetine kullanırdık. Nereye kaybolduğu hakkında da en ufak bir fikrim yok."

"Annem çöpe atmış," diyorum. "Mutfak dolabının en alt çekmecesinde duruyormuş."

"Gerçekten attın mı?" diye soruyor babam anneme dönüp.

Annem pencereyi ardına kadar açıyor. "Bu yağ kokusundan nefret ediyorum."

"Neden çöpe attın?" diye soruyor babam, boş vermiyor.

"Üstüme iyilik sağlık! Dolapta bir sürü eski ıvır zıvır vardı, ne yapsaydım, hepsini saklasa mıydım?"

"En azından atmadan önce bana sorabilirdin, sonuçta öyle bir şövalye nişanının değeri vardır!"

"Öyle mi?" diyor annem. "Daha az önce hiçbir değeri yoktu."

"Benim için anı değeri vardı," diyor babam.

"Büyükannem için de!" diyorum.

"Ayrıca internette açık attırmaya sokabilirdik, o eski şeyler bayağı bir para ediyor," diye söze karışıyor Mia.

Annem ellerini beline koyuyor. Bu haliyle öfkeli küçük bir mermiye benziyor. "İçinizden biri büyükannenin evini toplamakta bana yardım etti mi acaba?"

"Ben ettim ya..." diye söze başlıyor babam.

"Tabii tabii, sen mobilyaların nakliyesiyle, taşınmayla uğraştın, ama tonlarca kumaş artığını, boş sabun kutularını, kuru çiçek demetlerini kim ayırdı? Geçen yüzyıldan kalma paket kâğıtları yığınını da unutmamak gerek..."

"Müthişmiş," diyor Mia. "Hepsini satabilirmişiz aslında."

"Bir Demir Haç madalyasını atmakla kullanılmış paket kâğıdını atmak birbirinden farklı şeyler," diyor babam.

"Nazi ıvır zıvırıyla uğraşmak istemedim," diyor annem. "İğrenç!"

"İğrenç," diyor Mia da. "Burası gerçekten de iğrenç kokuyor!"

Dördümüz de içinden buhar ve duman tüten fırına bakıyoruz.

"Bıldırcınlar!" diye bağırıyor babam.

Yemekte kimsenin sesi sedası çıkmıyor. Tartar soslu somon fazla soğuk, patates köftesi hamur olmuş, yalnızca dereotlu sos bir şeye benziyor.

"Yarışmayı seyredelim mi?" diye soruyor babam.

"Benim yarınki dersimi hazırlamam gerekiyor," diyor annem.

Anneme o kadar kaygılanmamasını, yarının nasılsa yine Pazar olacağını söylemek istiyorum, ama söylersem o da yine şu deşafü konusunu açacak.

Mia odasına gidip müziğin sesini sonuna kadar açıyor, babam mutfağı temizliyor ve ben de yatağımın üzerine uzanıp kitabımı dün bıraktığım yerden yeniden okumaya başlamak istiyorum, ama doğal olarak kitap ayracı yine cumartesi günü bıraktığım yerde duruyor. Tam olarak söylemek gerekirse sayfa 47'de. Bu arada ben en azından otuz sayfa okudum, ta Polly Trotter'ın tekboynuzluyu kurtardığı yere kadar.

Birdenbire öyküyü çok çok saçma buluyorum. Polly giysi dolabından perilerle, büyücülerle ve tekboynuzlularla dolu bir dünyaya geçen bir kız çocuğu. Ne zaman canı sıkılsa, giysi dolabına girip maceralar yaşıyor.

Aslında sürekli aynı şey oluyor. Ne tuhaftır ki, ben de dört gündür aynı Pazar gününü yaşıyorum, ama her Pazar günü başka başka şeyler oluyor. Bugün o kadar çok şey oldu ki, kafam kazan gibi.

Bu Pazar günü ne zaman yine en baştan başlayacak? Elbette gece yarısı. Peki, neler olduğunu görmek için uyanık kalsam? Saatimi gece yarısına kursam?

Bu ne işe yarayacak ki? Yatakta uzanıyor olacağım ve neler olup bittiğini fark etmeyeceğim bile. Ama eğer yatağımda uzanıyor olmazsam, başka bir yerde olursam, o halde bir şeyler fark ederim. Sonra da bir şekilde yatağıma geri dönmem gerekecek, ama nasıl? Buhar olup uçacak mıyım? Uzun beyaz giysileri içinde melekler beni yatağıma mı taşıyacak? Ya da bir parmak şaklatmasıyla oradayken birden kendimi yatağımda mı bulacağım?

Merakım çeliniyor. Kitabı kapatıyorum. Bu gece ben de kendi maceramı yaşayacağım. Geriye tek bir şey kalıyor: Nerede?

On bir yaşındaki bir kız çocuğu dikkat çekmeden gecenin bir yarısı nerede durabilir?

Hobi evlerinin orada mı? Yaşlı hanımın bahçesinde mi? Bahçesinin çiti çok yüksek değil, o çiti tırmanıp bahçesine girebilir, mavi banka oturup bekleyebilirim. Ama ya bir komşusu fark ederse? Bu güzel havada birileri mutlaka mangal yapıp geç saatlere kadar içer. Hayır, orası olmaz.

Hem zaten orada kendimi çok garip hissederim.

Azize Anna'nın çanları iki kez çalıyor. Saate bakıyorum. Saat dokuz buçuk. Ve o anda nereye gideceğimi buluyorum. Tabii ki, nasıl oldu da daha önce düşünemedim? Şimdi geriye annemle babam uykuya dalıncaya kadar beklemek kalıyor.

Dişlerimi fırçalıyorum, geceliğimi giyiyorum ve yatağıma uzanıyorum. Heyecandan gözüme uyku girmeyecek.

"İyi geceler Freddyciğim," diyor annem ve yatağımın yanına geliyor. "Tatilin son gecesi iyi uyu."

Yüksek sesle esniyorum. "Hiç merak etme anne."

Babam başını kapı aralığından uzatıyor. "Ben de yatıyorum, geliyor musun Jutta?"

"Birazdan," diyor annem. Annem saçlarımı okşuyor. "Bisikletin için üzgünüm."

"Kim bilir belki yarın eski yerinde duruyor olur," diye mırıldanıyorum.

"Bir mucize olması gerek," diyor annem ve başucu lambamı kapatıyor.

Saatimin rakamları fosforludur. Saat on bire kadar bekliyorum. Sonra usulca yatağımdan kalkıyorum, üzerimi giyiniyorum ve ne olur ne olmaz diye yanıma bir de ceket alıyorum. Gideceğim yerde hava kesin serindir.

Tam dışarı çıkacakken bacağıma yumuşak bir şey sürtünüyor. Jack! Onu tamamen unutmuşum. Onu da yanıma alsam mı? Hayır, olmaz, yoksa çişe çıkardığımı sanıp havlamaya başlar.

"Şşt, Jack bekle!"

Mutfak dolabını açıyorum, dolap kapağı biraz gıcırdıyor, durup evi dinliyorum. Hiçbir hareket olmayınca, bir köpek kurabiyesi alıp Jack'e veriyorum. Jack, ağzında kurabiyesiyle hoplaya zıplaya sepetine geri dönüyor. Ağzının şapırtılarını duyuyorum. Ama bu şapırtılar kimseyi uyandırmaz.

Kimsenin ruhu duymadan evden çıkıyorum. Kapıyı da arkamdan kilitliyorum. Ne olur ne olmaz.

Dört yol ağzındaki ışıklar sönmüş. Görünürde tek bir araba yok, in cin top oynuyor. Caddeyi geçip Azize Anna'nın önüne varıyorum. Kilisenin kapısında bir kâğıt asılı, üzerinde büyük harflerle "BU KİLİSE KONUKSEVERDİR" yazıyor, onun altında da küçük harflerle "İsteyen herkes girebilir" diyor.

Benim de niyetim bu. Ağır kilit mandalını aşağı çekiyorum. Kapı yerinden kıpırdamıyor. Kilise kapalı. Düş kırıklığından midem bulanıyor. Geceleri kilisenin açık olmadığını düşünebilmem gerekirdi.

Kilisenin çevresinde dolanıyorum. Yarı yarıya çalıların ardına saklanmış yan kapı da kilitli. Onun hemen yanındaki pencerenin kanadı yarım açılmış. Buzlu cam. Kilisede tuvalet olur mu? Neden olmasın? Papazın da zaman zaman tuvalete gitmesi gerekiyordur. Üzerine çıkabileceğim bir şey bulmak için çevreme bakınıyorum. Aslında buna hiç gerek yok. Kilise duvarında üzerine basabileceğim bir çıkıntı var. Pencerenin dış pervazına dirseklerimle dayanıyor ve pencere kanadına tutunup pencere kolunu çeviriyorum. Hoop! Pencere kanadı neredeyse yere düşüyor, neyse ki bir köşesinden hâlâ pencere çerçevesine takılı kalıyor.

Dikkatli bir şekilde pencereyi içeri doğru itip oraya tırmanıyorum, pencereden klozetin üzerine iniyorum. Bu kadar kolay olacağını düşünmüyordum. Tuvaletten çıkınca kendimi tozlu bir koridorda buluyorum, oradan da kilisenin girişine geçiyorum.

Cam kapıyı itip içeri giriyorum ve burnuma Noel kokusu geliyor. Koku sağlı sollu dizilmiş metal sehpaların üzerindeki çaydanlık mumlarından mı geliyor? Bazı mumlar sönmeye yüz tutmuş. Ben de birkaç tane yaksam mı? Ama bunun için bir delikten içeri elli sent atmak gerekiyor ve benim yanımda hiç para yok. Eğer yine de bir iki mum yakarsam sevgili Tanrı'nın bana kızacağını hiç sanmıyorum. Bu loş haliyle burası gerçekten çok ürkütücü bir yere benziyor. Duvarlardaki devasa resimler zar zor seçiliyor, ama yeni bir mum yakınca resimlerden birinin altında bir kurukafa görebiliyorum. Dört yeni çaydanlık mumu yakıyorum ve sevgili Tanrı'ya iki Avro borçlanıyorum.

Üşüyorum. Ceketimi üzerime giyip bir banka oturuyorum. Gözlerim karanlığa alışıyor, haçla mihrabı seçebiliyorum. Vitray pencerelerden içeri mavimtırak bir ışık vuruyor. Çanların iki kere çaldığı duyuluyor. Saat on bir buçuk. Yarım saat kaldı. Burası öyle sessiz ki. En son bir kiliseye gittiğimizde konser dinlemiştik. Erkek gibi görünen bir kadın org çalmıştı. Hiç beğenmemiştim. Yana dönüp yukarı bakıyorum. Görmesem de orada bir org olduğunu metal parıltılarından tahmin edebiliyorum. Birdenbire bir itfaiye sireni sessizliği bozuyor. Bizim ev yanıyor olmasın sakın? Ya babam fırını tamamen söndürmediyse? Ben eve döndüğümde ya evin yerinde yeller esiyor olursa? Çok saçma, öyle olsa, itfaiyenin çoktan durması gerekirdi, ama arabalardan gelen siren sesini uzaktan da olsa hâlâ duyabiliyorum.

Önümde açık bir kitap duruyor. Bir ilahi kitabı. Çok karanlık ve yazılar çok küçük, hiçbir şey okuyamıyorum.

Gözlerimi kocaman kocaman açıyorum. Uykuya dalmamalıyım. Çok az kaldı. Çanlar üç kez çalıyor. Yalnızca on beş dakika kaldı. En iyisi ayağa kalkıp biraz yürümek. Mihraba gidiyorum. Kocaman bir vazonun içinde çiçekler var. Glayöller, ama hangi renkte olduklarını göremiyorum. Glayölleri sevmem. Burada bulunmaktan da hoşnut değilim. İnsanın kilisede kendini huzurlu ve güvende hissedeceğini sanırdım. Ama ben burada kendimi küçük ve yabancı hissediyorum. Üstelik gittikçe daha fazla üşüyorum. Ceketime sıkıca sarınıyorum. Yerde parlak bir şey gözüme çarpıyor. Madeni para mı? Yere eğilip paraya uzanıyorum, ama parmaklarım boşta kalıyor. Tam o anda biri ışıkları açıyor.

5. BÖLÜM

Işık gözlerimi kamaştırıyor. Gözlerimi sımsıkı kapatıyorum. Birdenbire neden bu kadar sıcak oldu? Ceketimi çıkarmalıyım. İyi de bu üzerimdeki ceket değil ki. Bu pike. Benim pikem.

Gözlerimi açıyorum.

Yataktayım. Yatağımda yatıyorum. Güneş dosdoğru yüzüme yansıyor.

Az önce kilisedeydim, karanlıktı, soğuktu, parlak bir şey görüp çömeldiğimi anımsıyorum... Yoksa düş müydü?

Çanlar çalmaya başlıyor. Çanlar sanki benimle alay ediyor.

Yavaşça yatağımdan kalkıyorum. Daniel'in notuna ne oldu? Dün yemiş olmama karşın, acaba o kâğıt parçası hâlâ duruyor mu? Okul çantam yine aynı çer çöple dolmuş taşmış.

Bunu şimdiye kadar tam olarak kaç kere yaşadım? Beş kere mi? Hayır, yüz kere! Bana öyleymiş gibi geliyor. Bir tekmeyle bayatlayan sandviçi yatağımın altına yolluyorum. Kalem kutumu açıyorum, çok temkinli bir şekilde...

Orada aynen duruyor o kahrolası kâğıt parçası! Bu sefer

olduğu yerde bırakıyorum, nasıl olsa uzaya da yollasam yarın yine aynı yerden çıkacak.

Çanların sesi kafamın içinde yankılanıyor, kulaklarım zonkluyor. Kulaklarımı tıkıyorum. Bu sesi artık duymak istemiyorum, asla, bir daha asla!

O anda aklıma geliyor: Uyuyakalmışım! Bisiklet sürücüsüyle illet şişkonun kazası saat sekiz buçuktaydı. Ee yani? Bu benim sorunum mu ki? Bu durum bana sırf baş ağrısı oldu. Hem zaten kazada da bisiklet sürücüsünün kolunun berelenmesi ve bisikletinin parçalanmasından daha vahim bir şey olmadı. Ben bütün dünyayı kurtarmaya kalkıyorum. Ama beni düşünen yok.

Boğazım kurumuş. Banyoya gidip musluktan su içiyorum.

Annem darmadağın saçlarıyla yatak odasından çıkıyor. "Günaydın Freddyciğim."

Bana az önce iyi geceler dilememiş miydi?

Jack sepetinde uzanmış mızıldanıyor. Jack kendisine ilgi gösterilmemesinden hoşlanmaz. Jack'in üzerine eğilip yumuşacık karnını okşuyorum. Özellikle karnının okşanmasını çok sever. Karnını daha iyi okşayayım diye patilerini havaya dikip sırtüstü yatınca, ince bir ipin ucu ortaya çıkıyor. Jack ortalıkta ne bulsa sepetine taşır: eski çoraplar, kullanılmış kâğıt mendiller, ama özellikle de Mia'nın saç lastikleri. Ama bu bir saç lastiği değil, bu... bu bir dilek bilekliği!

Bilekliğimi Jack'in altından çekip alıyorum. Jack alçak sesle homurdanıyor.

Bileklik kopmuş ve uçları lime lime olmuş.

Beynimden vurulmuşa dönüyorum. Demek bu yüzdendi.

"Keşke yarın Pazartesi olmasa," dedim ya da içimden geçirdim. Bu kadar zamandır benim dileğim gerçekleşiyormuş!

Dilek bilekliğim ne zaman düşmüştü? İlk kez Pazar akşamı, yatmaya gitmeden önce fark ettim. Cumartesi hâlâ kolumdaydı. Bundan eminim. Dişlerimi fırçalarken ıslanmıştı ve ben de tiksinmiştim.

"Iıyy, o paçavra da ne öyle?" diye soruyor annem Jack'e taze su koyarken. "At o pis şeyi hemen."

"İyi de bu benim dilek bilekliğim anne, kopmuş ve..."

"Umarım güzel bir şeyler dilemişsindir," diyor annem.

"Hayır, sorun da bu ya, korkunç bir şey diledim! Bugün günlerden ne biliyor musun?"

Annem bana şaşkınlıkla bakıyor. "Bugün Pazar."

"Evet evet, ama herhangi bir Pazar değil. Bugün tatilin son Pazarı!"

Gözlerim yaşlarla doluyor. Odama dalıp çalışma masamın çekmecelerini birbiri ardına açıyorum. Dördüncü sınıfımdaki öğrencilerin listesi bir yerlerde olmalı. Bayan Weissbrodt hepimize böyle bir bileklik armağan etmişti, belki içlerinden bir başkasının da bilekliği kopmuştur, o da benim için zamanın ilerlemesini dileyebilir belki. Ama tabii bu zaman alabilir.

Her şeyi yere atıyorum. Çıkartma koleksiyonumu, kalemleri, eski biletleri, plastik kaşıkları, Mia'nın bana cömertçe verdiği parçalanmış Barbie bebek giysilerini. Bir süre sonra odam içinde bomba patlamış gibi görünüyor. Önemli değil, nasıl olsa ben küçük parmağımı bile kıpırdatmasam da yarın sabah erkenden her şey yerli yerinde olacak. Çok pratik!

İşte! Sonunda buldum. Liste iki çekmece arasında sıkışıp buruş buruş olmuş.

Kâğıdı elimle düzleştiriyorum. En iyisi en baştan Marie-Sophie Albert'le başlamak. Onu hayal meyal anımsıyorum, ancak Bayan Weissbrodt ne zaman yanıtını bilmediği bir soru sorsa hemen ağlamaya başlaması hâlâ aklımda.

Mutfaktan telefonu alıyorum ve ilk numarayı çeviriyorum.

"Buyrun, Albert'lerin evi," diyor bir kadın sesi.

"Ben Marie-Sophie'nin eski sınıfından Frederike Moll, Marie-Sophie orada mı?"

"Marie-Sophie, telefon!"

"Efendim?" diyor ağlamaklı bir ses.

"Merhaba, ben Freddy. Bayan Weissbrodt'un verdiği dilek bilekliğin duruyor mu?"

"Ne bilekliği?"

Tanrım, amma da budala! "Bayan Weissbrodt vedalaşırken hepimize birer bileklik armağan etmişti, el bileğine takmak için. Anımsıyor musun?"

"Anımsıyorum, ama annem elime kan gitmeyeceğinden korktuğu için bilekliği hemen kesip attı. Neden sordun..."

"Peki tamam, yalnızca sormak istemiştim. Sana iyi günler."

"Neler yapıyorsun? Bir ara buluşabiliriz."

"Olur, seni ararım."

Bu söylediğimi yapmayacağıma eminim. Hemen bir sonraki numarayı çeviriyorum. Listedeki bir sonraki adın numarası artık geçerli değil. Bir sonrakinde telesekreter devreye giriyor. Ancak Simon Kleinert'lerde biri telefona çıkıyor.

"Simon orada mı?" diye soruyorum uzun uzadıya açıklamalara gerek duymadan.

"Bu hafta sonu babasında," diyor kızgın bir erkek sesi. "Bizi bir daha sakın sabahın köründe arama!"

Telefonu hemen kapatıp bir sonraki numarayı arıyorum. Bu sefer şansım yaver gidiyor, Annalena Lemcke'nin kendisi telefona çıkıyor.

Marie-Sophie'ye yaptığım açıklamayı yineliyorum.

"Tatilde kaybettim, geçen yıl. O zaman bir atımın olmasını dilemiştim, o zaman bu zamandır bekliyorum, ama hâlâ bir atım yok. Henüz yok."

Annalena at tutkunuydu. Boş her dakikasını ahırlarda geçirirdi. At gibi de kokardı. Herhalde bugün de aynıdır.

Neredeyse bir saat boyunca oraya buraya telefon ettikten sonra, elde var sıfır durumdaydım. Oğlanlar çok kız işi buldukları için bilekliği hemen çıkarıp atmış. Kızların çoğu kopana kadar bilekliği takmış, ama hiçbirinin dileği tutmamış. Bu arada annemle babam kalkıp çay koymuşlar. Mutfaktan fincanların tıkırtısı ve annemle babamın sesleri geliyor. Listede aramadığım bir tek Bayan Weissbrodt kaldı. Şimdiye kadar bir öğretmeni telefonla hiç aramadım. Annemin velilerin evi aramasına ne kadar sinirlendiğini biliyorum. Çoğunlukla biz yemek yerken ya da gece geç saatte ya da... Pazar sabahı ararlar. Hep de eften püften şeylerdir: Bir öğrenci beden çantasını kaybetmiştir, bir başkası okuma kitabını, ya da veliler annemin haksız not verdiğinden yakınır. "Anaokulunda gibiyiz!" diye inler annem sık sık. Annem şimdiye kadar asla öğretmenlerimden birini aramamıştır, yalnızca bir kere Mia'nın Fransızca öğretmenini aramıştı, o da öğretmeni Mia'nın doğru cümlesinin üzerini yanlış diye çizdiği için. Annemin Fransızcası oldukça iyidir, Mia'nın Fransızca öğretmenininkinden haydi haydi iyidir.

"Sen de çay ister misin?" Annem elinde bir fincan çayla oda kapımda beliriyor. Başımı iki yana sallıyorum.

"Buraya ne oldu böyle?" diyor annem yerdeki dağınıklığa bir bakış attıktan sonra.

"Toplayacağım anne, söz!" Ve ilk kez annemin arkasından kapıyı kapatıyorum.

Bayan Weissbrodt'un numarasını çevirirken kalbim güm güm atıyor.

"Buyrun, Weissbrodt'ların evi," diyor Bayan Weissbrodt.

"Ben Frederike, yani Freddy Moll. Beni anımsayıp anımsamadığınızı bilmiyorum, sizin..."

"Seni elbette anımsıyorum Freddy, nasılsın?"

'Çok kötüyüm!' diye bağırmak geliyor içimden, ama sakin olmaya çalışıyorum.

"Dördüncü sınıfın sonunda her birimize bir dilek bilekli-ği armağan etmiştiniz, hatırlıyor musunuz?"

"Evet, mezun ettiğim her sınıfa aynı şeyi yaparım. Çalış-ma arkadaşlarım benimle bu yüzden sık sık dalga geçer, ama kim bilir, belki de bu yolla bir iki dilek gerçekleşmiştir."

Ah, bir bilseniz!

"O bileklikleri kendiniz mi yapıyorsunuz, yoksa bir yer-den mi satın alıyorsunuz?" diye soruyorum.

"Onları hep Noel pazarından alırım. Noel pazarında Pe-ru'dan gelen dert bıdıklarını,* el örgüsü cüzdanları, di-lek bilekliklerini satan bir tezgâh vardır. Yanlış bilmiyor-sam, o tezgâhın geliriyle kamu yararına projeler destek-leniyor."

O tezgâhı biliyorum. Geçen yıl Mia için oradan bir makyaj çantası aldım, ama Mia hiç kullanmadı.

"Neden bu kadar merak ettin?" diye soruyor Bayan We-issbrodt.

Ona gerçeği söylesem mi?

"Benim bir dileğim gerçek oldu."

Bayan Weissbrodt gülüyor. "Senin adına çok sevindim, Freddy, ama bunun her seferinde işe yarayacağını sanmıyo-rum. Ne yazık ki bende başka bileklik kalmadı, yoksa sana seve seve bir tane daha armağan ederdim."

"Gerek yok, teşekkür ederim," diyorum ve vedalaşıyorum.

Kendimi budala gibi hissediyorum. Ne ummuştum ki? Ba-na aynı bileklikten bir tane daha vermesini ve her şeyin eski haline dönmesini mi? O yeni bileklik bileğimden düşünceye kadar daha kaç Pazar günü atlatmam gerekecekti? Hem za-ten bir akşam bileğimden düşse, ertesi sabah kesin yine bi-

---

(*) Dert bıdıkları, birkaç santimetre büyüklüğünde, kumaştan yapılan ya da ar-tık yünden örülen oyuncak bebeklerdir. Bunlardan bir düzine kadarı kumaş bir kesede saklanır. Çocuklar gece yatarken bunlara dertlerini anlatır ve kese-yi yastıklarının altına koyarlar. Sabaha dertlerinden arınmış olurlar. Bu Latin Amerika'da yaygın bir gelenektir – ç.n.

leğimde takılı olurdu.

Gözlerim yine yaşlarla doluyor. Her şey o kadar anlamsız ki! Kendimi koşu tekerleğindeki bir hamster gibi hissediyorum. O da o kadar debelenirken ilerlediğini sanıyor, ama aslında hep aynı yerde dönüp duruyor.

Telefonu mutfağa geri götürüyorum. "Uyanık olduğuna göre, Freddy, lütfen Jack'i dışarı çıkarır mısın?" diyor annem gözlerini gazeteden ayırmadan. Babam yemek kitabından bir şeyler not ediyor.

"Hayır," diyorum.

Annem bana bakıyor. Babam bana bakıyor.

"Hayır," diyorum yeniden daha yüksek sesle.

"Bana bak Freddy, Jack sizin köpeğiniz! O zaman size köpek aldık, çünkü ona bakacağınıza söz verdiniz."

"Ben hiçbir şeye söz vermedim," diyorum. "Jack, Mia'nın köpeği. Onu Mia istedi, ama onu benim çişe çıkarmam gerekiyor!"

"Mia hâlâ uyuyor," diyor annem ve sesini alçaltıyor. "Sen Jack'i bir koşu götürüp getirebilirsin."

"Geldiğinde kahvaltı sofrası hazır olacak," diyor babam.

"Hayır, Mia'nın gitmesi gerek. Neden bu kadar çok uyuması gerekiyor ki zaten?"

Bu sonuncusunu Mia'nın kapısına doğru yüksek sesle söylüyorum.

Kendisinden konuşulduğunu anlayan Jack havlayıp zıplıyor.

Mia'nın odasının kapısı açılıyor ve Mia odasından dışarı süzülüyor. "Böyle bağırıp çağırmak zorunda mısınız?"

"Jack'i dolaşmaya çıkarman gerekiyor," diyorum. "Bekle, tasmasını vereyim. Ha, bir de naylon poşet."

Mia bana 'kafadan kontak mısın' hareketi yapıyor. "Sen iyice aklını kaçırdın."

"Ben gitmiyorum, annemle babam da gitmiyor, o zaman sen gidiyorsun," diyorum.

"Ben giyinik bile değilim," diyor Mia.

Hiçbirimiz giyinik değiliz. En giyinik olan çizgili pijaması içindeki babam gibi duruyor. Annem kolsuz bir gecelikle, Mia çiçekli bir askılı üst ve şortla, ben de babamın eski boksör şortu ve tişörtleyim. İçimizden hiçbiri bu halde sokağa çıkamaz.

"O zaman üzerine bir şeyler giy," diyorum ve masaya oturup kendime çay koyuyorum.

Babam, annem ve Mia bana uzaylı bir yaratıkmışım ve az önce gökten düşmüşüm gibi bakıyorlar.

"Dilek bileziğini kaybetmiş," diyor annem Mia'ya.

"Ha, demek küçük Freddy uzun sarı bukleler dilemişti ama dileği kabul olmadı ve şimdi sonsuza kadar kafasındaki o taze soğan püskülleriyle dolanacak diye öfkeli, öyle mi?" diye alay ediyor Mia.

Sandalyeden fırlayıp Mia'nın saçlarına yapışıyorum. "Seni aptal..."

Aklıma acımasız hiçbir sıfat gelmiyor.

"Aah! Bırak beni!" diye tıslıyor Mia.

"Çocuklar kesin artık," diye bağırıyor annem. "Jack'i biz çıkarırız."

"Efendim?" diyor babam dargın bir sesle. "Benim bu kitaptan bir şeye bakmam gerekiyor, zaten deminden beri de sana evde yenibaharımız olup olmadığını soracağım."

Annem yerinden kalkıyor. "Olduğunu sanmıyorum. Neden Berliner Caddesi'ndeki Pazar günleri de açık olan Türk manava gidip bakmıyoruz?"

"Ta oraya kadar yürümek mi istiyorsun?" Babam homurdanarak ayağa kalkıp banyoya gidiyor.

Annemle babam giyinmiş olarak yatak odasından çıktıklarında Jack çoktan kuyruk sallayarak kapının önündeki yerini almış bekliyor.

"Siz de kahvaltı sofrasını kurun," diyor babam.

"Ve lütfen, kavga etmeyin!" diyor annem.

Dolaptan tabakları çıkarıyorum. Mia banyoya giriyor ve az sonra banyo kapısını menteşelerinden sökercesine açıyor.

"Fırçamı nereye koydun?" diye kükrüyor Mia.

"Fırçanı benim aldığımı nereden çıkarıyorsun?" diye soruyorum.

"Başka kim olacak? Söyle, ne yaptın fırçamla?"

"Jack'in tüylerini taradım," diyorum sakin sakin. "Jack de o kadar kirlenmiş ki."

"Neeee??!!" diye inliyor Mia ve üzerime atlıyor. "Seni adi! Yenisini alacaksın!" Mia koluma sımsıkı yapışıyor.

Bir çatal alıp kendimi savunmak için çatalı karnımın önünde tutuyorum. Mia kolumu bırakıyor.

"Anneme beni bıçakla tehdit ettiğini söyleyeceğim!"

"İlk olarak bu bir çatal, ikinci olarak da sofrayı kuruyorum." Çatalı masa üzerindeki yerine koyuyorum.

"Fırçam nerede?"

"Anneme sor, annem temizledi fırçanı."

"O zaman küçük sıçan, neden Jack'i taradığını söylüyorsun?"

"Seni kızdırmak istedim," diyorum ve kokan peyniri Mia'nın tabağının önüne koyuyorum. Annem yeniden ayağını haşlamasın diye dikkat edeceğim.

Mia ellerini beline koyup burnumun ucuna kadar gelip dikleniyor.

"Ben sana hiçbir şey yapmadım, beni derhal rahat bırakacaksın, anladın mı?"

İçimde derinlerde bir yerde bir şeyler fokurduyor. Derinlerde kalmasını yeğlerdim, ama bu şey mutlaka yüzeye çıkmak istiyor.

"Bana bir şey yapmadın, öyle mi?" diye bağırıyorum.

"Adilik ettin, hem de öyle adiydin ki!"

Mia bana şaşkın şaşkın bakıyor. Neden söz ettiğimden gerçekten haberi yok mu?

"Kuzey Denizi'nde olanlar," diyorum.

"Ha?" diye bir ses çıkarıyor Mia.

"Ya, üstsüz... dolaşmamla ilgili söylediklerin neydi?"

Şimdi bile düşününce kıpkırmızı oluyorum.

"Delinin zoruna bak! Şaka yapmıştım bir kere, kötü bir niyetim yoktu."

"Şaka mı? O zaman benim de şaka olsun diye o budala Mercan Balığına bacaklarındaki tüyleri aldığını söylememe karşı çıkmazsın!"

Mia bir şey söylemek için ağzını açıyor, sonra da kapatıyor. Arkasını dönüp odasına gidiyor. Tabaklarla fincanları masaya bütün gücümle çarpmamak için kendimi zor tutuyorum. Olayın üzerinden üç hafta geçmesine karşın hâlâ çok kızgınım.

Her şey benim o eski püskü mayomun suçu. Çok zor kuruyor, ama ben güneş çıkar çıkmaz kumsala inmek istedim. Annem de bana bikinimin altını giydirdi. Büyükannemin bahçesinde çoğunlukla bikinimin altını giyip üzerimde başka bir şey olmadan bahçe sulama aletinin sıçrattığı sularla oynardım.

Kumsalda hiç böyle dolaşmamıştım. "Üstünde bir şey yok zaten," dedi annem. Doğru, göğsüm tepsi kadar düz, benim yaşımda Mia'nın çoktan memeleri vardı. Ben de yalnızca bikini altımla kumsala gittim, tatil evimizdeki komşularımızın beş yaşındaki ikizleriyle kumdan kale yaptım. Deniz yükseldiğinde dalgalar kaleyi yıkamasın diye kalenin çevresine derin bir hendek kazdık.

Birdenbire o oğlan çıktı ortaya. Onu kumsalda daha önce hiç görmemiştim, ama hemen bize katıldı. Eski bir sandığı söktü, tahtalarından bize siper yaptı. Adı Johannes'ti ve çok iyi anlaştık. O elbette benim bir erkek çocuğu olduğumu düşündü. Kısa saçlarım yüzünden, bir de ikizler beni Freddy diye çağırdıkları için.

Sonra sünger göğüslü mayosuyla Mia bize doğru geldi. Bir süre saçlarıyla oynayıp bizi seyretti. Önce ona o kadar dikkat etmedik, sonra deniz yükseldi ve kalemizi korumak için debelenmeye başladık.

"Ama sen de Frederike, üstsüz ortalıkta dolaşmak için yaşın biraz büyümedi mi?"

Dan!

Johannes'in bana attığı o alt üst olmuş bakışı asla unutmayacağım. Johannes o kadar zaman boyunca yaşıtı bir erkekle değil, yarı çıplak bir kızla oynadığını kavradı doğal olarak.

Tatilin geri kalanında Johannes'i bir daha hiç görmedim, bu iyi bir şey sanırım, çünkü eğer görseydim, utançtan kumun dibine geçerdim. Aynı gün bikinimi çöpe attım.

O zaman bu zamandır saçlarımı uzatıyorum.

Ocağa kaynaması için su koyuyorum. Su kaynayınca kum saatini çevirip suyun içine dikkatli bir şekilde dört yumurta bırakıyorum. Kum saati aslında büyükanneme aitti. Annem kum saatini de atmak istiyordu, çünkü mutfakta zaten bir çalar saatimiz var, babamın kol saati de saniyesine kadar gösteriyor. Ama küçükken ince, pembe kum tanelerinin daracık boğazdan geçmelerini saatlerce seyrederdim. Büyükannemi son görmeye gittiğimizde kum saatini sorgusuz sualsiz alıp bizim mutfaktaki ıvır zıvır çekmecesine attım. Bu çekmeceye ıvır zıvır çekmecesi diyoruz, çünkü herkes içine başka bir yere koyamadığı şeyleri tıkıştırıyor: Paket lastikleri, bedava kahve kuponları, kalmış Noel mumları, içinden sürpriz çıkan yumurtaların sürprizleri, kırık saç tokaları falan filan. Babam bu çekmeceye illet olur. Keyfi yerinde olmadı mı, bu çekmeceyi yere boşaltır, biz de dağılanları kös kös toplanız.

Kum saatinin üstü boşalıyor, yumurtalar pişiyor, yumurtaları dikkatlice sudan çıkarıp yumurtalıklara koyuyorum, sonra da tost ekmeklerini kızartma makinesine koyuyorum.

Tam her şey hazır olduğunda, annemle babam evden içeri giriyorlar.

"Her şeyi mükemmel hazırlamışsınız!" diyor annem.

"Biz değil, ben her şeyi mükemmel hazırladım," diyorum.

"Aferin sana Freddy." Annem başımı okşuyor. "Haferkamp bize yine pusu kurmuştu, bu kadın gerçekten de korkunç biri!"

"Aşağıda oturup insanları sinsi sinsi gözetlemekten başka yapacak işi yok," diyor babam.

"Kimsesi yok," diyorum. "O korkunç kedisi dışında kimsesi yok."

"Freddy, neyin var senin?" diye soruyor annem kaygıyla. "Bugün bir tuhaflık var senin üzerinde. Hâlâ dilek bilekliğine mi üzülüyorsun?"

Ağzımı açarsam hüngür hüngür ağlamaya başlamaktan korktuğum için, başımı iki yana sallamakla yetiniyorum.

"Hadi artık kahvaltı edelim, fırından yeni çıkmış kruvasanlar getirdik," diyor babam ve yüksek sesle içeri sesleniyor. "Mia! Geliyor musun?"

Hiç tepki yok. Babam, Mia'nın kapısını menteşelerinden sökercesine açıyor. İçeriden yüksek ses müzik geliyor. "Kıs şu müziğin sesini, sana daha kaç kere söylemem gerekiyor, bugün Pazar!"

Mia mutfak masasına yanaşıyor, ama bana bakmaktan kaçınıyor. Tek söz etmeden kokan peyniri babamdan yana itiyor. Annem yumurtasının tepesini açıyor. "Mükemmel! Sonunda tam sevdiğim gibi bir yumurta yiyebileceğim!"

"Benimkisi çok sulu," diyor Mia.

"Bana ver o zaman, ben seve seve bir tane daha yerim," diyor babam.

"Kolesterolünü unutma," diyor annem.

Babam homurdanıyor.

"Ee, bugün ne yapıyoruz?" diye soruyor annem.

"Tatilin son gününü kutlamamız gerek," diye mırıldanıyorum kendi kendime.

"Kesinlikle. Sizi sarayın bahçesinde gezinti yapmaktan alıkoyan ne?"

"Denise'den telefon bekliyorum," diyor Mia. "Hanni'yle buluşacağız."

"Ben de süper aşçı yemek listem üzerinde çalışacağım," diyor babam.

"O halde..." diyor annem kararsızlıkla. "Benim de ütülenmeyi bekleyen dağ gibi yığılmış çamaşırlarım var, birinci sınıflar için hazırlıklarımı da yapmalıyım."

Ayağa fırlıyorum. "Lütfen hep birlikte sarayın bahçesine gidelim, lütfen! Hemen çıksak geç olmadan döneriz, size de ütülemek ve yemek pişirmek için zaman kalır."

Benim mutlaka sarayın bahçesine gitmem gerek! Belki de hiçbir şey olmaz, belki Kevin suya düşmez. Ama ya düşerse? Ya boğulursa? Yarın yaşama dönmüş olur mu? Daniel'in notu gibi eski yerinde olur mu? Bilmiyorum. Tek bildiğim benim orada olmam gerektiği. Ama yine yalnız gitmem.

Bir anneme bir babama bakıyorum. Bir de Mia'ya. Mia saçını kıvırıyor, somurtuyor, sonra lütfedercesine şöyle diyor:

"Tamam, bana uyar. Ama şimdiden anlaşalım, benim en geç saat üçte evde olmam gerek. Yoksa kızlarla buluşmam yalan olur."

"Hepsini halledebilir miyim bilmiyorum, mangolu mus, bıldırcın..." diyor babam.

"Sarayın bahçesinden sonra büyükannemi görmeye gideceğim, söz veriyorum."

Babam omuzlarını silkiyor. "Eğer istiyorsan, ne mutlu bana. Yoksa ben gidecektim."

"Zamanı gelmişti aslında, yolculuktan döndüğümüzden beri huzurevine uğramadın," diyor annem.

"Kavga etmeyin," diyorum ve yıldırım hızıyla bulaşıkları bulaşık makinesine yerleştiriyorum.

Avludan bisikletleri alıyoruz, benim bisikletim de uslu uslu yerinde duruyor, tam tahmin ettiğim gibi. Hannibal ve Bayan Haferkamp'tan ses seda yok. Kediyi yine araba altında kalmaktan kurtarmam gerekmiyor, bu da bir şeydir.

"Amanın, hava çok sıcak!" diye inliyor Mia, caddeye çıktığımızda. "Hiçbir güç beni bisiklete bindiremez. Ben yukarı çıkıyorum."

"Hayır, sen de geliyorsun," diyorum kararlılıkla. "Dördümüz birlikte gezintiye çıkacağız."

"Beşimiz birlikte," diyor annem ve Jack'i sepete koyuyor.

Azize Anna'nın yanından geçerken aniden duruyorum.

"Aklını mı kaçırdın sen? Neredeyse üstüne çıkıyordum!" diye kükrüyor Mia arkamdan.

"Çabucak bir şeye bakıp geliyorum," diyorum. Bisikletimi kilisenin duvarına dayayıp ana girişe ulaşmak için kilisenin çevresini dolanıyorum.

Bugün kapı açık. İlahi kitaplarını toplayan yaşlıca bir hanım beni sıraların arasında koşarken görünce bana şaşkın şaşkın bakıyor.

"Bir şey düşürdüm de."

Vazodaki glayöllerin rengi pembe. Mihrabın önündeki zemini inceliyorum. İşte! İki Avroluk madeni para. Parayı yerden alıp cebime sokuyorum. Şansım yaver gitti. Geç kalsaydım, dün geceden kaldığına emin olamazdım, biri gün içinde de düşürmüş olabilirdi.

Çaydanlık mumlarının dizili olduğu sehpanın yanından geçerken bir an duraksıyorum, sonra az önce cebime soktuğum parayı kutunun deliğinden içeri atıyorum. Dört çaydanlık mumu tam olarak iki Avro yapar. Sevgili Tanrı'ya borçlu kalmak olmaz.

Kucağında ilahi kitaplarını tutan kadıncağız bana bakıp kalıyor. Kiliseden dışarı koşarken bakışlarını arkamda hissediyorum.

Babamla annem bana tıpkı kilisedeki hanım gibi şaşkın şaşkın bakıyorlar, ama hallerinden bana hiçbir şey sormamaya karar verdikleri anlaşılıyor.

"Artık gidebilir miyiz?" diye sormakla yetiniyor babam.

Babam her zamanki gibi ana caddeden gitmiyor, küçük, gölgeli yan sokaklardan, demiryoluna yakın ara yollardan, kasvetli altgeçitlerden, köprülerden gidiyor.

"Yolumuzu uzatıyoruz!" diye sesleniyor annem arkadan.

"Yolu uzatmak insanın yer bilgisini artırır!" diye karşılık veriyor babam.

Saatime bakıyorum. Saat yarım. Umarım tam zamanında orada oluruz. Ama insan hep tam yolunu kaybettiğini düşündüğü anda hedefe ulaşır. Babamla birlikte bisikletle gezmeyi seviyorum.

"Gül bahçesine gitmez miyiz?" diye soruyor annem, bisikletlerimizi zincirledikten sonra. "Orası çok güzel gölgedir şimdi."

"Ben su kıyısını yeğlerim," diyorum.

"Orada şimdi kesin sivrisinek vardır," diyor Mia ters ters. Geldiğine pişman olduğunu anlıyorum.

Salkım söğüdün altındaki bankımıza bir çift oturmuş. Ne kadar ayıp! Bir de utanmadan öpüşüyorlar.

Annem tam daha ileride bir banka gitmeye yeltenmişken çift kalkıp el ele uzaklaşıyor.

Mia'yla ben bunu görür görmez otomatiğe başlamış gibi ilk oturanlar biz olalım diye banka koşuyoruz. Eskiden hep yarışırdık, önce banka oturan, salkım söğüdün dalları arasına saklanacak şekilde oturma hakkını elde ederdi. Mia'nın kazanmasına izin veriyorum, ne de olsa Kevin'in suya düşüp düşmediğini görmek için görüş açımı iyi ayarlamalıyım.

Ama Mia da söğüdün altında oturmak istemiyor. "Dallarda kesin börtü böcek vardır," diyor. Eskiden bundan rahatsız olmazdı.

Dördümüz de banka oturuyoruz. Jack de bankın altına çöküp kumu eşeliyor.

Babam bir gurme dergisini açıp okumaya dalıyor, Mia yüzüncü kez en sevdiği ayakkabı markasının kataloğunu incelemeye koyuluyor.

"Bir şey içmek isteyen var mı?" diye soruyor annem ve babamın sırt çantasından bir şişe su çıkarıyor.

"Önce ben," diyor Mia. "Freddy hep salyasını bulaştırıyor."

Dirseğimle Mia'yı dürtüyorum ve tam bir şey söylemek üzereyken, Kevin'le annesinin geldiğini görüyorum. Annesi oyuncak gemiyle kumandasını Kevin'in eline tutuşturup banka oturuyor ve dergisini açıp okumaya koyuluyor.

"Siyah kırmızı kareli olanları mı yoksa beyaz mavi noktalı olanları mı alsam?" diye soruyor Mia ve bir çift sıradan kumaş ayakkabıyı gösteriyor.

"Neyle giyeceğini iyi düşün," diyor annem. Mia anneme sanki çılgınca bir şey söylemiş gibi bakıyor.

"Konu o değil ki. Denise siyah beyaz karelileri, Hanni mavi yeşil noktalıları aldı, şimdi biz de bana hangi kareliyi ya da hangi noktalıyı alacağımızı düşünüyoruz."

"Kışın da yazın da hep aynı spor ayakkabılarla dolanmanı hiç sağlıklı bulmuyorum," diyor annem milyonuncu kez.

"Ayakların dümdüz oldu."

"Ayrıca kokuyorlar da," diye ekliyorum.

"Vın, vıın!" diye Kevin'in bir ördek topluluğunun üzerine doğru saldırıya geçen savaş gemisinin sesi geliyor.

"Sizin bir şeyden anladığınız yok!" diye tıslıyor Mia.

"Fikrimi sorarsanız, ben asıl basit bir çift spor ayakkabıya altmış Avro para vermeyi hiç akıl kârı bulmuyorum," diyor babam.

"Öyle mi? Peki, senin bütün mutfağı kokutan o tuhaf siyah renkli yer mantarın ne kadar tuttu?" diye karşılık veriyor Mia.

Ördekler yüksek sesle çığırarak havalanıp suyun öte yanında yeniden suya konuyor. Babam bir an gözünü dergisinden kaldırıyor. "O ufaklık orada ne yapıyor?"

"Ahmak çocuk ne olacak!" diyor Mia. "Zavallı ördekler!"

Babam dergisini kapatıp ayağa kalkıyor.

"Otur oturduğun yere karışma, olay çıkmasın," diyor annem.

Tam o anda gemi ruhunu teslim ediyor ve suyun üzerinde bize doğru sürüklenmeye başlıyor.

"Hah şahane, işler kendiliğinden yoluna giriyor," diyor babam ve yerine oturuyor.

Birdenbire Kevin karşımızda bitiyor.

"Gemim orada kaldı," diyor Kevin babama ve parmağıyla gemisini gösteriyor. "Onu benim için alır mısın?"

"Daha çok beklersin," diyor babam. "Niye alacakmışım, zavallı ördekleri korkutasın diye mi?"

"Ama o çok pahalı, baba dedi ki onu bosarsam beni dövücekmiş."

Annemle babam birbirlerine bakıyor.

"Geminin pilleri bitmiştir," diyor annem.

Kevin hiç oralı olmuyor, yalnızca babama bakıyor. "Sen alırsın, di mi?"

"Ancak düşünde görürsün gemini kurtardığımı," diyor babam.

Yavaş yavaş Kevin'e içim acıyor, görünüşe göre yalnızca budala bir annesi yok, üstüne bir de budala bir babası var.

"Bak arkanda bir dal var," diyorum. "Gel Mia, gemiye yetişebiliyor muyuz bir bakalım."

Mia bana "sen kafadan kontak mısın" hareketi yapıyor. Kafadan kontak olmayıp da ne olacağım? Dalı alıp kıyıya gidiyorum. Dalı suya atacağımı sanan Jack bankın altından çıkıyor. Jack heyecanla çevremde dönüp duruyor.

Öne doğru eğilip dalla gemiyi yakalamaya çalışıyorum, ama dal kısa geliyor.

"O iş öyle olmaz," diyor babam. "Bekle de seni tutayım."

Babam beni tutarken iyice öne doğru uzanıyorum. Tam gemiye ulaşıyorum, dal gemiye değiyor, gemi daha uzağa kaçıyor.

"Aman ne hoş," diyor Mia. "Şimdi ne işe yaradı sizin bu yaptığınız?"

Kevin çığlık çığlığa bağırmaya başlıyor. "Gemim, gemim!"

Jack havlıyor ve koluma yapışıyor. "Bırak Jack!" diye bağırıyorum, dal elimden kayıyor, dengemi kaybediyorum ve suya düşüyorum. Yalnızca ben değil. Babam da peşimden. Babam ağzına gelen suyu geri püskürtüyor, Jack suyun içinde debelenmeye başlıyor, Mia ve annem kıyıda durmuş kahkahadan kırılıyorlar.

Babam bir iki sağlam kulaç atıp gemiyi yakalıyor ve önünde, iterek kıyıya getiriyor. Sonra sudan çıkıp ıslak bir köpek gibi silkeleniyor.

Babam gemiyi Kevin'in eline tutuşturuyor. "Al, ama bir daha sakın hayvanları korkutma bununla."

"Ama bu kırılmış," diyor Kevin. "Gemimi bosdun!"

"Gemini geri alabildiğine sevin bence," diyor babam.

"Anne! Anne!" diye çığlık atıyor Kevin. "Gemimi bosdular!"

Kevin'in annesi sigarasını söndürüp bize doğru geliyor. "Ne oluyor burada?"

"Eşim oğlunuzun gemisini sudan kurtardı," diyor annem ve bir el hareketiyle babama sakin olmasını salık veriyor.

"Ee, şimdi de kırıldı mı yani?"

"İşte bak! Topu kırılmış! Bu bir savaş gemisiydi!" diye ağlamaya başlıyor Kevin.

"Bu şeyin ne kadar tuttuğunu biliyor musunuz? Yüz Avrodan fazla!"

"O zaman ileride oğlunuza daha ucuz ve daha barışçıl bir oyuncak alırsınız siz de," diyor babam bir yandan kollarına yapışan yeşil çamuru silerken.

"Umarım sağlam bir sigortanız vardır," diyor Kevin'in annesi. "Yoksa olay çıkacak."

Bu arada bir sürü insan çevremizde toplanıyor. Muhabir de aralarında.

Babamı sırılsıklam gömleğinden çekiyorum. "Hadi gel baba, eve dönelim."

Babam kolumu yana itiyor. "Olay çıksın bakalım kimin başı ağrıyor?"

"Bu sizinkisi mala zarar vermek!" diye tıslıyor kadın.

"Ceza Yasasının 303. maddesi," diyor kalabalığın içinden bıyıklı kısa boylu bir adam. "Bir avukat gerekirse, işte buyrun kartım!" Adam Hawai desenli gömleğinin cebinden iki kartvizit çıkarıp bir tanesini Kevin'in annesine, bir tanesini babama uzatıyor.

Muhabir cep telefonunun düğmesine basıp duruyor. Bir an önce gitmek istiyorum, bir şekilde her şey yine ters gitti.

"Ben yalnızca oğlanı boğulmaktan kurtarmak istemiştim!" diye bağırıyorum.

"Hadi oradan küçük kız, abartma sen de," diyor muhabir. "Oğlanın boğulacağı falan yoktu, yalnızca gemisi zor durumdaydı ve bu bey de gemisini sudan kurtardı. Her şeyi gördüm."

"O benim gemimi bosdu!" diyor Kevin.

"Aslına bakılırsa bunun kanıtlanması gerekir," diyor kel kafalı adam.

"Siz kimin tarafındasınız kuzum?" diye dikleniyor Kevin'in annesi.

"Beni tutan kişinin tarafındayım," diyor kel kafalı adam ve gülümsüyor.

Bunun üzerine herkes bağırıp çağırmaya başlıyor.

"Ayıp ayıp!" "Hukuk devleti bu mu?" "Parayı veren düdüğü çalar, öyle mi?"

Annem eşyalarımızı babamın sırt çantasına sokuyor, Jack'in tasmasını bağlıyor ve sessiz sedasız oradan sıvışıyoruz.

"Müthiş bir gezintiydi!" diyor Mia, ters ters. "Şu halini görebilmeni isterdim, Freddy. Saçında sihirli yeşil ışıltılar var."

"Bizi eve gidip kendimizi duşa sokmak paklar ancak," diyor babam.

"Ama lütfen bu sefer yolu uzatmayalım," diyor annem.

Ana cadde boyunca pedal çeviriyoruz, Dondurmacı Cortina'ya da uğramıyoruz, kimsenin iştahı kalmadı. İlk kez yarın da Pazar olacağı için seviniyorum. Bütün bu olup bitenlerin Pazartesi günü büyük olasılıkla babamla benim fotoğraflarım eşliğinde gazetede çıkacağı konusunda tasalanmaya gerek yok. Bir şey kesin: Bir daha hiçbir güç beni sarayın bahçesine götüremez. O korkunç Kevin'le kendisinden daha korkunç annesinin başına neler geleceği umurumda değil.

Dört yol ağzına geldiğimizde, Daniel'le Zoé bisikletle bize doğru geliyorlar. Bu sefer saklanmak için zamanım olmuyor. Zaten artık saklanmak istemiyorum.

"Selam Daniel," diyorum yüksek sesle.

"Merhaba," diyor Daniel ve olduğu yerde kalıyor. Yüzü öyle bir hal alıyor ki, gören iç çamaşırıyla tuvalette yakalanmış sanır.

"Selam Freddy. Sana neler oldu böyle?" diye soruyor Zoé.

"Biz eve doğru devam ediyoruz," diyor annem ve ben de başımla tamam diyorum.

"O sizin köpeğiniz mi?" diye soruyor Zoé. "Çok şekermiş. Benim de böyle bir köpeğim olsun isterdim."

"Şimdiye kadar hiç bisiklete binen bir köpek görmemiştim," diyor Daniel. "Gerçekten harika bir şey."

Ama ben Daniel'le köpek hakkında konuşmak istemiyorum.

"Eee, Waldsee güzel miydi bari?" diye soruyorum öfkeyle.

"Göle gittiğimi de nereden çıkarıyorsun?" diye soruyor Daniel.

"İkinizin göle gittiğinizi," diye düzeltiyorum. "Yoksa Zoé o aptal timsahı zevk olsun diye mi yanında gezdiriyor?" Zoé'nin sırt çantasına bağladığı plastikten yeşil timsahı gösteriyorum, timsah biraz sönmüş, pörsümüş gibi görünüyor gözüme.

Daniel pancar gibi kızarıyor ve böyle kızarması kesinlikle yalnızca sıcaktan değil.

"Biz... Ee... Biz orada karşılaştık," diye kekeliyor Daniel ve yardım ister gibi Zoé'ye bakıyor. "Değil mi, Zoé?"

Zoé ağzını açıp bir söz edinceye kadar bağırıyorum: "Yalan söylüyorsun. Fare suratlıya âşık oldun! Seni gidi aptal şey!"

Sonra bisikletime atladığım gibi pedallara basıyorum. Gözyaşlarım yanaklarımdan akıyor. Daniel'in ağladığımı görmediği iyi oldu. Şimdi ikisinin ne konuştuklarını bilmeyi çok isterdim. Acaba arkamdan gülüyorlar mıdır? En iyisi yarı yoldan dönüp yanlarına gitmek olurdu, ama bunu yapmıyorum.

Bisikletimi apartman kapısının önünde bırakıyorum, ama bu sefer kilitliyorum. Bayan Haferkamp yarı beline kadar pencereden sarkmış, dudaklarını öfkeyle büzüştürerek bana bakıyor.

"Annenle babana yarın zabıtayı arayıp onları şikâyet edeceğimi söyleyebilirsin," diyor Bayan Haferkamp. "Bu sabah köpeğin kakasını toplayıp çöpe atmadılar. Köpek dışkılarını temizleme yükümlülüğü diye bir şey var!" Bayan Haferkamp dibinde köpek kakası duran kayın ağacını gösteriyor. Canım nasıl da o kakayı alıp onun posta kutusuna ya da başka bir yere koymak istiyor, ama sonra evi aklıma geliyor, fazla tatlı meyve şurubu, zavallı düğün fotoğrafı ve kanepenin üzerinde duran kıl kaplı battaniye.

"Bana bir naylon poşet verebilir miydiniz?" diye soruyorum. Bayan Haferkamp'ın gözleri kocaman oluyor, ağzı bir karış açılıyor ama pencereden kayboluyor. Geri geldiğinde pencereden bana bir naylon poşet uzatıyor.

Jack'in kakasını alıyorum, en azından o kakanın Jack'in olduğunu umut ediyorum, kakayı sokak lambasının direğine asılı olan çöp kutusuna atıyorum.

"Aferin sana, sen söz dinleyen bir çocuksun," diye övüyor beni Bayan Haferkamp.

"Teşekkür ederim," diyorum. "Size hayırlı Pazarlar."

Merdivende Mia'yla karşılaşıyorum. "Başımıza gelenleri anlattığımda Hanni'yle Denise kesin kahkahadan kırılacaklar," diyor Mia.

"İyi o zaman, size iyi eğlenceler," diyorum.

Evde aynada kendime bakıyorum ve halimden ürküyorum. Beyaz tişörtüm küflenmiş gibi duruyor, yanaklarımda yukarıdan aşağıya birer yeşil çizgi iniyor. Burnumun ucunun derisi soyuluyor. Acaba Zoé'yle Daniel ne düşündüler? Biyolojik çöp varilinden çıktığımı mı?

Banyoda üzerimdekileri çamaşır sepetine atıp duşu açıyorum.

Ilık su sırtıma geliyor, o sırada annem içeri giriyor. "Vero telefonda, onu az sonra arayacağını söyleyeyim mi?"

"Hayır, işim bitti bile."

Annem bana bir havlu uzatıyor. "Saçın ne olacak peki?"

"Sonra yıkarım."

"Merhaba Freddy!" diyor Vero. "Niye günün ortasında duş alıyorsun?"

"Yalnızca biraz serinlemek istemiştim."

"İtalya'da havanın ne kadar sıcak olduğunu tahmin bile edemezsin, buranın sıcağı oranın sıcağı yanında ne ki?"

"Bana bu kadarı da yetiyor."

"Bu sıcaklar yüzünden okul kesin yarın tatil olur."

Vero'ya yarın olmayacağını söylemek istiyorum, ama sonra boş veriyorum.

"Baksana, büyükanneme gitmem gerekiyor, öncesinde sana uğrayayım mı?"

"Harika olur!" Vero gerçekten sevinmişe benziyor.

"Gelirken dondurma getiririm. Parça çikolatalı dondurma ister misin? Yoksa son zamanlarda yiye yiye bıktın mı?"

"Çikolatalı dondurmayı yeğlerim."

Bisikletle Cortina'ya gidip iki waffel alıyorum. Vero için çikolatalı, benim için vişneli, yoğurtlu. Şimdi bunlar erimeden Vero'lara varmak için elimi çabuk tutmalıyım. Ama elinde iki dondurmayla bisiklet sürmek hiç de kolay bir iş değil. Hiç durmadan damlıyor. Arada elimi kolumu yalamaya çalışıyorum ve bu sırada saçıma dondurma bulaştırıyorum. Sonunda duruyorum ve vişneli yoğurtlu dondurmamı çabucak yiyorum.

Vero'ların apartman kapısının önünde Vero'nun dondurmasını sol elime alıp dondurma bulaşan sağ elimi şortuma siliyorum. Hiçbir şey değişmiyor, elim yapış yapış kalıyor. Kulenin tepesindeki rüzgârgülü hiç kıpırdamıyor. Yaprak oynamıyor. Altın renkli ad levhasını kirletmek istemediğim için dirseğimle zile basıyorum.

Ben beş kat merdiveni tırmanıncaya kadar çikolatalı dondurma vıcık vıcık oluyor.

Göğsünde kırmızıyla "Ciao Ciao" yazan bembeyaz tişörtünü giymiş olan Vero, dondurmayı parmaklarının ucuyla alıyor.

"Bunun yenecek bir hali kalmamış galiba," diyor Vero ve elindekini iğrenerek süzüyor.

"O zaman at gitsin!" diyorum. "Ellerimi yıkayabilir miyim?"

Konuk tuvaletine gidiyorum. Bu tuvalet hep greyfurt kokar. Şu tuvalet parfümlerinden var. Ben bu kokuyu seviyorum, ama babam bizde banyoya böyle bir şey koymak istemiyor. Yapay kokuya karşı bir şeyi var.

Vero dondurmayı çöpe atmış, o da ellerini yıkıyor.

"Bunu nereye asayım?" diye soruyorum, elimi düzgünce katlanmış uçuk yeşil havlulardan birine sildikten sonra.

"Çamaşır sepetine at," diyor Vero.

"İyi de yalnızca bir kez kullandım!"

"Konuk havluları her zaman yalnızca bir kez kullanılır," diyor Vero hafifçe burnu havada bir şekilde ve kendisine temiz bir havlu alıyor.

Vero'nun odasında yatağının üzerine oturup duvara dayanıyorum, başım da duvara değiyor. "Kuzey Denizi'nde neler olup bittiğini merak ediyor musun?" diye soruyorum.

"Sen benim tatilimin nasıl geçtiğini merak ediyor musun?" diye soruyor Vero karşılık olarak.

"Çoktan biliyorum ki."

"Hadi oradan," diye ateş püskürüyor Vero.

"Bronzlaştın, tonlarca parça çikolatalı dondurma yedin, kendine pahalı tırnak cilası aldın..."

"Dikkat et, duvarı kirleteceksin," diye sözümü kesiyor Vero.

Başımı kaldırıyorum. Beyaz duvarın üzerinde tek bir toz zerresi bile yok.

"Duvarı kirletmiyorum!"

"Kirletiyorsun, saçların yağlı, duvarda iz yapacaksın."

Yataktan ayağa fırlıyorum. "Saçlarım yağlı değil, biraz nemli, tamam, ama temiz. Saçımı daha yeni yıkadım!"

"Ne zaman?" diye soruyor Vero ve pembe, çiçekli yatak örtüsünü düzeltiyor.

"Cumartesi günü."

"Dün mü? Öyle diyorsun, ama saçın hiç de temiz görünmüyor."

Vero elbette haklı, saçım çok da temiz değil, su birikintisindeki zorunlu banyodan Vero'ya hiç söz etmemeyi yeğliyorum.

"Ne yapayım yani? Burada hiçbir şeyi kirletmemek için saçlarımı mı kazıyayım?"

"Nerede sende o cesaret?" diyor Vero ve ellerini beline dayıyor.

"Bana bir makas ver de gör bakalım var mıymış bende o cesaret! Bahse var mısın?"

"Varım, saçını kesemezsin!"

"Nesine?" diye soruyorum.

Vero pembeli altın yaldızlı bir kutuyu açıp içinden bir banknot çıkarıyor. "Beş Avrosuna bahse girelim."

"On yap sen onu," diyorum. "Saçımı kestiğime değsin bari."

Vero'nun komodininin üzerindeki pembe çerçeveli aynada kendime bakıyorum. Dört haftadır uzattığım saçlarımın her yeni milimetresine seviniyordum. Saçlarımı artık arkadan toplayabiliyordum. Şimdi kesecek miyim? Olsun, yarın sabah uyandığımda saçım nasılsa eskisi gibi olacak.

Vero bana bir makas uzatıyor. Parmaklarımın arasına bir tutam saç sıkıştırıyorum, gözlerimi kapatıp kesiyorum. Sonra bir tutam, bir tutam daha. Kesiyorum, kesiyorum. Sonra gözlerimi açıyorum. Korkunç görünüyorum. Yolunmuş gibiyim. Sol kulağımın üzerinde koskoca bir oyuk açmışım. Derin bir nefes alıyorum. "Ee? On Avronu alıyor muyum?"

Parayı ne yapayım? Bugün hepsini harcamam gerek, yoksa yarın Vero'nun define sandığına geri dönmüş olacak.

Vero gözlerini benden alamıyor, bir şey söylemeden on Avro'yu bana uzatıyor.

"Çocuklar, bu sıcakta susamış..." Vero'nun annesi oda kapısında duruyor. "Üstüme iyilik sağlık, sana ne oldu böyle?"

"Vero saçımı kesemeyeceğime on Avrosuna bahse girdi."

Vero'nun annesi meyve suyu bardaklarının bulunduğu tepsiyi öyle bir hiddetle masaya koyuyor ki, bardaklar şangırdıyor. "Daha neler artık, galiba bu sefer annenle konuşmam gerekiyor, Frederike. Biz böyle bir şeye asla göz yummayız. O on Avroyu bana ver lütfen."

"Ama bahsi kazandım!" diye direniyorum.

"Bizim evde parayla bahse tutuşulmaz!" Vero'nun annesi parayı elimden kapıyor. "Bunun sonu nereye varır? Bugün on Avroya saçını kesiyorsun, yarın yüz Avroya parmağını kesmeyeceğin ne malum?"

"Ama saç yeniden uzar," diyorum. Ne kadar zor uzadıkları konusuna hiç girmiyorum.

Savunmam bir işe yaramıyor. Vero'nun annesi parayı Vero'nun define sandığına geri koyuyor, define sandığını da yanına alıp odadan çıkıyor.

"Ama bu haksızlık!" diyorum.

"Annem haksızlık etmez," diyor Vero. "Sen kafadan çatlaksın ve..."

"Ben hiç de kafadan çatlak değilim!" Hoş, ilk kez bundan

o kadar da emin değilim. Şu son beş gündür yaşadıklarım delilik değil mi? Belki de basbayağı aklımı kaçırdım, ama farkında değilim.

"Ve ben kafadan çatlak bir arkadaşım olmasını istiyor muyum bilmiyorum," diye sözlerini tamamlıyor Vero.

"Ben de bana sürekli yaşamındaki her şeyin ne şahane olduğunu anlatan, bir kez olsun benim nasıl olduğumla ya da benim başıma gelenlerle ilgilenmeyen, çünkü umurunda olmayan bir arkadaş istemiyorum!" Son sözcükleri neredeyse haykırıyorum. Sonra içimden ağlamak geliyor ve Vero'nun odasından koşarak çıkıyorum. Evin kapısını menteşelerinden sökercesine açıp merdivenlerden aşağı koşarak iniyorum. Yerinden çıkan demir halı çubuğuna takılıyorum ve son anda tırabzana tutunup merdivenlerden yuvarlanmaktan ucuz kurtuluyorum.

Ancak sokağa çıkınca duruyorum. Niye böyle dedim ki? Çok basit, çünkü böyle düşünüyorum, başından beri böyle düşünüyordum, ama söylemeye cesaret edemiyordum. Ama olsun. Nasılsa yarın kimse benim bugün ne yaptığımı ya da söylediğimi anımsamayacak. Bu gerçekten çok iç rahatlatıcı.

Gözlerimi silip bisikletime biniyorum. Yarın Vero'ya deniz kabuğunu getiririm, pembe cilalı tırnaklarını beğenirim, anlatacağı her şeyi dinlerim, sonra yine birbirimizin en iyi arkadaşı oluruz. Ama bunu gerçekten istiyor muyum? Yeniden ve yeniden bana tatilini anlatmasını dinlemek istiyor muyum? Hayır, ama yapacak bir şey yok, o benim tek arkadaşım. Sonuçta hiç arkadaşım olmamasındansa, Vero'nun olması yeğdir.

Hobi evlerine doğru sürüyorum. Ahududular için, ama bir de yaşlı hanıma bir şey sormak istediğim için. Çok uzun zamandır sormak istiyorum, ama sormaya hiç cesaret edemiyorum.

Yaşlı hanım beni karşılamak için bahçe kapısına geldiğinde birbirimizi çok uzun zamandır tanıdığımız duygusuna kapılıyorum, ama onun için ben elbette bir yabancıyım. Yaşlı hanım bana neredeyse kuşkuyla bakıyor. Tabii ya, saçlarım!

"Burada seni daha önce gördüm ben, değil mi?" diye soruyor.

Bir elimi başımda gezdiriyorum ve gözlerimi deviriyorum. "Evet, ama bu saç kesimiyle değil. Bir bahsi kaybettim de."

"Aman bahis olsun, başka kötü bir şey olmasın da," diyor ve gülüyor.

Mavi banka oturmama izin veriyor ve bana bir bardak mürver şurubuyla maden suyu getiriyor.

İçecekten bir yudum alıyorum. "Kendiniz yaptınız, değil mi?"

Sebze tarhının yanındaki çalıyı gösteriyor. "Yazın birkaç mürverçiçeği salkımını toplar, şekerle kaynatırım. O da sonbaharda mürver şurubu olur."

"Böyle bir bahçe kesin çok emek ister."

Yaşlı hanım derin bir iç geçiriyor. "Hem de nasıl. Eskiden oğlum çimleri biçmekte bana yardım ederdi. Ama o da belini sakatladı. Bana bahçeyi bir başkasına vermemi söyleyip duruyor. Ama yapamam, veremem bahçemi."

"Peki ben size yardım edersem?"

Yaşlı hanım şaşkın şaşkın bana bakıyor. "Sen mi?"

"Yok yok, yalnızca ben değil. Annem, babam, bir de kız kardeşim var. Ama kız kardeşimi saymayın, o ergenlikte şimdi."

"Ama yine de anlamıyorum."

"Büyükannem huzurevinde yaşamaya başladığından bu yana bir bahçemiz yok, ama bahçeyi çok özlüyoruz. Çok uzakta oturmuyoruz. Arada bir koşu buraya gelip bahçeyi sulayıp çimleri biçebiliriz, bir de köpeğimiz var, küçük bir Terrier."

"Köpekleri severim," diyor yaşlı hanım.

"Biliyorum. Burada arada sırada kahve içeriz, mangal yaparız ya da güneşin altında tembel tembel otururuz."

Yaşlı hanıma bakıyorum. Yaşlı hanım bana bakıyor. Düşünceli. Az sonra bana olmaz diyecek. Yabancıların girmesinin yasak olduğunu falan söyleyecek. Ben de kalkıp gideceğim, büyükanneme bugün ahududu yok. Olsun, yarın alırım ahududuları.

Yaşlı hanım gülümsüyor. "Bu harika bir fikir! Bizim apartmandan bir aileye bahçeyi kullanmak isteyip istemediklerini sormuştum. Ama onların üç küçük çocukları var. Çocuklar gülleri koparmaya ve tarhların içinde yakalamaca oynamaya bayıldılar."

"Biz kesinlikle öyle şeyler yapmayız," diyorum.

Yaşlı hanım ayağa kalkıyor ve az sonra elinde plastik bir kapla geri geliyor. "Bahçede çalışmaya hemen şimdi başlayabilirsin. Bak, o arakadakiler ahududu, hadi git topla."

Kabın içine koyduğum her ahududuya karşılık bir ya da iki tane de ağzıma atıyorum. Yaşlı hanımın yarın bu anlaşmamızı anımsamayacak olması ne yazık, ama artık bahçesini kullanmamıza karşı olmadığını biliyorum. Belki yarın annemi buraya gelmeye ikna edebilirim. Nasılsa sarayın bahçesine bir daha gitmeyeceğim.

Vedalaşırken yaşlı hanım: "Bekle bir dakika," diyor. Kulübeye gidiyor. Geri geldiğinde paslı bir anahtarı elime tutuşturuyor. "Bu, bahçe kapısının anahtarı. Kulübenin içinde değerli bir şey olmadığı için kapısını hiç kilitlemem. Yarın öğleden sonra bahçeyi sulayabilir misin? Benim doktora gitmem gerek. Radyoda bu gece fırtına olacağını söylediler, ama günlerdir aynı şeyi söylüyorlar ve bir şey olduğu yok."

"Okuldan sonra gelirim," diyorum, ama yarın okul olmayacağını ve anahtarın da şortumun cebinde kalmayacağını biliyorum.

Huzurevine doğru pedal çevirirken, şortumun cebindeki anahtarı hissedebiliyorum. Bu çok güzel bir duygu. Anahtar zamanın bir şekilde aktığına, hep bugün değil, yarın da olabileceğine dair verilmiş bir söz gibi.

Huzurevine vardığımda, asansörün aynasında kendimi görmek istemediğim için merdivenden çıkıyorum. Hoş, böyle de saçlarımın ne kadar kısa olduğunu hissedebiliyorum. Kafa derim karıncalanıyor. Büyük olasılıkla kafa derim güneşten yandı. Koridorda Hemşire Elke'yle karşılaşınca, Jack'le olanlar dolayısıyla kıpkırmızı oluyorum ve bir yere saklanmak istiyorum, ama sonra onun olanlardan haberi olmadığı aklıma geliyor.

"Büyükanneni görmeye gelmen ne güzel," diyor Hemşire Elke her zamanki gibi ve tam o anda bana gerçekten bakıyor. "Saçlarına ne yaptın sen öyle bakayım?"

"Önemli bir şey değil," deyip büyükannemin odasının kapısını açıyorum.

Büyükannem bulmacasının üzerine eğilmiş, beni duymuyor. Yanına gidince kucağından televizyonun kumandasını alıp yerine ahududu kabını koyuyorum. Çoğunu çoktan yediğim için önceki seferlerdeki kadar çok ahududu yok kapta. Büyükannem gözlerini koskocaman açıyor.

"Hmm, mis gibi kokuyor! Çileğe bayılırım."

"Onlar ahududu, büyükanne!"

Büyükannem kaba bakıp başını iki yana sallıyor. "Tabii canım, bunlar ahududu." Bir tane alıp ağzına atıyor.

"Onları özel olarak senin için topladım, büyükanne."

"Benim için mi? Sen çok iyi bir çocuksun, sana o kadar kızdığım için üzgünüm."

"Bana kızmadın ki."

Büyükannem kafamda kalan saçı okşuyor. "Saç örgülerini kesmiştin. O güzelim saç örgülerini. Yandaki Marie saçlarını alagarson kestirmişti. Sen de istiyordun, sen zaten hep oğlan çocuğu gibiydin. Annem izin vermemişti. Sonra seni suçüstü yakaladım. Mutfak taburesini banyoda aynanın önüne koymuş, tırnak makasıyla saçlarını tutam tutam kesmiştin, korkunç görünüyordu."

Tahmin ederim. Herhalde ben şu anda ne kadar korkunç görünüyorsam, o da o kadar korkunç görünüyordu.

"Seni ceza olarak süpürge dolabına kapatmıştım," diye anlatmaya devam ediyor büyükannem. "Ve sen örümceklerden o kadar korkardın ki."

Örümceklerden benim de ödüm kopar, hem de nasıl!

"Bağırıp çağırdın, kapıya vurdun, sonra durup yalnızca ağladın. Özür dilerim." Büyükannem ellerimi tutuyor. "Öyle yaramaz bir çocuktun ki, sana göz kulak olmak çok zordu."

Büyükannem bir ahududu daha alıp pencereden dışarı bakıyor.

Bir süre sonra soruyorum: "Sen Leni'yi çok seviyordun, değil mi?"

"Hem de nasıl, küçük kız kardeşimi çok seviyordum. Beni hep güldürürdü. Birdenbire, Friedchen Teyze'nin mutfağında, yanında bir inekle bitmesini asla unutmayacağım. Friedchen Teyze korkudan bayıldı. Leni hayvanları çok severdi. Daha üç yaşındayken sütçü beygirinin kuyruğuna asılarak sırtına çıkmıştı, sonunda beygirin sırtına kurulduğunda gözleri ışıl ışıl parlıyordu."

Büyükannem bana bakıyor. Gözleri yine kızarmış. Ağlamasını istemiyorum.

"Onu öyle özledim ki. Onu hâlâ çok özlüyorum. Leni güldüğü zaman ağzı gerçekten kulaklarına varırdı." Büyükannem ağzının kenarlarını parmaklarıyla kulaklarına kadar çekiyor.

Gülmekten kendimi alamıyorum.

"Sen de aynı onun gibi gülüyorsun," diyor büyükannem.

"Okumayı sever miydi?" diye soruyorum.

Büyükannem başını iki yana sallıyor. "Hayır. Kitap kurdu olan bendim. Leni yerinde duramazdı. Hep dışarıda oynardı. Oyuncak bebekleri sevmezdi. Bir keresinde Noel'de bir bebek evi armağan etmişlerdi. Büyükbabamız kendi yapmıştı, büyükannem de perdelerini dikmişti. Gerçekten yanan lambaları bile vardı. Peki Leni ne yaptı? Hepsini fırlatıp attı, masaları, sandalyeleri, minicik bebeğin içinde uyuduğu beşiği, hepsini. Sonra iki odayı samanla doldurup yavru atını içine yerleştirdi."

"Ona kızmıştın kesin, değil mi?"

"Bebeğin kafasını kopardı," diyor büyükannem. "Annem de Leni'yi bir güzel patakladı. Doğal olarak beni de, ona göz kulak olmadığım için."

Abla olmak her zaman kolay bir şey olmasa gerek. Mia'nın karnavala kötü peri kılığında katılmak istediği zaman onu nasıl çileden çıkardığımı anımsıyorum. Annem ona üzerinde gümüş rengi büyük yarasalar olan siyah saten bir kumaş almıştı. Kumaşı gizlice alıp odama çekilmiş, yarasaları teker teker kesip çıkarmıştım. Annemin üzerinde mavi çiçekler olan pembe pamukludan başka kumaşı kalmadığı için sonunda Mia karnavala iyi peri olarak katılmıştı. Tamam, o zamanlar beş yaşındaydım, ama yine de yaptığım hiç de hoş bir şey değildi.

Kapı açılıyor ve Hemşire Elke akşam yemeği tepsisiyle içeri giriyor.

O zavallı ekmek dilimlerini, kenarları kıvrılmış salamı ve kurumuş peyniri görünce, çabucak diyorum ki: "Büyükanneme bunları vermenize gerek yok, bugünkü akşam yemeğini biz halledeceğiz."

Hemşire Elke gözlerini koskocaman açıyor. "Demek eski köye yeni âdet getiriyorsunuz, ama bana bunu keşke daha önceden söyleseydiniz." Hemşire arkasını dönüp gücenmiş bir halde kapıya yöneliyor.

Büyükannem bana şaşkın şaşkın bakıyor. "Ama size gelemem, biliyorsun, kalça kemiğim yüzünden."

"Biliyorum, ama biz sana bir şeyler getirebiliriz. Bugün babam o harika yemeklerinden birini pişiriyor, senin de beğeneceğinden eminim."

Yemeği babamın pişirdiğini özellikle söyledim. Nedendir bilinmez, büyükannem annemin pişirdiği hiçbir şeyi yemez. Büyükannemin evinde kaldığımız zamanlarda, üçüncü günden sonra anneme patates yemeğinden gına gelir, salata ya da sebze gratenleri yapmaya başlardı. Büyükannem asla onlardan yemezdi ve annem öfkesinden kudururdu.

"Çok mu açsın?" diye soruyorum.

Büyükannem başını iki yana sallıyor. "Daha yeni yedik."

Büyükannemi yanağından öpüyorum. "O zaman, az sonra görüşmek üzere, büyükanne."

İçim rahatlamış bir halde merdivenleri koşarak iniyorum ve giriş holünü geçiyorum. Büyükanneme patates köftesinden ve bıldırcınlardan birer parça getirmeyi neden daha önce akıl edemedim ki? Biz ne zamandır hep aynı şeyi yemekten sıkılmıştık. Yalnız bu sefer bıldırcınların yanmamasına dikkat etmem gerek.

Saatime bir göz atınca elimi çabuk tutmam gerektiğini kavrıyorum.

Evin kapısını açınca havayı kokluyorum. Duman yok, is yok, yemek kokuyor, ama yanmamış yemek.

"Bıldırcınlar fırında mı?" diye sesleniyorum.

Babam sırtı bana dönük bir şekilde fırının önünde duruyor ve bana dönüyor. "Şimdi daha yeni..." Sözlerine devam etmiyor ve bakışlarını bana dikiyor.

Hâlâ bir tane patates rendelemekte olan annem öylece donup kalıyor ve o da bakışlarını bana dikiyor. Sonra çığlık atıyor: "Frederike! Sen ne yaptın?"

İki elimle başımı kavrıyorum. "Ha, bu mu?" Omuzlarımı silkiyorum.

Annem dosdoğru üzerime geliyor. "Korkunç görünüyorsun hayatım, bunu nasıl yaparsın?"

"Yine uzar nasıl olsa," diyorum.

"Tamam da bunu yaparken aklından ne geçiyordu?" diye soruyor babam.

"Vero benimle iddialaştı," diyorum ve ekliyorum. "Cesaret edemeyeceğimi söyledi."

Annemle babam birbirlerine bakıyorlar. Annem ağzını açıp bir şey söylemeden kapatıyor. Ağzından kaçıracağı ama kaçırmadığı şeyi tahmin ediyorum. "Bu Vero sana hiç iyi gelmiyor, Freddy. Daha önce hiç bu kadar kendini beğenmiş ve bencil bir kız görmedim."

Bir keresinde Vero bizde kaldığında, ertesi gün arkasını toplamamıştı. Ve annem odamı süpürmediğim için beni azarladığında Vero demişti ki: "Bizde o işi temizlikçi kadın yapar." Doğal olarak bu sözleriyle Vero annemin ekmeğine yağ sürmüştü. Annem Vero'ya hiç katlanamıyordu ve ondan başından beri hiç hoşlanmamıştı.

Annem tek söz ederse zıvanadan çıkacağımı bildiği için ağzını açmıyor. O pedagoji kitaplarından birinde çocuklarının arkadaşlıklarına karışmaması gerektiği hakkında bir şeyler okumuş olmalı.

"Peki bu kendini kırpma deneyimi karşılığında ne kadar kazandın?" diye soruyor babam.

"On Avro," diyorum ve Vero'nun annesinin o parayı benden aynen geri aldığını söylemiyorum.

"O parayı alıyorsun ve yarın ilk iş kuaföre gidiyorsun, belki hâlâ bir şeyleri kurtarabilir," diyor annem.

"Olur," diyorum.

"Ve daha odanı da toplaman gerekiyor," diye ekliyor annem.

"Sana söz veriyorum, yarın sabah erkenden odamı derli toplu bulacaksın!" Anneme Kaf dağından kar sözü bile verebilirim, üstelik yalan söylemiş de sayılmam.

"Yemek ne âlemde, baba?"

"Acıktın mı?"

"Hayır, ama huzurevine büyükanneme senin yemeklerinden bir parça götürebiliriz diye düşünmüştüm."

"Niyeymiş o?" diye soruyor annem patateslerin suyunu süzerken.

"Orada akşam yemeği için verdiklerini görseniz aklınız hayaliniz durur," diyorum. "Eminim, hapishanede bile çok daha iyi yemekler veriyorlardır."

Babam ellerini önlüğüne siliyor. "Her ay oraya ödediği parayla ona yalnızca havyar ve şampanya vermeleri gerekirdi."

Fırının yanında dikilip gözümü fırında cızırdayan bıldırcınların üzerinden ayırmıyorum.

"Büyükanneme bir paket hazırlayıp yanına gidelim," diye öneriyorum.

"Hepimiz mi?" diye soruyor annem.

"Evet tabii, hepimiz," diyorum.

"Ama benim daha..."

"Hiçbirimizin bir şey yapması gerekmiyor. Zaten yemekten sonra oturup aptal aptal televizyon seyretmeyecek miyiz?"

Annemin buna karşı söyleyecek bir şeyi yok.

"O zaman ne yiyeceğiz?" diye soruyor babam.

"Pizza yemeğe gideriz!" diye öneriyorum.

Mia'nın odasının kapısı açılıyor. Basların gümbürtüsü duyuluyor, sonra onlara uyumsuz gitar zangırdamaları ekleniyor.

"Pizzadan söz edildiğini mi duydum?" diye soruyor Mia.

Nasıl yaptığını bilmiyorum, ama Mia kapı kapalı da olsa, müzik sonuna kadar açık da olsa her şeyi duyar.

"Sen istersen salata ısmarlayabilirsin," diyorum.

"Daha neler, ben pizzaya bayılırım!" diyor Mia. Sonra beni işaret ediyor. "Ama bence Freddy'yi burada bıraksak daha iyi olur, dışarıda onu bu haliyle bir gören olursa çocuk suiistimalinden tutuklanabilirsiniz." Kapı yeniden kapanıyor.

"Bu gürültüde nasıl açık seçik düşünebildiğini hiç anlamıyorum," diyor babam.

"Düşünebildiğini kim söylüyor ki?" diyorum.

Annem bana sitem dolu bir bakış atıyor. "Tatlı-Ekşi Kulübüyle kısacık buluşup geri döndü, o zamandan beri odasında bir şeyle uğraşıyor, ne olduğunu bana söylemedi."

"Şahane bir şey olmalı," diyorum. Kesin yine sivilceli ve hızmalı bir oğlanın resimlerini duvarına yapıştırmakla meşguldür.

Bu arada bıldırcınlar iştah kabartan bir şekilde kızarıyor. Patates köftesi de çıtır çıtır olmuş.

"Yanımıza tabak çanak da alsak mı?" diye soruyor annem. "Şimdi oradakiler kesin çok çirkindir."

Kenarları altın kaplamalı, güzel tabaklarımızdan iki tanesinin yanında çatalla bıçak da paketliyorum. Annem plastik bir kutuya iki bıldırcın koyuyor, bir diğerine de patates köftesi. Somonlu tartar sosu, boş bir marmelat kavanozuna konuyor. "Tatlıya ne oldu?" diye soruyorum.

"Mus daha donmadı," diyor babam. "Sonraya kalacak."

Annem Mia'nın kapısını çalıyor. "Geliyor musun hayatım, biz hazırız."

Müzik susuyor. "Bir saniye, ben de neredeyse hazırım."

"Biz aşağı inelim, şunları bisiklet sepetlerine yerleştirelim," diyor babam.

Babam evin kapısına yaklaşınca Jack koşarak geliyor ve beklenti içinde babamın üzerine atılıyor.

"Hay aksi, Jack'i unuttuk," diyor annem.

"Onu da alalım olsun bitsin," diyor babam.

"Huzurevine köpek sokmak yasak," diyor annem.

"Ee yani?" diyor babam. "Ne yaparlar? Büyükanneyi kapının önüne mi koyarlar?"

Annem omuzlarını silkiyor. "İyi öyle olsun, ama bir şey olursa, sorumlusu sensin."

Biz her şeyi yerli yerine koyup bisikletleri caddeye çıkarıyoruz. Jack annemin sepetinde hevesle kulakları dikilmiş bir halde oturuyor. Sonunda Mia da aşağı iniyor.

Herhalde makyaj yapmak için bu kadar zamana gerek duydu. Dudakları yapışkan, kırmızı bir maddeyle çizilmiş gibi duruyor. Bu güya dudakları büyüten yeni dudak parlatıcısıymış. Mia'yı gören, birinin onu tokatladığını düşünebilir.

Babam bisikletini elbette huzurevinin demir parmaklıklarına zincirliyor.

"Geçenlerde bekçi bisikletimi oraya bıraktım diye beni azarladı," diyorum ve yasak tabelasını gösteriyorum.

"Beni de azarlamayı denesin de görsün gününü," diyor babam. "Gelin, hepimiz bisikletlerimizi buraya bağlayalım ki, hepimizi toptan azarlayabilsin."

Babamın gerçekten kavgacılığı üzerinde ve mutfağın önünde duran servis arabasındaki yarım yenmiş akşam yemeği tepsilerini görünce hepten köpürüyor.

"Buradaki yaşlılara akşam yemeği diye bunu mu veriyorlar?" diye bana soruyor.

Başımla onaylıyorum.

"Olacak şey değil!"

Hemşire Elke bize doğru geliyor. Önce onu tanıyamıyorum. Onu şu ana kadar yalnızca beyaz önlüğü içinde gördüm. Ama şimdi üzerinde çiçekli bir yazlık elbise var ve saçları açık. Bu haliyle daha genç görünüyor. Ama bu çok uzun sürmüyor. Bizi görünce yüzünü buruşturuyor.

"Bu binaya köpek sokmak yasak!" diyor hemşire.

"Bunu biliyoruz, Hemşire Elke," diyor annem. "Ama kayınvalidemi görmek istiyoruz ve köpeği hiçbir..."

Babam annemin sözünü kesiyor. "Anneme yiyecek bir şeyler getirmemiz gerekti, çünkü burada..." Babam akşam yemeği tepsisini gösteriyor. "Yemeğin pek tadı tuzu yok!"

"Durun orada bir dakika!" diyor Hemşire Elke.

"Neden bu kadar yemek kalmış?" diye soruyor babam.

"Yaşlıların her zaman iştahı olmuyor," diyor Hemşire Elke. Ama bu söylediğine kendisi de pek ikna olmamış gibi.

"Bir iki dilim salatalık, bir tane domates ya da taze herhangi bir şey herkesin iştahını açar, ama burada böyle şeyler varmış gibi gelmedi bana," diyor annem sitemkâr bir şekilde.

Hemşire Elke sıkıntılı bir şekilde çevresine bakınıyor. "Yönetime daha önce de birçok kere sordum, neden arada sırada akşam yemeğine bir kâse salata koymuyoruz diye," diyor hemşire alçak sesle. "Hep 'çok pahalı' deyip geçiştirdiler."

"Ama yenmeyen yiyecekleri çöpe atacak paraları var, öyle mi?" diye soruyor babam ve servis arabasındaki zavallı yiyecek artıklarını işaret ediyor.

Mia'yla ben birbirimize bakıp gözlerimizi deviriyoruz. Annemle babamın haklı olsalar bile böyle ukalalık etmelerine ikimiz de katlanamıyoruz.

"Yönetimle bir kez daha konuşurum," diyor Hemşire Elke.

"Söz mü?" diye soruyor babam.

"Söz."

Kıkırdamaktan kendimi alamıyorum. Yarın hemşirenin bu konuşmanın yapıldığından haberi bile olmayacak.

Hemşire Elke gergin bir şekilde bana bakıyor. "Ama artık bana paydos. İzninizle."

"İyi akşamlar," diyor annem ve asansöre gitmek istiyor.

"Peki köpek ne olacak?" diye sesleniyor Hemşire Elke.

"Bakın ne diyeceğim?" diyor babam. "Jack'le sokağı bir dolanıp gelin, biz de çok kalmayacağız zaten."

Babam Jack'in tasmasını hemşirenin eline tutuşturuyor. Hemşire ağzını açıp da bir şey söyleyinceye kadar biz çoktan asansöre binip kahkahadan kırılıyoruz.

En son büyükannemin doğum gününde hep birlikte onu göremeye gelmiştik. Ve bu da Mayıstaydı. Dolayısıyla saf saf, bizi hep birlikte karşısında görünce sevineceğini sanmıştım, ama odadan içeri girdiğimizde hiç de sevinmişe benzemiyor, daha çok dehşete kapılmış gibi görünüyor.

"Büyükanne, sana yiyecek çok güzel şeyler getirdik," diyorum.

"Hiç aç değilim," diyor büyükannem.

Annem hafifçe öksürüyor. Küçük sehpayı hemencecik büyükannemin koltuğunun yanına çekip tabakları üzerine koyuyorum, çatal bıçağı da tabakların yanına. Sonra bir bardağa su dolduruyorum.

Babam biraz beceriksizce büyükannemin elini okşuyor. "Bugün yemekte gerçekten çok güzel şeyler var." Patates köftesini küçük tabağa koyup yanına somonlu tartar sostan biraz döküyor. Babam taze dereotu bile getirmiş. "Patates köftesi soğudu tabii, ama bu sıcakta çok da önemli değil."

"Benim patates köftelerim hep daha büyük olurdu," diyor büyükannem, ama önündekinden bir parça alıp tadıyor.

Annem pencere pervazında parmağını gezdirip başını iki yana sallıyor. "Burayı hiç temizledikleri oluyor mu acaba?"

Mia, büyükannemin içine mücevherlerini koyduğu kırmızı deri kaplı kutunun kapağını kaldırıyor. Küçükken hep o kutudakilerle oynardık. Kolyeleri bilezikleri takar, yüzükleri parmağımıza geçirmeye çalışırdık, ama hepsi hep çok büyük gelirdi.

Büyükannemin hâlâ taktığı tek yüzük alyansı, ama onu da zaten parmağından hiç çıkarmaz.

Büyükannemin öyle ahım şahım mücevherleri yok. Bilezikleri çok kaba saba, kolyeleri gümüş kopçalı ve çirkin, koyu kahverengi ya da mor taşlarla kaplı.

Mia, eskiden uğruna sürekli kavga ettiğimiz tek kolyeyi eline alıyor. Kolyenin zinciri ince ve oldukça kısa, kolye ucu altın çerçeveli küçük kırmızı bir kalp.

"O Leni'nin kolyesi," diyor büyükanne. "Gel de boynuna takayım."

Büyükannem benden söz ediyor. Yanına gidip sırtımı büyükanneme dönerek eğiliyorum. Kolyeyi boynuma takıyor.

"Yine kaybetme, olur mu?" diyor büyükannem.

"Kaybettim mi ki?" diye soruyorum.

"Komşunun elma ağacına tırmanmıştın, kışın ortasında. Dal kırıldı ve sen de düştün. İki hafta beyin sarsıntısı tanısıyla yattın. Kolyen düşmüştü. Karda aradım ve..."

"Ve?"

"Ve buldum. Kopmuştu. Annem tamir ettirdi. Lehim yeri belli olur."

Parmağımla zinciri boydan boya yokluyorum ve ufacık bir yumru hissediyorum.

Mia bana bakıyor, ama bir şey söylemiyor.

"Yemeği beğendin mi bakalım?" diye soruyor babam.

"Eline sağlık, oğlum. Daha var mı?"

"İyi ki aç değilmiş," diye söyleniyor annem.

Büyükannem üç tane somonlu tartar soslu patates köftesi ve bir doldurulmuş bıldırcın yiyor. "Bu insanın dişinin kovuğunu doldurmaz," diyor ve bir bıldırcın daha alıyor.

"Artık gidip Jack'le ilgilenmemiz gerekiyor diye düşünüyorum," diyor annem. Babam bulaşığı toplayıp torbaya koyuyor ve vedalaşıyoruz.

"Yarın görüşürüz," diyorum.

"Yarın mı?" diyor annem şaşkınlıkla. "Yarın Pazartesi."
Yarın Pazartesi değil. Bir daha asla Pazartesi olmayacak.
Ama bunu şimdi anneme açıklayamam, ben bile neler olduğunu tam olarak bilmiyorum.

Hemşire Elke Jack'le birlikte kapının önünde duruyor. "Bu gerçekten çok cici bir köpek," diyor hemşire ve çabucak ekliyor: "Ama bu, bunu âdet haline getireceğimiz anlamına gelmiyor."

"Merak etmeyin, her ne kadar harika bir köpek bakıcısı olsanız da," diyor babam ve gülümsüyor.

Babam eğer isterse gerçekten çok nazik ve sevimli olabilir. Hemşire Elke babama gülümsemeyle karşılık veriyor ve bisikletlerimizi işaret ediyor. "Ve ileride lütfen bisikletlerinizi başka yere bırakın. Bekçi öfkeden hop oturdu, hop kalktı. Ona bunun acil bir durum olduğunu söyledim."

"Sizi gittikçe daha sempatik bulmaya başlıyorum," diyor babam. Hemşire Elke kıpkırmızı kesiliyor.

"Hadi gel artık," diyor annem. "Benim de gittikçe karnım acıkıyor."

Hem güzel bir bahçesi hem de bir süs çeşmesi olan bir pizzacıya gidiyoruz. Alçıdan yapılma yarı çıplak bir kadın figürü, kucağında ağzından havuza su fışkırtan yağlı bir balık tutuyor. Çeşme basit, adi bir şey, ama su sesinin ferahlatıcı bir etkisi var. Az sonra lezzeti görünüşünden belli olan pizza da önümüze konunca, hepimizin keyfi gerçekten yerine geliyor. Bir kadeh şaraptan sonra babam neşeleniyor, bu halini iyi biliyorum.

"Dinleyin, şu aşçılık yarışmasını kazanınca birlikte bir Venedik yolculuğu yapacağız. *Canal Grande*'nin kıyısındaki o küçük lokantaya otururuz, anımsıyorsun değil mi

Jutta? Kum midyeli spagetti yer, güneşin çan kulesinin ardında batışını izleriz..."

"Olmazsa?" diye soruyor annem.

"Güneş öyle ya da böyle batar, çaresi yok," diyor babam.

"Yarışmayı kazanamazsan, demek istiyorum."

Babam kendine şarap dolduruyor. Ben de bir acı biber turşusunu emiyorum.

"Benimkisini de alabilirsin," diyor Mia cömertçe.

"Bunu başarabileceğime inanmıyorsun," diyor babam ve şarabından koca bir yudum alıyor.

Annem elini babamın koluna koyuyor. "Benim için, bizim için sen dünyanın en iyi aşçısısın, ama..."

"Ama yemeklerimle hepinizin sinirlerini bozuyorum, hadi söylesene!" Babam artık hiç de neşeli değil.

Mia yüzüne düşen bir tutam saçı geriye atıyor. "Ben senin yarışmaya katılmanı istemiyorum," diyor Mia kararlılıkla. "Televizyona çıkmanı, herkesin seni görmesini, herkesin 'Hey, şu sürekli mango katleden adam senin baban değil mi?' diye başımın etini yemesini istemiyorum!"

Mia haklı. Bunu ben de istemiyorum. Vero'nun, hele anne ve babasının bununla ilgili söyleyebileceklerini tahmin edebiliyorum.

Babam tek tek her birimize bakıyor. Sonra tabağını itip sanki yerinden kalkıp gidecekmiş gibi bir hareket yapıyor. Hiçbirimiz ağzımızı açıp tek söz etmiyoruz, hepimiz ona bakıyoruz. Bu kısa, ama korkutucu bir an.

"Lütfen gitme, baba," diyorum yalnızca onun duyabileceği kısıklıkta bir sesle.

Babam yeniden doğru dürüst yerine oturuyor, tabağını önüne çekiyor, deniz mahsullü pizzasından bir dilim kesip ağzına atıyor. Pizzayı çiğniyor, uzun uzun çiğniyor, sonra şarabından bir yudum daha alıyor ve kadehi yerine koyuyor. "Tamam, hepiniz karşı olduğunuza göre, her şeyi unutalım. 100.000 Avroyu unutalım."

Darılmış gibi yapıyor, ama darılmadığını biliyorum. Dahası neredeyse rahatlamış gibi bir hali var. Ben de rahatladım. Artık bıldırcın yok, yine bir sosun kıvamı tutmadığında huysuzluk, huzursuzluk yok. Ama içimin rahatlaması uzun sürmüyor. Ne de olsa yarın her şey yeni baştan başlayacak. Babam yarın, bugün hangi kararı almak için debelendiğini anımsamayacak.

Yüksek sesle, derin derin iç geçiriyorum.

Babam bana acıyarak bakıyor. "Okulun açılacağına hiç sevinmiyorsun, değil mi?"

Yeniden okula gidebilmek için her şeyi, hem de her şeyi verebilirim, ama bunu söyleyemem, dolayısıyla başımı hayır anlamında iki yana sallıyorum.

"Böyle bir durumda insanın dört gözle bekleyeceği bir şeyin olması çok işe yarar," diyor annem. "Bunun ille de Venedik'e bir yolculuk olması gerekmez. Sonbahar tatilini dağlarda geçirmeye ne dersiniz? Çalışma arkadaşlarımdan birinin Bavyera'da bir dağ evi var ve bana daha önce birkaç kez orada tatil yapmak isteyip istemediğimizi sordu. Evin yeri çok güzel. İnsan orada ormanda krallar gibi gezinebilir."

Ormanda gezinmek sözcüklerini duyar duymaz Mia yüzünü buruşturuyor.

"Ve bir de bahçemiz var," diyorum.

"Bahçe mi? O nasıl oluyor?" diye soruyor babam.

"Size bir keresinde hobi evlerinin orada mavi banklı bir bahçe göstermiştim, anımsıyor musunuz?"

"O kokulu gülleri olan bahçe mi?"

"Evet orası. O bahçe yaşlı bir hanıma ait. Gide gele onunla dostluk kurdum. Arada sırada bahçeyi sulayacak birilerine ihtiyacı var. Ahududu ve mürver toplayabileceğiz, mangal yapabileceğiz, şezlonga uzanabileceğiz."

"Bal ve biberiyeye bulanmış, mangalda kızarmış kuzu pirzola," diyor babam ve dudaklarını yalıyor. "Enfes."

"Ama o hanım bizi hiç tanımıyor." Annem kuşkucu yaklaşıyor.

Pantolonumun cebinden anahtarı çıkarıp gösteriyorum. "Beni tanıyor ve bana güveniyor."

"Orada çimleri biçmem gerekecek mi?" diye soruyor babam.

Annem babamın göbeğini çimdikliyor. "Sana iyi geleceğine eminim."

Sanırım düş görüyorum! Annemle babamın böyle bir tepki vereceklerini asla düşünmezdim! "Ama Freddy böyle bir şeyden önce bize sorman gerekirdi" ya da yalnızca "Hayır!" diyeceklerini düşünmüştüm.

Ama kabul ettiler!

Ayağa kalkıp önce annemi, sonra babamı öpüyorum.

"Şahane olacak, göreceksiniz! Orada bir armut ağacı, bir elma ağacı ve ahududu var, yarın okuldan sonra doğrudan oraya gidip sulayacağım..."

Sözlerime devam edemiyorum. Aniden ağzımda ekşi bir tat oluyor ve o tat acı biber turşusundan gelmiyor.

"Ne oldu, ne var Freddy?" diye soruyor annem.

"Anahtar sözcük: Okul," diyor babam.

"Doğrusu, ben çok seviniyorum," diyor Mia. Mia elbette pizzasının yalnızca yarısını yedi, yediği parçanın da yalnızca peynirini didikledi.

"Hanni, Denise ve ben, yarın hepimiz aynı şeyi giyeceğiz ve saçlarımızı da tıpatıp aynı şekilde toplayacağız."

Üçünün de upuzun saçları var, ama Mia'nın saçının en güzeli olduğunu itiraf etmeliyim. Elimi, kırptığım kafamda dolaştırıp iç geçiriyorum.

"Yarın okulda seninle alay edeceklerinden korkmanı anlıyorum," diyor annem.

Keşke en büyük derdim bu olsa.

"Bir bere tak, olsun bitsin," diye sırıtıyor Mia.

"Bu sıcakta mı?" Babam yüzünü buruşturuyor.

"Bu gece fırtına çıkacakmış ve hava iyiden iyiye serinleyecekmiş," diyor annem.

"İnanırsan tabii," diyor babam.

Yemeğimiz çoktan bitmesine karşın orada biraz daha oturup sohbet ediyoruz. Babam "bahçemizde" nelerin ızgarasını yapabileceğini düşünüyor, annem gelecek on yılın tatil planlarını yapıyor, Mia cep telefonunda mesaj üzerine mesaj alıyor ve Jack masanın altında uyuyakalıyor. Kendimi o kadar iyi hissediyorum ki.

"Tatilimizin son günü güzel geçti, değil mi Freddyciğim? " diyor annem, eve döndüğümüzde, ben dişlerimi fırçalarken. Saçlarımı daha doğrusu saçlarımdan geriye kalanı okşuyor.

"Ve bu saçlar yine uzayacak."

"Ah anne," diyorum.

Mia banyoya gelip beni kenara itiyor.

"İlk ben girdim banyoya, çek arabanı!" diyorum.

"Ama ben senden büyüğüm ve söz benim," diyor Mia ve diş fırçasını ıslatıp benim üzerime silkeliyor.

"Eşek kafalı!" diye bağırıp sutyeninin arkasından sapan gibi çekiyorum. Gergin sutyeni bıraktığımda canı yanan Mia çığlık atıyor ve basbayağı boğuşmaya başlıyoruz.

"Çocuklar!" diye sesleniyor annem dışarıdan. "Sürekli kavga etmek zorunda mısınız?"

Ama biz kavga etmiyoruz ki, dövüşüyoruz. Bu çok farklı ve çok daha zevkli.

Sonunda ikimiz de sırılsıklam oluyoruz. Zemin de su oldu. Aynaya diş macunu yapışmış. İkimiz de aynaya bakıp dilimizi çıkarıyoruz.

"Keçi suratlı," diyorum.

"Maymun," diyor Mia.

Çok uzun zamandır bu kadar iyi anlaşmamıştık.

Mia banyodan çıkarken bir kez daha bana dönüyor. Acaba aklına daha iyi bir küfür mü geldi?

Ama diyor ki: "Yastığının altına bir bak bakalım."

Yatağıma hamam böceği mi koydu? Ya da ezilmiş örümcek koymuş olabilir mi? Ama onlardan kendi de çok korkar.

Hayır, yastığımın altında bir bileklik duruyor. Kırmızı, sarı ve turuncu renkli, düğümlerle örülmüş bir dilek bilekliği. Öyle güzel ki.

Kapısını çalmadan Mia'nın odasına dalıyorum.

"Bunu sen mi yaptın?"

Kulaklıkları kulağından çıkarıyor. "Evet."

"Ama nereden biliyorsun böyle..."

"İlkokulda o şeylerden yüz tane falan yapmıştık, nasıl yapıldığını unutmuştum, ama internette bir kılavuz buldum."

"Bileğime takar mısın?" Elimi Mia'ya uzatıyorum.

Dilek bilekliğini bileğime dolayıp iki ucunu düğümlüyor.

"Çok sıkı bağlamadım ki, çabuk düşsün, diğeri gibi yıllarca kalmasın bileğinde," diyor Mia.

"Teşekkür ederim."

"Umarım, işe yarar." Mia kulaklıkları yeniden kulaklarına takıyor. "Hadi şimdi çık odamdan, naş naş."

Yatağıma uzanınca kalp şeklindeki minik kolye ucu boğazıma geliyor. Mia'nın dilek bilekliği de bileğimde hoş bir duygu veriyor. Yarın ikisi de yerlerinde olmayacak. Hiç olmazsa saçlarıma yeniden kavuşacağım, bu işin tek iyi yanı bu. Bu Pazar günü, şu Pazar günleri içinde en heyecanlı, en korkutucu, ama aynı zamanda en güzeli oldu. Yarın bütün sabah yatağımda yatıp televizyon seyredeceğim ya da kitap okuyacağım. Yarın sarayın bahçesini ve her şeyden önce Daniel ve Zoé'yi defterden sileceğim. Öğleden sonra Vero'yu görmeye giderim, belki de gitmem. O zaman yaşlı hanımdan ahududuları alır, büyükannemi görmeye giderim. Büyükannemin bana yine Leni'yi anlatmasını istiyorum, sonra... sonra...

Sonrasında ne olacağını düşünmek için çok yorgunum.

6. BÖLÜM

Gecenin bir yarısı uyanıyorum. Kalbim deliler gibi çarpıyor. Düşümde fırtına çıktığını gördüm. Ortalığı gümbürdeten gök gürültüleri, göz kamaştıran beyazlıktaki yıldırımlar, bardaktan boşanırcasına yağan yağmur.

Başımı kaldırıp karanlığa kulak kesiliyorum. Tık yok. Pencerenin önündeki kayın ağacında yaprak kıpırdamıyor. Amma da saçma bir düşmüş. Yanılıyor muyum yoksa odam biraz serinlemiş mi? Pikeme iyice sarınıp yeniden uykuya dalmayı deniyorum.

"Freddy? Freddy! Kalk!"

Bu bir düş değil. Bu beni omuzlarımdan tutmuş silkeleyen annem.

"Saat çoktan yediyi geçti."

"Beni niye uyandırdın? Bugün Pazar," diye söylenip pikemi başımın üzerine çekiyorum.

"Ne Pazar'ı yahu! Kalk hadi, bugün okul var."

Şimdi uyandım işte. Ama gerçekten uyandım.

Dehşet içinde anneme bakıyorum. "Olamaz!"

Annem gülümsüyor. "Hem de nasıl olur, canım benim."

Annem odamda göz gezdiriyor. "Bana odanı toplayacağına söz vermemiş miydin?"

Her şey dün sabah bıraktığım gibi, çekmecelerimin içindekiler yerlere saçılmış.

Pazartesi! Bugün niye Pazartesi? Elimi kafamda gezdirip çığlık atıyorum. "Böyle okula gidemem. Asla ve asla!"

Annem kapıya yöneliyor. "Bugün öğleden sonra kuaföre gidersin. Yaşlı hanımın bahçesini sulamana gerek kalmadı. Bütün gece yağmur yağdı. Hem de ne yağmak!"

Allak bullak oldum ve içim rahatladı mı yoksa kendimi çaresiz ve bitap mı hissediyorum bilmiyorum.

Bugün Pazartesi ve bir saatten kısa bir süre sonra okul başlayacak. Yoksa bu da bir kâbus mu?

Çabucak yataktan fırlıyorum ve yerdeki kalemtıraşa basıyorum. Acıdan gözlerim yaşlarla doluyor. Hayır, bu kesinlikle bir düş değil.

Mia'nın dilek bilekliği! Yoksa gece düştü mü? Düğümü biraz bollaşmış ama bileklik yerli yerinde duruyor. Ayrıca bugünün Pazartesi olmasını dilemedim ki, tam tersine bugünün yine Pazar olacağına bel bağlamıştım. Tıpkı dün olduğu gibi, ondan önceki ve ondan öncekinden önceki gün ve...

Şortum sandalyenin üzerinde duruyor. Cebine elimi sokup yaşlı hanımın bahçesinin anahtarını çıkarıyorum. Biraz olsun avunuyorum. Anahtarı çalışma masamın üzerine koyuyorum.

Banyoda aynaya bakıyorum. Yandım! Yüzüm düdük gibi ortada kalmış. Saçlarımın o halde kalmayacağından emin olduğum için dün o kadar da dikkat etmemiştim.

Elime bir tarak alıyorum, ama kafamda tarayacak pek bir şey kalmamış. Banyo dolabında Mia'nın kâkülünü kazık gibi yaptığı zamanlardan kalma, yarısı kurumuş bir saç jölesi tüpü buluyorum. Jöleyi saçıma sürüp mıncıklıyorum, sürüp mıncıklıyorum. Sonunda üzerinden araba geçmiş bir kirpiye benziyorum. Tek güzelliğim Leni'nin kolyesi. Öne doğru eğiliyorum. Kalp mini minnacık, bence bana çok yakışıyor.

"Freddy! Kahvaltı!" diye sesleniyor annem. Sanki boğazımdan bir şey geçecek de. Her şey bir bir aklıma geliyor: Daniel'le Zoé'ye söylediklerim. Daniel'in Zoé'ye âşık olduğunu söyledim! Bunu nasıl yapabildim? Şimdi kesin benim kıskandığımı düşünecek. Bir de Vero'yla kavga ettim. Şuracıkta ölsem daha iyi.

Kahvaltı olağan bir hafta içi günde her zaman nasıl geçiyorsa öyle geçiyor. Babam fazla sıcak olan kahvesini ayakta içerken yere döküyor ve sürekli saatine bakıyor. Annem okul sandviçlerini hazırlıyor, Mia mısır gevreğine yağsız süt döküyor. Sabahları başka bir müzik dinlerse annemin günü çok gergin geçtiği için radyoda klasik müzik çalıyor.

"Bir dakika haberleri dinleyebilir miyim lütfen?" diyor babam ve başka bir kanalı bulmak için düğmeyi çeviriyor.

"İlle de dinlemen gerekiyorsa tabii," diyor annem.

"Gerekiyor," diyor babam.

"Şimdi hava durumu," diyor radyodaki ses. "Sıcaklık şu anda on beş derece. Hava rüzgârla serinleyecek, gün içinde aralıklarla sağanak yağış bekleniyor. Günün en yüksek sıcaklığı on dokuz derece."

"Oh be yahu," diyor annem. "Daha dün hava otuz derecenin üzerindeydi."

"Evin içi hâlâ çok sıcak," diyor babam.

"Sıcak yüzünden okulların tatil edilmesini unutabiliriz," diye geveliyor Mia, dolu ağzının içinde. "Ne aksilik ama."

"Son günlerin sıcağındansa okula işe gitmeyi yeğlerim ben," diyor annem.

Her zamanki gibi havadan konuşuluyor, diye geçiriyorum

içimden. Yine de bir şey değişmiş. Evdeki hava eskisine göre çok daha huzurlu. Mia beni itekliyor.

"Bir şey diledin mi bari?" Dilek bilekliğimi gösteriyor.

Başımı iki yana sallıyorum.

"Belki de böylesi daha iyi," diyor Mia. "Daniel'in sana körkütük âşık olmasını dilemiş olsaydın ve bileklik bir yıl sonra kopmuş olsaydı ve o zaman sen de Daniel'i katlanılmaz buluyor olsaydın çok fena olurdu."

"Çok saçma, ben zaten hiçbir zaman âşık olmayı falan dilemem. Ancak sen böyle bir dilek tutarsın!" Mia'nın kolunu çimdikliyorum. Mia da beni sandalyeden düşürmeye çalışıyor. Son anda masaya yapışıp düşmekten sıyrılıyorum.

"Çocuklar, uslu durun," diyor annem ve Mia'nın sandviçine bir dilim yağ oranı düşük piliç salamı koyuyor.

"Duruyoruz ya işte," diyor Mia ve bana göz kırpıyor. Ben de ona göz kırpıyorum.

Ne dilek tutacağımı biliyorum. Mia'yla birbirimizi her zaman sevmemizi diliyorum. Kavga edelim, birbirimizi çimdikleyelim, küfredelim, ama yine de birbirimizi sevelim. Bu dilek bilekliği ne zaman düşerse düşsün, bu dilek hiç eskimeyecek çok iyi biliyorum.

Geç kaldım. Sınıftan içeri girip çabucak yerime oturduğumda zil çoktan çalmıştı. Herkes susup bakışlarını bana dikiyor. Yanımda oturan Vero gülmemek için kendini çok zor tutuyormuş gibi dudaklarını ısırıyor.

Bay Frohriep coşkulu ve bronzlaşmış bir halde sınıfa giriyor. Yeni ders planını tahtadan deftere çekmemiz ve imzalanan karneleri vermemiz gerekiyor. Karnemi çantamdan çıkarıyorum, ama elbette imzalanmamış.

"Frederike! İmzalatmak için üç aydır zamanın vardı," diyor Bay Frohriep beni ciddi ciddi kınayarak. Ona babamın karnemi aslında tam üç kere imzaladığını söylesem mi?

Bay Frohriep sınıfın oturma düzenini değiştirince içim çok rahatlıyor. Ama başka kimse yokmuş gibi beni Zoé'yle yan yana oturtması hiç hoşuma gitmiyor, doğal olarak.

"Saçlarına ne oldu?" diye fısıldıyor Zoé.

"Sana ne," diyorum. Bu yanıt gerçekten ağır oldu, o yüzden daha arkadaşça ekliyorum: "Derin mesele."

Bütün ders boyunca herkesin benim hakkımda fısıldaştığı gibi bir duyguya kapılıyorum. Sürekli fısır fısır bir şeyler geveleniyor, sonra da bastırılmış bir kıkırdama duyuluyor.

"Dennis, sıranın altında ne var öyle?" diye soruyor Bay Frohriep. "Onu hemen buraya getir."

Dennis ayağa kalkıp benim sıramın yanından geçerek sınıfın önüne gidiyor. Elinde bir gazete var. Sırasına geri dönerken bana bakıyor ve kahkahayı koyuveriyor.

"Dennis!" diye bağırıyor Bay Frohriep ve gazeteyi açıyor. "Nedir o kadar gülünç ol..." Sözlerine devam edemiyor, o da kahkahalarla gülmeye başlıyor. Ve başlangıç düdüğü çalıyor sanki. Bütün sınıf otomatiğe bağlamış gibi kahkahalarıyla ortalığı yıkıyor.

Zoé'yle ben hiçbir şey anlamadan birbirimize bakıyoruz. "Ne olduğunu biliyor musun?" diye soruyorum.

"Hiçbir fikrim yok. Vero bir gazete getirmiş ve hepsi bakıp bakıp gülmekten kırıldılar," diyor Zoé. "Benim bakmama izin vermediler."

Bay Frohriep bana doğru geliyor. "Affedersin Frederike, sana gülmek istememiştim, ama öyle gülünç görünüyor ki." Bay Frohriep gazetedeki bir fotoğrafı işaret ediyor.

Önce fotoğraftakileri tanımıyorum, ama sonra anlıyorum ve o anda görünmez olmak istiyorum.

Fotoğrafta babamla ben, sarayın bahçesindeki su birikintisinden sırılsıklam çıkarken görünüyoruz. Babamın saçları kafasına yapışmış, kucağında bir savaş gemisi tutan üzgün bir fok balığına benziyor, ama onun bu hali benim yanımda ne ki! Dudaklarımın kenarını yalamak için dilimi çıkarmışım ve yüzümü de insanın aklına gelebilecek en ebleh hale sokmuşum.

Fotoğrafın altında şöyle yazıyor: "Sarayın bahçesinde başarısızlıkla sonuçlanan kurtarma operasyonu."

Okumaya devam etmiyorum, gazeteyi kıvırıp tek söz etmeden Vero'nun masasının üzerine koyuyorum. Gazeteyi kafasına geçirmemek için kendimi güç bela tutuyorum.

Kevin'i sudan çıkarıp yaşamını kurtaran kahraman kişi olarak övüldüğüm Pazar gününün fotoğrafı gazetede çıkmış olsaydı, her şey başka olurdu.

Bay Frohriep ellerini çırpıyor. "Tamam, artık hepimiz sessiz oluyoruz. Sarayın bahçesinde gerçekten ne olduğunu, Frederike gelecek haftaya bir kompozisyon olarak yazabilir. Konu şu: Tatilde yaşadığım en heyecanlı olay. Daha şimdiden öykülerinizi okumak için sabırsızlanıyorum."

Bütün sınıf derin bir iç geçiriyor.

Büyük teneffüste Vero, ben ve Zoé de dahil olmak üzere bütün kızları çevresine toplayıp İtalya tatilini anlatıyor. Ne kadar güzel bronzlaştığını herkesin gözüne sokmak için tişörtünü kaldırıp karnını gösteriyor.

"İtalya ne kadar harikaydı, anlatsam da inanmazsınız," dediğini duyuyorum.

"Lütfen, yeniden anlat," diyor Merle, her şeyi bildiği halde. Bu elbette Vero'nun hoşuna gidiyor ve kolunu Merle'nin boynuna atıyor.

Okul bahçesinin demirlerine gidip sırtımı demirlere dayıyorum ve ayağımın ucuyla kumda yüzler çiziyorum.

Birdenbire Daniel'le Zoé karşımda bitiveriyorlar. Bir onlar eksikti.

"Sana bir şey söylemek istiyoruz," diye söze başlıyor Zoé.

Şimdi ne yumurtlayacaklar acaba? Bana gizli aşklarını mı itiraf edecekler?

"Gerek yok," diye tersliyorum.

"Var," diyor Daniel. "Dün sana neden yalan söylediğimi açıklamak istiyorum."

"Kimseye söylememesini ondan ben rica ettim," diyor Zoé. "Çok utanıyordum." Sınıfımdan bir çocukla çıktığımı başkaları öğrense, ben de utanırdım.

"Sırlarınızı kendinize saklayın," diyorum ve dönüp gitmek istiyorum.

"Lütfen," diyor Daniel ve bana yalvaran gözlerle bakıyor. Olduğum yerde kalıyorum.

"Yakında bir sınıf gezimiz var ya," diyor Zoé. "Bay Frohriep yakında bir yüzme havuzu olduğunu ve hepimizin oraya yüzmeye gideceğini söyledi."

Doğru, annemle babamın geziye katılmama izin verdiklerine dair bir kâğıt imzalamaları gerekmişti.

"Ee, yani?" diyorum. Bu kız da sözü nereye getirmek istiyorsa artık getirse iyi olacak.

"Ben yüzme bilmiyorum," diyor Zoé.

"Yüzme bilmiyor musun?" diye soruyorum şaşkınlıkla. Bizim yaşımızda birinin yüzmeyi bilmiyor olabileceğini asla düşünemezdim.

"Bilmiyordum. İlkokulda yüzme dersi aldığımızda ben sürekli hastaydım, orta kulak iltihabı falan oluyordum, o yüzden derse katılamıyordum," diye anlatıyor Zoé. "Annemle babam da hiç deniz kıyısına tatile gitmez, hep dağda gezintiye çıkar." Zoé dün Mia yüzünü nasıl buruşturduysa öyle yüzünü buruşturuyor.

"O da bana, ona yüzmeyi öğretip öğretemeyeceğimi sordu," deyiverdi Daniel çabucak. "O yüzden göl kıyısında buluştuk."

"Öğretmen olarak seni yeğlerdim aslında," diyor Zoé ve bana gülümsüyor.

"Çok sağol..." diyor Daniel ve gücenmiş gibi yapıyor. Ama rol yaptığını anlıyorum.

"Ama Vero'nun öğrenmesinden ve sonra..." Zoé eliyle çok şey anlatan bir hareket yapıyor. Ne demek istediğini çok iyi anlıyorum. Vero duysaydı, sınıfta herkes Zoé'nin yüzme bilmediğini öğrenmiş olurdu ve onunla alay ederdi.

Zil çalıyor. Okul binasına geri dönüyoruz.

"Zoé hiç de fena yüzmüyor," diyor Daniel bana. "Tabii senin kadar iyi değil, ama serbest yüzmeyi beceriyor."

"Dün o kadar budalaca davrandığım için özür dilerim," diyorum.

"Çoktan unuttum gitti," diyor Daniel ve önden koşuyor.

Vero yanımdan geçerken omzunun üzerinden laf atıyor: "Fare suratlıyla sıkı fıkı mı oldun yoksa? İkiniz gerçekten birbiriniz için yaratılmışsınız: Sıçan kafalıyla fare suratlı!"

Son sözcükleri herkes hep bir ağızdan gülsün diye yüksek sesle söylüyor.

İlginçtir ki, Vero'nun hakkımda ne düşündüğü umurumda değil. Karnımda ılık bir duygu var, hani şu Pazar sabahına özgü duygudan, üstelik bugün Pazartesi olmasına karşın, daha doğrusu aslında tam da bugün Pazartesi olduğu için.

Zoé'nin yanındaki yerime oturuyorum. "Okuldan sonra dondurma yemeye gidelim mi?" diyor Zoé.

Dışarıda yağmur yağmaya başlıyor.

"Bu çok iyi bir fikir," diyorum ve gülümsüyorum. Zoé de bana gülümsüyor.

"Daniel'e de gelmek isteyip istemediğini soralım mı?" diyor Zoé.

"Soralım," diyorum.

"Merak etme, ben onun tipi değilim," diyor Zoé.

"Hiçbir şeyi merak etmiyorum, hem de hiçbir şeyi," diyorum.

Doğru söylüyorum.

Her şey birden öyle kolay görünüyor ki gözüme:

Hiçbir zaman gerçekten arkadaşım olmayan bir arkadaşı kaybettim, ama onun yerine belki de bir yenisini kazandım.

Daniel bana kızgın değil.

Dünyanın en mükemmel bahçesinin anahtarı bende.

Mia bana çok özel bir armağan verdi.

Büyükannemi görmeye gitmekten artık hiç korkmuyorum, insanın onu dinlemeyi bilmesi gerek o kadar, o zaman neden söz ettiği anlaşılıyor.

Bir dakika, en önemlisini neredeyse unutuyordum:

Yanık bıldırcın da yok artık!